ПОЛИНА ДАШКОВА

ДЕТЕКТИВ

ПОЛИНА ДАШКОВА

ЧУВСТВО РЕАЛЬНОСТИ

РОМАН
В ДВУХ КНИГАХ

КНИГА 2

МОСКВА

ИЗДАТЕЛЬСТВО «АСТРЕЛЬ»
ИЗДАТЕЛЬСТВО АСТ
2002

УДК 821.161.1-312.4
ББК 84(2Рос=Рус)6-44
Д21

Серийное оформление
Ирины Сальниковой

Дашкова П. В.

Д21   Чувство реальности: В 2 кн. Кн. 2: Роман / П.В. Дашкова. — М.: ООО «Издательство Астрель»: ООО «Издательство АСТ», 2002. — 352 с.

ISBN 5-17-014657-4 (кн. 2)
ISBN 5-17-013265-4 (ООО «Издательство АСТ»)
ISBN 5-271-04343-6 (кн. 2)
ISBN 5-271-04344-4 (ООО «Издательство Астрель»)

В Москве совершено двойное убийство. Убитые — гражданин США и молодая красивая женщина. Ведется следствие. Вероятность того, что это заказное убийство, — очевидна.
Но каковы мотивы?..

УДК 821.161.1-312.4
ББК 84(2Рос=Рус)6-44

Подписано в печать с готовых диапозитивов 27.05.02.
Формат 84×108¹/₃₂. Усл. печ. л. 18,48. Гарнитура Журнальная.
Печать высокая с ФПФ. Бумага типографская.
Доп. тираж 30 000 экз. Заказ 3191.

Общероссийский классификатор продукции
ОК-005-93, том 2; 953000 — книги, брошюры
Санитарно-эпидемиологическое заключение
№ 77.99.11.953.П.002870.10.01 от 25.10.2001 г.

ISBN 5-17-014657-4 (кн. 2)
ISBN 5-17-013265-4 (ООО «Издательство АСТ»)
ISBN 5-271-04343-6 (кн. 2)
ISBN 5-271-04344-4 (ООО «Издательство Астрель»)

ГЛАВА ДВАДЦАТЬ ВТОРАЯ

К рассвету опять пошел дождь. Он громко застучал по карнизу, и звук был похож на быструю, торжественную барабанную дробь. Дежурная сестра крепко спала в кресле у кровати. Спал охранник в своей будке у ворот, спали больные в соседних палатах.

Галина Дмитриевна Рязанцева никогда не встречалась с ними. Ее выводили на прогулку отдельно от других. Когда она шла по коридору, все двери были закрыты. Ее никто не должен был видеть. Слишком часто ее лицо мелькало на телеэкране и в прессе еще совсем недавно, рядом с лицом ее мужа.

В маленькой частной клинике лежали люди с легкими нервными расстройствами, с депрессией, переутомлением, неврозами и прочими неопасными душевными хворями. Некоторые здесь просто отдыхали, восстанавливали силы после всяких стрессов, получали свою порцию покоя, приятных оздоровительных процедур и вскоре выписывались.

Кто-то мог узнать Галину Дмитриевну, а потом рассказать, что видел ее здесь.

Окно за сеткой было приоткрыто, в палату лился свежий острый запах дождя. От ветра медленно шевелилась белая капроновая занавеска. Капли барабанили все сильней. Вспышка молнии осветила просторную палату, выхватила из полумрака мертвый экран японского телевизора, округлые края добротной светлой мебели, привинченной к полу. Стол, мягкое кресло, обитое кремовой искусственной кожей, профиль спящей в кресле сестры, дрожащую от легкого сквозняка рыжую челку, зеленую шапочку, упавшую на пол, высокую кровать, снабженную шарнирами и ремнями, лицо Галины Дмитриевны на подушке.

Повязка на лбу сбилась, сквозь бинт просочилось алое пятнышко. Влажные карие глаза открылись, и в широких зрачках успела отразиться мгновенная белая вспышка.

Был первый настоящий ливень в этом году, ранняя гроза, ленивая, медленная, негромкая, словно спросонья. Странно, что гроза началась именно на рассвете.

Галина Дмитриевна любила рассвет за тишину и одиночество. Она старалась заранее настроиться так, чтобы проснуться в это время, когда небо едва светлеет, солнце еще не взошло и кажется, что весь мир заснул. Всего полчаса в сутки, если, конечно, удавалось проснуться, ей не было стыдно и страшно жить. Никто не мог увидеть ее, заговорить, заглянуть в лицо.

Иногда, проснувшись, она просто лежала и смотрела в потолок. Если не была пристегнута к кровати, вставала, делала несколько неверных шагов от койки до окна, прижималась лбом к холодной упругой сетке.

Сейчас встать было трудно. Система мягких кожаных ремней держала ее, к тому же от больших доз препаратов, которые вкололи после недавнего приступа, по всему телу разливалась вязкая тяжелая слабость.

Самого приступа она не помнила. Осталось только смутное чувство стыда за свои безобразные жалобы и крики. Но телеэкран, в котором застыло испуганное, растерянное лицо ее мужа, ясно стоял перед глазами, и голос за кадром, глухой, тусклый, не мужской и не женский, продолжал звучать в ушах.

Она хорошо знала этот голос. Он всегда предвещал беду.

Галина Дмитриевна поерзала в постели. Если бы не сестра, она все-таки сумела бы высвободить запястья, затем щиколотки, она бы встала на ноги и добрела до окошка, держась за мебель. На это ушло бы не меньше получаса, но первая гроза стоила таких титанических усилий. Белые сполохи света были, безусловно, важным посланием, адресованным именно ей, Галине Дмитриевне, и следовало непременно понять его смысл.

Но сестра спала чутко и могла проснуться. Тогда придется разговаривать с ней, смотреть в глаза, сгорать от стыда за то, что вот она, преступница, убийца, все еще живет, коптит воздух своим черным дыханием и вынуждает других, нормальных, здоровых, ни в чем не виноватых людей нянчиться с ней.

И все-таки очень хотелось встать и посмотреть в окно. Галина Дмитриевна осторожно вытянула правую руку из петли. Руки у нее стали такие тонкие, что в ремнях давно пора было проделать новые дырочки.

Минут через двадцать больная бесшумно соскользнула на пол, доковыляла босиком до окошка. Прямо в лицо ей вспыхнула очередная зарница.

Палата была на третьем этаже. Из окна открывался красивый спокойный пейзаж. Старый яблоневый сад вырубили, посадили ровными рядами маленькие юные елки. Дальше, за высоким забором, виднелись край поля и опушка смешанного леса. Сквозь лес, через поле, шла узкая бетонная дорога. Часть ее была видна из окна палаты, и несколько раз Галине Дмитриевне удавалось заметить, как катит по ней одинокий сгорбленный велосипедист в темной спортивной шапочке.

Прямо под окном росла старая яблоня. Она одна уцелела после вырубки сада, раскидистая, корявая, она продолжала щедро плодоносить. Яблоки были мелкие, темно-красные, с приторной вяжущей горчинкой.

Нянька Рая, которая приходила убирать палату, кормить и мыть больную, однажды угостила Галину Дмитриевну джемом из этих яблок. Он был очень вкусный, густой, прозрачный. Рая объяснила, что надо обязательно добавлять немного желатина, а также лимонную цедру и капельку ванили.

Больная продрогла и потихоньку вернулась в постель. Сестра посапывала во сне. Галине Дмитриевне было стыдно даже взглянуть в ее сторону. Бедная девочка возилась с ней, терпела мерзкие истошные вопли, промывала рану на лбу, меняла повязку. Знала бы она, ради кого столько хлопот.

За лесом прокатился слабый громовой раскат, дробь дождя стала звонче и напряженней.

Били барабаны, десять маленьких барабанщиков отбивали торжественную дробь на пионерской линейке, перед выносом флага дружины. Галина Дмитриевна старалась не закрывать глаз, даже не моргать, потому что стоило на миг провалиться в темноту — и сразу мерещился широкий школьный коридор, строй барабанщиков в белых рубашках, красных галстуках, красных пилотках. Третья девочка слева — Люба Гордиенко. Палочки в ее руках мелькали с такой скоростью, что их не было видно. Люба смотрела на Галину Дмитриевну серьезно и печально.

— Ты все еще живешь? И тебе не стыдно? Меня нет, а ты живешь. Я ведь лучше тебя, я была очень хорошая девочка, я много читала, знала наизусть стихи Есенина, Кольцова и Некрасова, я могла бы столько добра сделать людям. Но меня нет, а ты все живешь. Тебе не стыдно?

Тусклый голос, не мужской, не женский, не детский, пульсировал в мозгу. Дробь дождя, тихое уютное сопение медсестры не могли заглушить его. Даже если бы сейчас загрохотали выстрелы, заиграл тяжелый рок, все равно этот тихий голос перекрыл бы все прочие звуки.

— Любушка, прости меня, — прошептала Галина Дмитриевна, — я скоро к тебе приду, осталось совсем немного.

— Да, уже пора, — ответил ей глухой знакомый голос, — ты и так живешь слишком долго.

Раньше, в начале болезни, Галина Дмитриевна слышала голос только в телефонной трубке, но потом он стал звучать сам по себе, все громче и настойчивей. На этот раз слова были произнесены настолько громко, что Галина Дмитриевна удивилась, почему не просыпается сестра.

— Любушка, прости, — повторила она, почти беззвучно, и заплакала.

Люба Гордиенко никогда прежде не тревожила ее в эти единственные, заветные полчаса перед рассветом. Галина Дмитриевна знала, что, если не останется и этой короткой передышки, если присутствие мертвой девочки заполнит все сутки целиком, от полуночи до полуночи, она не выдержит и умрет. Так в чем же дело? Она ведь именно этого хочет. Любушка ждет ее, Любушка простит ее, но только там, а не здесь.

10

***

Пока не нашлось желающих купить за приличную цену малогабаритную «двушку» (сорок квадратных метров, последний этаж шестиэтажного кирпичного дома без лифта, совмещенный санузел, десять минут пешком от метро «Сокол»). Подобрать две пригодные для жизни «однушки» на ту сумму, за которую продалась бы «двушка», было невозможно. Агент, бойкая крашеная блондинка с вечной сигаретой в углу пунцового тонкого рта, звонила через день и еще ни разу не сообщила ничего хорошего. То предлагала опустить цену, то требовала очередные пятьдесят долларов на рекламу.

Смотреть квартиру приходили редко, и каждый потенциальный покупатель был долгожданным гостем.

Утро майора Арсеньева началось с того, что Марина прокричала из своей комнаты:

— Ты должен быть дома, придут двое «смотрельцев», в одиннадцать и в три.

— Я не могу, я занят, — Арсеньев приоткрыл дверь и тут же захлопнул ее. Марина лежала посреди комнаты на ковре, водрузив ноги на конструкцию из диванных подушек. На ней не было ничего, кроме черных кружевных трусиков, лицо покрывали ярко-красные пятна, а вместо глаз Арсеньев заметил какие-то желтые кружочки. Ночной гость, вероятно, успел уйти.

— Сегодня твоя очередь! — крикнула она.

— Но ты ведь свободна, ты могла бы их принять, — возразил Арсеньев.

Марина ничего не ответила.

— Послушай, я действительно не могу. Ты не работаешь в праздники, а я работаю. Мне к половине двенадцатого надо быть в прокуратуре. И вообще, в ближайшее время ты на меня не рассчитывай, я очень занят.

Высказав все это в дверную щель, Арсеньев постоял немного, не услышал никакого ответа и отправился в душ. Минут через пять сквозь шум воды до него донесся настойчивый стук в дверь. Марина возмущенно кричала что-то.

— Кончится это когда-нибудь или нет? — расслышал он, закрутив краны. — Тебя к телефону, очень срочно! Как же мне все надоело!

Саня завернулся в полотенце, приоткрыл дверь, высунул руку и взял у Марины трубку.

— Привет, Александр Юрич. Твоя бывшая жена — настоящая ведьма. Как ты с ней живешь до сих пор? Я бы повесился.

В ухо залилась вода, было плохо слышно, и голос в трубке показался совершенно незнакомым.

— Кто это?

— Гера из морга. А чего там у тебя хлюпает? Моешься, что ли?

— Да, я в душе. Может, позже перезвонишь?

— Не-е, я потом жрать пойду. Слышь, Юрич, тут вот у меня трупешник, свежачок, неопознанный. Выловили сегодня утром из озера Бездонка. Это в Серебряном бору, неподалеку от Рублевского шоссе, там, где Таллинская улица. Девушка, лет восемнадцать—двадцать, и вроде бы те же феньки. Изнасилование, обстурационная асфиксия, следы пластыря вокруг рта и на запястьях, губы накрашены ярко-красной помадой. Правда, дырки в затылке нет, и одета была, ну, там, платье трикотажное, босоножки. В общем, трупешник пошел как несчастный случай или суицид, никто ни хрена работать не хочет...

— Погоди, как губы накрашены? — нервно перебил его Арсеньев. — Какая помада, Гера, если труп находился в воде?

— Совсем недолго находился, часа два, не больше. Вода ледяная, при такой температуре жир не растворяется, наоборот, застывает. А помада сверхстойкая. В общем, ты, Саня, приезжай, все тебе расскажу, покажу и дам потрогать.

— Хорошо, через сорок минут приеду.

Было всего лишь девять утра. Арсеньев поспешно домылся, почистил зубы. На пороге ванной комнаты его ждала разъяренная Марина в полосатом халате. Клубничные хлопья на ее лице высохли, потемнели и напоминали запекшуюся кровь.

— Какое счастье, что все это больше меня не касается, — сказала она. — Гера из морга, труп в воде, у трупа губы накрашены... Господи, Арсеньев, ты хотя бы понимаешь, как ты живешь, в каком дерьме ты так увлеченно копаешься? Слушай, а может, это у тебя сублимация? Может, в глубине души ты маньяк?

13

— Может быть, — рассеянно кивнул майор, — извини, ты поняла, что мне надо уйти и «смотрельцев» я сегодня принять не смогу?

— Тогда звони агенту и отменяй. Мне тоже надо уйти.

— Тебе надо уйти из вредности, а мне по делам. Вот сама и звони, — пробормотал Арсеньев, пытаясь справиться с раздражением, — неужели ты не можешь принять хотя бы тех, которые придут к одиннадцати? Ведь все равно провозишься еще часа два.

— Нет, Арсеньев, сегодня твоя очередь! — пропела Марина сладким голосом и скрылась в ванной.

Единственное, чего ему хотелось сейчас, — это спокойно позавтракать. Посидеть пятнадцать минут в тишине, выпить чашку крепкого кофе и съесть порцию овсянки быстрого приготовления. Он терпеть не мог эту овсянку в пакетиках, но она его всегда выручала.

«Неужели все-таки серия? — размышлял он, наблюдая, как поднимается кофейная пена в турке. — Допустим, в случае со вторым трупом Гера ошибся или фантазирует. Но все равно похоже на серию. Платный киллер мог изнасиловать, воспользовавшись ситуацией. Странно, не типично. Однако почему нет? Но содранный пластырь, губная помада, идеальный порядок в квартире... Он что, устроил там генеральную уборку? Между прочим, надо хотя бы немного ориентироваться в квартире, чтобы в ней прибраться. То есть он бывал там раньше? Или это сделала домработница? Сколько у нее имелось времени? Вахтерша видела, как она вошла подъезд в одиннадцать сорок. Вызов зафиксирован в одиннадцать сорок пять. А в двенадцать мы уже приехали. Бред! Невозможно убрать квартиру за пятнадцать минут. Значит, это все-таки сделал убийца. Зачем? Искал что-то, потом стирал отпечатки и попутно наводил порядок? Ерунда. В квартире обнаружены отпечатки убитых и домработницы Лисовой. Убийца не снимал перчаток, скорее всего резиновых, хирургических. Нет, серийники действуют совершенно иначе, и платные киллеры ведут себя по-другому. Но и грабители... Во-первых, они грабят... А Гера слишком много пьет».

— Кашку кушаем? — прозвучал над ним вкрадчивый голос Марины. — Приятного аппетита, служивый. Перед экскурсией в морг очень кстати. Слушай, Арсеньев, а ты вообще разъезжаться собираешься? Или ты ждешь, что я все возьму на себя, буду, как дура, искать покупателей, варианты, а потом преподнесу тебе ключ от новой квартиры на блюдечке? Может, мне еще и вещички твои собрать?

Давно уже она так много не говорила с ним. Вероятно, ей действительно надо было куда-то уйти и ужасно не хотелось оставаться дома, ждать «смотрельцев». Но и звонить агенту, отменять потенциальных покупателей она не решалась. Существование под одной крышей угнетало ее даже больше, чем Арсеньева. Присутствие бывшего мужа мешало ей устроить свою личную жизнь, и жаль было терять драгоценное время. Ей было тридцать пять. И выглядела она на тридцать пять, а когда злилась, то на все сорок.

Майор допил кофе и решил, что первую сигарету лучше выкурить уже в машине.

— Эй, а посуду за тобой я должна мыть? Может, тебе еще и шнурки погладить? — неслось ему вслед, и он понял, что Марина все-таки решила остаться дома, принять «смотрельцев».

От Геры Масюнина пахло перегаром. Он объяснил, что перебрал накануне вечером и пришлось с утра опохмелиться спиртяшкой.

— Но ты не думай, я отлично соображаю, — утешил он Арсеньева, — зуб даю, тут серия. Это тебе, конечно, не Чикатило, но тоже интересный экземпляр. Короче, жди следующей жертвы с накрашенными губами. И вот что я тебе еще скажу, майор. Он аккуратист, чистюля. Он любит порядок. Видишь, не поленился пластыри отодрать и вообще придал барышне товарный вид, прежде чем бросить в воду. Одел, может, даже и причесал. Эпилептоидный тип, разумеется, с кошмарным комплексом сексуальной неполноценности. У него мама строгая была, наказывала несправедливо, или какая-нибудь фифа в девятом классе больно его, бедняжку, обидела, вот он и рассердился и решил показать им всем, кто в доме хозяин.

Арсеньев глядел на молодую утопленницу и уже без всяких комментариев видел, что Гера прав. Те же полосы на запястьях и вокруг рта, те же царапины на крыльях носа. Все аккуратно, почти не заметно. Но главное, ему вдруг стало казаться, что где-то совсем недавно он уже встречал эту девушку. Или опять она только похожа на кого-то, кого он видел раньше?

— Но ты не обольщайся, Санек, достоверных признаков насильственной смерти я писать не стану. Нету их. Если я внесу в протокол содранные волоски на запястьях и прочую косметику, мне скажут, что это у меня глюки на почве белой горячки. Была бы сперма, тогда да.

— Погоди, ты же сказал — изнасилование.

— Ага, — оскалился Гена, — характерные царапины на внутренней поверхности бедер и прочие феньки, все, как положено. Но я тебе объяснял, он, гад, аккуратный, он чистюля. В первой своей жертве он не сомневался. А тут решил о здоровье подумать и употребил барышню через резиночку. На всякий случай. Между прочим, оказался прав, во-первых, потому, что если бы серология показала одну группу крови, я мог бы со спокойной душой заносить в протокол все прочие феньки. А во-вторых, барышня действительно заразная была. Вот смотри, только что пришли результаты экспресс-анализа. Реакция Вассермана положительная. Сифилис у нее, Саня. А возможно, она еще и ВИЧ-инфицированная, поскольку кололась, пила и вообще вела себя нехорошо, аморально. Вот и потонула, сердечная, в озере Бездонка, то ли с горя, то ли под влиянием абстиненции.

— Может, оно все так и было? — тихо спросил Арсеньев.

— М-мм, — грустно промычал Гена и прикоснулся пальцем к блестящим кроваво-красным губам утопленницы.

———

ГЛАВА ДВАДЦАТЬ ТРЕТЬЯ

Психиатр Валентин Филиппович Сацевич, лечащий врач Рязанцевой, отлично помнил, что последним навещал больную не кто иной, как ее муж. Евгений Николаевич наведывался к жене довольно часто, примерно два раза в месяц. Его загородный дом находился всего в пяти километрах от клиники, а если идти через рощу, по проселочной дороге, и того ближе. Пешком меньше часа, на велосипеде не больше двадцати минут.

Всего за пару дней до происшествия с мобильным телефоном Рязанцев приезжал к жене, часов в девять вечера, один, на велосипеде. Никто, кроме него, не мог передать больной аппарат. Накануне днем, пока Галина Дмитриевна была на прогулке в больничном парке, ее палату обыскали самым тщательным образом и ничего запрещенного, опасного для больной, не нашли.

Палаты клиники были оборудованы видеокамерами. Постоянного наблюдения за больными не вели, но все происходившее записывалось, и врачи периодически просматривали пленки.

Выслушав рассказ медсестры, Сацевич сначала позвонил домой и выяснил у своего отца, который смотрел все новости подряд, была ли какая-нибудь неприятная информация, связанная с именем Рязанцева. Отец рассказал о прямом эфире, об ужасном звонке и даже описал голос анонима — ни мужской, ни женский. Затем доктор просмотрел кассету, на которой была записана последняя встреча четы Рязанцевых, и обнаружил, что Евгений Николаевич не оставлял жене телефона. Он принес ей немного фруктов, баночку черной икры, попросил у няньки посуду, хлеба и масла, сделал пару бутербродов и кормил Галину Дмитриевну из рук. Она согласилась есть только потому, что он обещал ей за это прочитать письмо от старшего сына. Со стороны все выглядело очень трогательно. Он провел в палате около двадцати минут. Говорили они в основном о детях, Галина Дмитриевна беспокоилась из-за того, что у младшего сына может обостриться весенняя аллергия, Евгений Николаевич мягко убеждал ее, что в Англии врачи не хуже наших.

На прощанье они нежно расцеловались, и Галина Дмитриевна, как всегда, попросила поискать у нее в комнате зеленую общую тетрадь в клеточку. Что это была за тетрадь, существовала ли она на самом деле и что могло в ней быть написано, не знали ни Евгений Николаевич, ни доктор. Комнату Галины Дмитриевны десять раз обшарили, ничего похожего не нашли. В ее палате, в тумбочке, лежало несколько разных тетрадей, купленных в магазине, новых и чистых, в клеточку, с зелеными обложками, но Галина Дмитриевна к ним не прикасалась, повторяя, что ей нужна ее тетрадь, вся исписанная, а эти чужие, пустые.

Сацевич, конечно, попытался поговорить с самой Галиной Дмитриевной, спросил, не помнит ли она, кто передал ей телефон и кто велел включить телевизор именно в начале двенадцатого. Больная стала объяснять, что телефон был посланием *оттуда* и ей в очередной раз дали понять, что хватит ей жить, пора и честь знать. Это справедливо, поскольку она страшная преступница и заслуживает смерти. Единственный способ спасти ее родных — умертвить ее, мерзкую, греховную, и так далее.

Это был типичный бред Котара, то есть бред собственной отрицательной исключительности, характерный для инволюционного психоза. Ничего иного доктор не ожидал услышать.

Загадка с телефоном была крайне неприятной. Если бы дело касалось обычной больной, Сацевич просто обратился бы в милицию. Но в данном случае об этом не могло быть и речи. Главный врач, лечащий врач, несколько медсестер и нянь — все, кто имел доступ в «VIP»-отделение, получали дополнительные суммы за соблюдение строжайшей секретности. Для остального персонала больницы Галина Дмитриевна существовала под другим именем. А сам Рязанцев, когда приезжал к жене, проходил не через пост охраны, а через заднюю калитку, которой пользовался только персонал и от которой у него был ключ.

Дождавшись утра, Сацевич позвонил партийному лидеру на дачу. Трубку взял начальник охраны и сообщил, что Евгений Николаевич еще спит. Доктор не стал по телефону излагать суть проблемы, только сказал, что дело очень срочное и может иметь прямое отношение к трагическим событиям в пресс-центре.

— Вы приедете сами? Или прислать за вами машину? — спросил Геннадий Егорович.

Поскольку Сацевич успел после ночного дежурства взбодрить себя большой рюмкой коньяка, он предпочел, чтобы прислали машину. Через час он уже поднимался на крыльцо загородного дома Рязанцева.

Встретивший доктора охранник попросил подождать на веранде. Тут же появилась толстая женщина в спортивном костюме и предложила чай или кофе. Сацевич скромно признался, что еще не завтракал и с удовольствием выпьет крепкого кофейку. Когда женщина удалилась, он от нечего делать принялся листать свежие газеты, сваленные на журнальном столе, и наткнулся на информацию об убийстве Виктории Кравцовой и гражданина Америки Томаса Бриттена.

Газета была безусловно «желтая» и скандальная. Половину первой полосы занимала цветная фотография, на которой Рязанцева запечатлели вместе с яркой холеной шатенкой и широкоплечим мужественным господином (аккуратный седой бобрик, очки в тонкой оправе). Под фотографией была потрясающая по остроумию подпись: «Богатые тоже плачут». Никто из троих, пойманных наглой камерой светского репортера, не плакал, но ниже объяснялось, что для партийного лидера безвременная гибель красавицы пресс-секретаря, да еще в компании с американским коллегой — тяжелая личная драма. Недаром он исчез из прямого эфира сразу после анонимного звонка, и не случайно все окружено такой страшной секретностью. Все, кто мог бы пролить свет на это двойное убийство, — пресс-центры МВД и ФСБ, сотрудники американского посольства, люди из окружения Рязанцева — категорически отказываются говорить с журналистами. У всех только один ответ: «Без комментариев».

Доктор сочувственно хмыкнул и мысленно поздравил себя с тем, что не является столь популярной личностью и что каждый его шаг не сопровождается жадным клацаньем фотокамер и наглыми двусмысленными вопросами.

За господином Рязанцевым давно и прочно закрепилась репутация гульбуна, бабника. На нее работали вовсе не факты и даже не слухи, а мужская привлекательность, игривый взгляд, кошачья хитрая улыбка. Евгений Николаевич нравился женщинам, но использовал это свое счастливое качество исключительно в партийных интересах.

Доктору Сацевичу доводилось лечить от депрессий, запоев, наркозависимости, нервных переутомлений и прочих хворей не только родственников известных людей, но и самих знаменитостей, прежде всего политиков и крупных бизнесменов. Если бы его спросили, возможно ли, что, имея психически больную жену, Евгений Николаевич Рязанцев завел себе любовницу, психиатр ответил бы однозначно и уверенно: нет. Только темные обыватели верят в подобные глупости. Во-первых, это огромный риск. Во-вторых, настоящая, высокая политика требует полнейшей аскезы. Она выматывает, высасывает все соки. Ни на что другое просто не остается сил. Постоянные стрессы, недосыпание и нервные перегрузки не способствуют мужской потенции. Кому, как не придворному психиатру, знать эту пресную правду?

Спортивная толстуха вкатила сервировочный стол, и скромность завтрака несколько огорчила Валентина Филипповича. Кроме чашки кофе на столике были яйцо, поджаренный хлеб, масло, пара салатных листьев и сыр, нарезанный мелкими кубиками.

Цокая ложкой по яичку, Сацевич попытался на миг представить, что произойдет, если именно сейчас, в связи с двойным убийством и грязными намеками, в прессу просочится информация о том, где на самом деле находится супруга господина Рязанцева, какой у нее диагноз, какие приступы случаются, сколько зафиксировано попыток суицида. И не успел он счистить скорлупу, не успел дорисовать картину громкого, губительного скандала, как внутренняя дверь открылась и на веранде появился сам Евгений Николаевич в сопровождении начальника охраны.

Рязанцев был одет совсем по-домашнему: потертые джинсы, синяя футболка.

— Приятного аппетита, — сказал он, усаживаясь напротив доктора, и попытался улыбнуться, но получился мучительный нервный оскал.

— Ну, что там у вас произошло? — мрачно поинтересовался Геннадий Егорович. В отличие от интеллигентного хозяина, он был груб и резок, не считал нужным даже здороваться. И доктор решил не спускать ему этого хамства.

— Честно говоря, мне бы хотелось обсудить это сначала наедине с Евгением Николаевичем, — произнес он, осторожно слизывая с ложки каплю теплого яичного желтка, — при всем уважении к вам, я не могу говорить при третьем человеке.

Начальник охраны уставился на доктора тяжелым сверлящим взглядом, но доктор сам был мастером всяких взглядов, и в течение нескольких секунд оба тщетно дырявили друг друга глазами. Первым сдался охранник. Он отвернулся и злобно буркнул:

— У Евгения Николаевича от меня нет секретов.

— Егорыч, выйди, пожалуйста, — устало вздохнул Рязанцев.

Лицо охранника побагровело.

— Вы плохо себя чувствуете. Вы не спали ночь, — напомнил он хозяину.

— Ничего, — успокоил его Рязанцев, — ко мне ведь не кто-нибудь пришел, а доктор. Я хочу остаться с ним вдвоем.

Егорыч удалился, и было видно, что он едва сдержался, чтобы не хлопнуть дверью.

— Не удивлюсь, если он будет подслушивать, — прошептал Сацевич.

— Это его работа, — пожал плечами Рязанцев.

— Вы ему полностью доверяете? — доктор впервые внимательно взглянул на Рязанцева, заметил следы бессонницы и долгих, тяжелых слез.

«А может, и не врет желтая газетенка? — подумал он. — Может, я, старый дурак, ошибаюсь, и была у него любовь с красавицей пресс-секретарем?»

— Кому же мне доверять, как не руководителю службы безопасности? — криво усмехнулся Рязанцев.

— Это верно, — кивнул доктор, — но все-таки я на вашем месте не стал бы подпускать чужих так близко к своим семейным проблемам.

— Именно его? Или вообще никого?

— Ну, никого — это было бы идеально, — улыбнулся доктор. — Ладно, давайте я расскажу, почему решил побеспокоить вас.

Рязанцев выслушал, не перебивая, не задавая вопросов. Голова его была низко опущена, и только пальцы все время двигались, щелкали застежкой браслета от часов.

— То есть получается, что мне в прямой эфир и моей жене в больницу звонил один и тот же человек? — уточнил он равнодушным, тусклым голосом и потянулся за сигаретами.

— Получается еще неприятней, — печально улыбнулся Сацевич, — этот человек имел возможность передать ей телефон. Если вы помните, мы с самого начала решили, что телефоном ей лучше не пользоваться. Кто из ваших домашних знает, где находится Галина Дмитриевна?

— Только сыновья, Егорыч и Вика, — быстро произнес Рязанцев, болезненно зажмурился и принялся массировать виски.

— Голова болит? — сочувственно спросил доктор.

— Все кувырком, все не так, — простонал Рязанцев сквозь зубы. — Господи, ведь она была единственным человеком, которому я верил безгранично.

— Галина Дмитриевна? — осторожно уточнил доктор.

Рязанцев взглянул на него тоскливо, затравленно и ничего не ответил.

— Могу представить, что для вас остаться без пресс-секретаря — это настоящая катастрофа, — вздохнул доктор после долгой неловкой паузы. — Неужели некому заменить ее, хотя бы временно? У депутатов, насколько мне известно, куча всяких секретарей, помощников.

— Ай, ерунда, одна видимость. Толпа бездельников и дармоедов. Так на чем мы остановились?

— Вы назвали четырех человек, которым известно, где ваша жена. Один из них уже не в счет. Сыновья ваши, Дмитрий и Николай, учатся в Англии. Кто же остается?

— Вы хотите сказать, что Егорыч мог затеять какую-то свою игру против меня? — произнес Рязанцев с вымученной скептической усмешкой.

— Ничего такого я вам не говорил. Вы сами это произнесли, — мягко заметил Сацевич.

— Зачем ему? Он получает большие деньги, у него все есть.

— Знаете, такая плотная близость к власти рождает серьезные амбиции. Он рядом с вами, но всегда в тени. Вы не допускаете, что ему может это быть обидно? Впрочем, это меня не касается. Если ваш телохранитель слушает нас сейчас, то я уже нажил себе смертельного врага. Но, поскольку терять мне теперь нечего, я позволю себе дать вам один совет. В этом телефоне, — он вытащил из портфеля маленький черный аппарат фирмы «Панасоник», — есть карточка. Наверняка существует техническая возможность расшифровать ее. Когда покупают номер, обязательно надо предъявить паспорт. Конечно, паспорта бывают и поддельными, но все-таки это серьезная зацепка, согласитесь. Так вот, мне кажется, будет лучше, если этим займется не ваша служба безопасности, а кто-то другой. Ну, я не знаю, можно обратиться в частное детективное агентство, можно хорошо заплатить какому-нибудь сотруднику милиции, из тех, что расследуют

28

убийство вашего пресс-секретаря, и попросить о конфиденциальной помощи. Знаете, среди них тоже иногда попадаются порядочные люди. Простите, вы меня слушаете?

— А? Да, конечно, — Рязанцев все это время вертел в руках аппарат, нажимал кнопку меню. — Пожалуйста, наберите номер, — он назвал семь цифр, и доктор тут же набрал их на своем аппарате. Раздался тихий звонок. Несколько секунд оба, как завороженные, молча слушали нежное мелодичное треньканье; наконец Рязанцев нажал отбой.

Дверь внезапно открылась, заглянула спортивная толстуха и спросила:

— Еще кофе?

— Нет, — помотал головой Рязанцев.

— Женя, ты не завтракал, а куришь, — заметила она с упреком, — давай я тебе хотя бы сметанки с ягодами принесу. И кофейку, а, Женечка?

— Света, уйди, пожалуйста, — поморщился Рязанцев.

Женщина, обиженно поджав губы, удалилась.

— Кто она? Родственница? — шепотом спросил доктор, кивнув на дверь.

— Почти. Не важно, — Рязанцев раздраженно махнул рукой и, помолчав, медленно произнес: — Это мой мобильник. Я потерял его месяца три назад, оставил где-то в Думе, то ли в буфете, то ли в зале заседаний.

Повисла тишина. Доктор молча, задумчиво постукивал пальцами по краю стола. Рязанцев как будто вообще заснул, прикрыл глаза и дышал тяжело, со свистом. Скрипнула дверь, и оба сильно вздрогнули. На пороге появилась спортивная толстуха Света с телефоном в руке.

— Прости, — прошептала она и сделала жалобные, испуганные глаза, — тебя из прокуратуры, какая-то Лиховцева, следователь. Я пыталась объяснить, что ты занят, но она сказала — срочно.

Рязанцев взял трубку. Она была горячей и влажной от Светкиной ладони.

* * *

Перед началом совещания майора Арсеньева отозвал в сторонку его непосредственный начальник подполковник Хабаров и тихо, тревожно спросил:

— Саша, ты зачем сегодня утром помчался в морг?

— Откуда вы знаете? — удивился Арсеньев.

— Твоя бывшая супруга доложила. Я звонил тебе утром. Так в чем дело?

Арсеньев подробно рассказал о неопознанной утопленнице со следами пластыря и накрашенными губами.

— Бред, — решительно помотал головой Хабаров, даже не дослушав до конца, — ты хоть сам понимаешь, какой это бред? Ты бы лучше потрудился ознакомиться с протоколом вскрытия Кравцовой и Бриттена. Ни о какой губной помаде, ни о каком изнасиловании там нет ни слова.

— Ну я же вам докладывал, Василий Павлович, — поморщился Арсеньев, — эксперт сообщил мне все это, так сказать, в частном порядке и предупредил, что в протокол вносить не станет.

— Правильно. Потому что протокол вскрытия — не глава из фантастического триллера, а официальный документ. После твоего горе-эксперта трупами занимается бригада судебных медиков во главе с профессором Бирюковым, и никаких повреждений, кроме пулевых ранений, не обнаружено, о чем имеется официальное заключение.

— А помада?

— Какая помада, Саша? — подполковник посмотрел на него с жалостью, как на тяжело больного. — Тебе не приходило в голову, что миллионы женщин имеют привычку красить губы? Сейчас без конца рекламируют по телевизору всякую помаду, суперстойкую, которая в воде не смывается и в огне не горит. Почему это должно иметь отношение к убийству? Ну зачем, зачем профессиональному киллеру красить губы мертвой жертве? Был бы он псих, так он бы порезал, покромсал, откусил бы что-нибудь, расчленил, разложил по коробкам и отправил ценными бандеролями в разные города. В крайнем случае, он бы и Бриттену что-нибудь там накрасил. Кстати, о психах. Этот твой эксперт — Масюнин, кажется, его фамилия? Так вот, этот Георгий Масюнин — хронический алкоголик. Он тебе наплел невесть что, а ты уши развесил.

— Но ведь поручили хроническому алкоголику такое ответственное дело, значит, он не самый плохой специалист, — задумчиво произнес Арсеньев. — К тому же я своими глазами видел следы пластыря на запястьях и вокруг рта и помаду на губах. Не могла она самой себе, мертвая, накрасить губы.

— Почему мертвая? Может, еще живая, — усмехнулся Хабаров, — мало ли какие у нее были привычки? Может, американцу это так сильно нравилось, что он ее попросил?

— Да нет же, нет! Она была уже мертвая, когда убийца отодрал пластырь. И со вторым трупом, между прочим, такая же история. Сначала изнасиловал, убил, а потом как бы привел в порядок, понимаете?

— Что, у Бриттена тоже следы изнасилования, удушения и губы накрашены? — подполковник изобразил на лице комический испуг.

— Да нет, я имею в виду утопленницу.

— При чем здесь утопленница? — шепотом закричал подполковник. — Какая, к едрене фене, утопленница? Наркоманка, проститутка с сифилисом! Сколько таких вылавливают из водоемов в Москве и Московской области, знаешь? Несчастный случай или суицид, другой округ, все другое, все! Мы расследуем двойное убийство, Саша, на нас лежит огромная ответственность. Это политика, это деньги, это международные отношения, а ты лезешь со своей утопленницей. Тьфу на тебя, Арсеньев! — подполковник нервничал всерьез. Он вспотел, и несколько длинных прядей, прикрывавших лысину, свалились набок.

— Но ведь много же общего, Василий Павлович.

— Что, у утопленницы обнаружены огнестрельные ранения?

— Нет, но...

— Ой, ладно, хватит, Саша, я устал от тебя, честное слово.

— Изнасилование... — неуверенно возразил Арсеньев.

— Какое изнасилование? Мужчина и женщина ночь провели в одной постели. Как ты думаешь, они там обсуждали перспективы российско-американских культурных связей? Или предстоящую пресс-конференцию? Или составляли тезисы для речи господина Рязанцева?

— Нет, я понимаю, но серология показала...

— Ничего она не показала. Кроме Томаса Бриттена, никто к убитой не прикасался. И все, хватит об этом. Я тебя умоляю, Арсеньев, займись ты делом, наконец. В кои это веки доверили что-то серьезное.

— Ну хорошо, хорошо, я понял. Никакой связи с утопленницей нет. Серии здесь быть не может. Но, извините, не могла Кравцова оказывать сопротивление Бриттену! А на бедрах характерные ссадины...

— Наивный ты человек, Саня, — вздохнул Василий Павлович, — в этом деле у всех вкусы разные, мало ли как ей нравилось, как ему... Некоторые во время этого дела наручники надевают, намордники, кусаются, царапаются, чтобы словить дополнительный нездоровый кайф. Любовь, товарищ майор, штука сложная. Ты же над ними свечку не держал.

— А звонок в эфир?

Подполковник откашлялся, приблизил лицо к стеклу открытого окна, критически оглядел свое смутное отражение.

— У такого крупного политика, как Рязанцев, хватает врагов и завистников. Мало ли кто захотел воспользоваться ситуацией и сделать ему гадость? Ты спроси у операторов на телевидении и на радио, сколько хулиганов и придурков ежедневно звонят в прямой эфир, особенно когда выступают знаменитости, — он аккуратно положил на место и разгладил длинные пряди, от левого виска к правому.

Пока шло совещание, Арсеньев чуть не уснул. Сначала он слушал выступавших чрезвычайно внимательно и пытался понять, о чем они говорят. Наконец понял: ни о чем. Это особое искусство — долго, связно говорить и ничего не сказать. Члены объединенной оперативно-розыскной бригады были похожи на людей, которые пытаются перейти пропасть по жердочке с завязанными глазами. Одно неосторожное движение — и кубарем полетишь вниз. Проводить расследование нормальными, общепринятыми методами невозможно. Начни добросовестно, честно работать, сунься с допросами и обысками в сложный, закрытый для посторонних глаз мир думской фракции — и все потонет в публичных скандалах, тебя в лучшем случае смешают с дерьмом. Но если ничего не делать, никого не трогать и дать следствию зависнуть, будет еще хуже. Начнут вопить, что ты нарочно тормозишь дело, ты паук, который плетет паутину заговора молчания вокруг политических заказных убийств, ты агент темных сил, коварный наймит и так далее. В общем, как бы ты ни поступил, окажешься кругом виноват.

Выступавшие отчитывались о проделанной работе, перечисляли предпринятые за прошедший период оперативно-розыскные мероприятия.

Допросы свидетелей, которые ничего не видели и не знали. Главная свидетельница, домработница убитой Лисова Светлана Анатольевна, на телефонные звонки не отвечала. Ей была послана официальная повестка, принимались меры по установлению ее местонахождения. В ходе предварительного расследования возникли две основные версии. Убийство заказное, совершено по политическим мотивам, поскольку убитые принадлежали к близкому окружению крупного политика. Убийство бытовое, совершено из ревности, поскольку между убитыми существовала тайная любовная связь. Из вышесказанного проистекали две версии о личности убийцы. Первая — это профессионал, нанятый за деньги, и заказчика следует искать среди политических противников председателя думской фракции «Свобода выбора» господина Рязанцева Е.Н. Вторая версия — это непрофессионал, но действовавший продуманно и хладнокровно, обладающий высокоразвитыми интеллектуальными способностями и знаниями в области криминалистики. В противном случае он оставил бы хоть какие-нибудь следы на месте преступления.

В кабинете нельзя было курить. Арсеньев теребил сигарету, поглядывал на часы и думал о том, что заказать Кравцову и Бриттена по политическим соображениям могли десятки людей, а убить из ревности могли только трое. Жена Томаса Бриттена, проживающая в США. Жена Рязанцева, в данный момент находящаяся в Италии. Сам Рязанцев.

Между прочим, он никуда из Москвы не уезжал, обладает высокоразвитыми интеллектуальными способностями, имеет ключ от квартиры, знает шифр кодового замка черного хода, и хотелось бы посмотреть на несчастного, которому придется его допрашивать.

Отчеты закончились. Следователь по особо важным делам Лиховцева Зинаида Ивановна изложила план дальнейших мероприятий и стала раздавать конкретные поручения. На оперативников ФСБ возлагалось общение с сотрудниками американского посольства, тщательное изучение политической и экономической ситуации вокруг партии «Свобода выбора», включая беседы с сотрудниками двух пресс-центров, партийного и думского.

— Майор Арсеньев, вам предстоит встретиться с Евгением Николаевичем Рязанцевым. Он ждет вас сегодня у себя дома в семнадцать тридцать. Никакого протокола не надо, это будет не допрос, а беседа. Старайтесь вести себя как можно тактичней. О результатах доложите мне лично. Вы меня слышите, Александр Юрьевич?

* * *

В саду взвыла газонокосилка, разговаривать стало невозможно.

— Я вас провожу, — прокричал Рязанцев, тяжело поднимаясь.

Можно было, конечно, распорядиться, чтобы агрегат выключили, и продолжить разговор, но у Евгения Николаевича больше не было сил обсуждать с доктором, кто стащил один из его мобильных телефонов, каким образом злодей проник в больницу к Галине, как ему удалось узнать пин-код.

Каждый при желании мог выяснить, где на самом деле находится Галина, украсть один из его мобильных телефонов, узнать пин-код. Последнее совсем просто. Рязанцев всегда пользовался двумя, а то и тремя номерами и аппаратами. Чтобы не путаться, пин-код был одинаковый. Его знали Вика, Егорыч и наверняка кто-то еще из приближенных. Все это было, безусловно, важно и интересно, но Евгений Николаевич вдруг захотел спать, да так сильно, что зевота буквально сводила ему челюсти, а в глазах стоял дрожащий липкий туман.

— Вам надо отдохнуть, хотя бы пару часов! — прокричал доктор на прощанье. — Если будут какие-нибудь новости, я сразу позвоню.

Рязанцев написал ему на визитке тот секретный номер, которым могли воспользоваться не больше десяти человек. Аппарат он держал при себе постоянно и всегда сам отвечал на звонки.

Возвращаясь к дому, Евгений Николаевич вдруг вспомнил, что сегодня вечером он должен быть в Шереметьево-2, встречать делегацию Международного комитета по правам человека при ООН. Но в котором часу они прилетают, в каком составе и какие запланированы мероприятия, он не знал.

В голове закрутились пресс-конференции, презентации, переговоры. Открытие фотовыставки, посвященной жертвам тоталитаризма. Интервью итальянской газете и японскому телевидению. И еще куча всего, мутного, важного, мучительного.

Сквозь рев газонокосилки до него долетел механический голос: «Абонент временно недоступен», и он понял, что звонит Вике на мобильный. Нет, не потому, что тихо сходит с ума, а просто потому, что больше позвонить некому.

Он брел, как сомнамбула, ничего не видел перед собой, сбился с тропинки и чуть не налетел на садовника. Опомнившись, он ткнул пальцем в сутулую спину и крикнул прямо в лохматое ухо старика:

— Прекратите! Зачем вы это делаете?

Садовник вздрогнул, обернулся, долго не мог сообразить, как выключить свой ревущий агрегат, наконец нашел нужный рычажок, повернул его и застыл перед хозяином, вытянув руки по швам.

— Зачем вы косите? Трава еще не выросла! — в наступившей тишине голос Рязанцева прозвучал отвратительно резко.

— Так, это самое, она же, это, ровненько должна расти, гладенько, чтоб как коврик. Ее надо, это, с самого начала, пока молодая, стричь, — забормотал старик с дурацкой виноватой улыбкой.

«Зачем я лезу не в свое дело? Что я привязался к садовнику? Почему он улыбается? Почему не смотрит в глаза? — думал Рязанцев, покрываясь липким потом от нервной усталости и отвращения ко всему миру. — Он тоже все знает, этот старик. Я забыл, как его зовут, а он, оказывается, все про меня знает и смеется надо мной».

Рязанцев резко развернулся, шагнул к тропинке и услышал позади высокий стариковский фальцет:

— Так это, Евгений Николаевич, мне косить или нет?

«Доктор сказал — голос был высокий, не мужской, не женский, как будто говорило бесполое существо. И аноним говорил таким же голосом».

— Как хочешь, — бросил он и махнул рукой.

Косилка опять заработала. Рязанцеву показалось, что в спину ему застрочил пулемет.

«О Боже, теперь я начну подозревать всех и каждого! Надо действительно обратиться к кому-нибудь, чтобы разобрались с этими звонками. Хотя бы к тому милицейскому майору. Люди из ФСБ дружат с Егорычем. Не исключено, что вся эта пакость исходит именно от него. А милиционер сам по себе, у него лицо приятное. Он не станет болтать и вести какую-нибудь свою игру, я заплачу ему, и он все сделает тихо».

Когда он поднялся на крыльцо, маленький аппарат в кармане джинсов неприятно завибрировал. Он открыл крышку и увидел, что на табло высветился один из номеров, внесенных в память. Ему звонил миллионер Джозеф Хоган, глава концерна «Парадиз». Он поспешил внутрь дома, закрыл двери, чтобы не мешал рев газонокосилки.

— Хау ар ю, Дженья? — пробасил мягкий, сочувственный голос в трубке.

Евгений Николаевич перешел на английский. Когда в комнату сунулась розовая от жары физиономия Светы Лисовой, он раздраженно замахал на нее рукой.

Миллионер выразил теплые и искренние соболезнования, подробно поинтересовался здоровьем и настроением, пригласил через недельку-другую приехать на несколько дней в Ниццу и отдохнуть на его, Джо Хогана, вилле, потому что после тяжелых нервных потрясений необходима разрядка и смена обстановки.

— Представляю, как трудно найти замену такому отличному пресс-секретарю, как Виктория. Есть у тебя какие-нибудь кандидатуры?

— Пока нет, — честно признался Рязанцев и тут же испугался, что Хоган начнет по телефону обсуждать случившееся, заговорит о Томасе Бриттене. Но опасения оказались напрасными.

— Хочу тебе еще раз напомнить о моей протеже мисс Григ, — радостно и таинственно, как о большом подарке, сообщил Хоган.

— Прости, Джо, я совсем забыл. Ее что, нужно встретить?

— Нет. Не волнуйся, это не твои проблемы. С ней вообще не будет никаких хлопот, наоборот, она может временно избавить тебя от многих проблем, в определенной степени заменить Вику. Советую тебе сразу поактивней привлекать ее к работе. Чрезвычайно толковая и надежная молодая леди, отлично знает русский, умеет общаться с прессой. Кстати, ты с ней уже знаком. Четыре года назад она слушала твои лекции в Гарварде.

— Ну, там было столько студентов, я вряд ли помню. Повтори, пожалуйста, еще раз, как ее зовут.

— Мери Григ. Мне кажется, ты должен ее вспомнить. Она выделялась из общей массы. Вы с ней отплясывали рок-н-ролл на вечеринке в честь юбилея факультета. Худенькая блондинка с ангельским лицом. Запиши номер ее мобильного. Можешь позвонить ей прямо сегодня, часов в восемь вечера.

41

Рязанцев еще не закончил говорить, а в комнате опять появилась Светка Лисова, вкатила сервировочный столик, и как только он попрощался с Хоганом, принялась совать ему прямо в рот ложку сметаны с малиной.

— Ну Женечка, ну пожалуйста, за мое здоровье.

Он, поморщившись, взял ложку у нее из рук и стал есть, не чувствуя вкуса.

— Вот молодец, теперь за Димочку, теперь за Коленьку, за Галочку, — Света урчала, как кошка, которую приласкал хозяин, — сейчас покушаем и баиньки, хотя бы на пару часиков.

Давно прошло то время, когда его бесило это приторное, с придыханием, сюсюканье. Он привык принимать людей такими, какие они есть. При всех своих бесчисленных недостатках Светка Лисова была самоотверженно предана его семье. Многие годы, в самых ужасных ситуациях, она оказывалась рядом, и даже очень кстати. Могла накормить, прибрать, сбегать в аптеку, полностью перевалить на себя заботы о детях. Да, это сопровождалось потоком слов, умильных и высокопарных, глупых и до тошноты банальных. Но ни упреков, ни намеков, ни колкостей. Такова была Светка, бестолковая, нудная, но добрая и верная. И было бы жестоко прогнать ее от себя.

— Теперь зеленого чайку. Кофе я уж не стала варить, ты поспишь, через пару часиков я тебя разбужу и сварю крепкого кофе. А что это был за мужчина с седой шевелюрой?

— Так, по делу, — буркнул Рязанцев и глотнул отвратительного, слишком горячего и терпкого зеленого чая, — все, Светка, спасибо, иди, я прилягу.

— Нет, я, конечно, не лезу в твои дела, но мне кажется, он немножко вампир, этот седой мужчина. Он тебя завел и совершенно вымотал. Не понимаю, как так можно, после всего, что тебе пришлось пережить? Ну вот скажи, откуда в людях столько жестокости, эгоизма? Если раньше этого хотя бы стеснялись, то сейчас оно все лезет наружу и стало общепринятой нормой. Никакого сочувствия и такта. Ввалиться в дом к такому известному, занятому человеку, нагло потребовать завтрак, как так можно, не понимаю! Ну вот объясни мне, что ему было от тебя нужно?

— Света, пожалуйста, я очень устал, — простонал Рязанцев, скинул кроссовки, улегся на кабинетный диван и отвернулся к стене.

— Нет, мне просто интересно, чего хотел этот человек, он ведь вроде бы не мальчик, чтобы не понимать элементарных вещей, и лицо у него вполне интеллигентное, — продолжая ворчать, она накрыла его вязаным пледом, чем-то еще пошуршала, позвякала и наконец удалилась.

———————

ГЛАВА ДВАДЦАТЬ ЧЕТВЕРТАЯ

В пресс-центре думской фракции «Свобода выбора» безответно заливались телефоны, на экранах включенных компьютеров уныло вились разноцветные ленты, плавали экзотические рыбы. Теплый сквозняк гонял по столам и по полу всякие важные бумаги. Сотрудники собрались в комнате отдыха. Первый шок остался позади. Маленький кабинет Вики был опечатан.

Все десять раз переговорили, все возможные и невозможные версии высказали. Заместитель Вики, Феликс Нечаев, сорокалетний рыхлый юноша с пегими волосами до плеч, единственный человек, который по идее мог бы сейчас ее заменить, отчаянно зевал, пил коньяк из кофейной чашки и поедал вялые ломтики лимона, разложенные на блюдце. Пальцы его были липкими, лицо потным и отечным.

— Вот такие дела, — повторял он, лениво поигрывая связкой ключей с брелоком-колокольчиком. Колокольчик звенел, брелок без конца падал на пол. Феликс поддевал его острым носком ботинка, подкидывал, ловил на лету.

— Прекрати! — не выдержала секретарша Наташа Дронкина, крепко сбитая высокая блондинка. Ее приятную внешность безнадежно портили несколько выпуклых щетинистых родинок на щеках и на подбородке, каждая размером с горошину.

— Что тебе не нравится? — лениво поинтересовался Феликс.

— И так в ушах звенит, а тут еще ты со своими ключами, — проворчала Наташа, громко возмущенно всхлипнула, достала пудреницу и занялась своим лицом.

— Он все наиграться не может, — подал голос компьютерщик Вадик, длинный и худой, бритый налысо, с серебряной серьгой в ноздре, — неделю назад купил наконец тачку, вот и гремит ключами, как младенец погремушкой.

— Что ж ты коньяк с утра хлещешь, если за рулем? — покачала головой Наташа. — Жить надоело?

— Надоело, — оскалился Феликс, — до того похабная жизнь пошла, что и правда надоело.

— А вот Вике, наверное, не надоело жить, — заметила из глубины комнаты младший редактор Лиля Осипенко, маленькая, круглая, с вытравленными до белизны волосами и крупным вздернутым носом, — а всем плевать. Был человек — и нет. Подумаешь, какая ерунда! Что вы за люди, не понимаю, честное слово!

— Ну нам теперь повеситься, да? — раздраженно прорычал компьютерщик Вадик.

— Нет, я не могу, не могу, — Лиля громко зарыдала, к ней тут же подсела старший редактор Тата, поджарая дама с серебристым бобриком волос, в очках в толстой розовой оправе.

— Деточка, не надо. Мы все переживаем, но каждый по-своему. Одни люди могут выплескивать свои чувства, как ты, другие все держат в себе.

— Слышь, а какая тачка у тебя? — шепотом спросил молоденький курьер Костик Терентьев, подходя к Феликсу и опускаясь перед ним на корточки.

— «Фольксваген-гольф», — небрежно ответил тот и в очередной раз поддел ногой упавшую связку ключей.

— Новая?

— Ну, почти. Девяносто седьмого года.

— Вроде Вика такую недавно покупала, — вспомнил Костик.

— Ага. Если только для своей домработницы, продукты из супермаркета возить, — выразительно скривился Феликс. — У леди была бирюзовая «Хонда».

— Нет, правда, я помню, она говорила про «Фольксваген». Она хотела вторую машину, именно «гольф».

— Может, и хотела, теперь уж не хочет, — Феликс потянулся, хрустнув суставами, — и вообще, отстань. У нас тут траур, а ты все о тачках. Нехорошо это, Костик.

— А нашему Костику все по фигу, — подала голос секретарша, — он у нас поколение-нэкст. Когда его отца арестовали, он тут учил Вику чечетку танцевать.

— Ой, ну не надо, не надо мне морали читать, — махнул рукой Костик, — когда это было? Ты все забыть не можешь! К тому же папульку почти сразу выпустили. Морду набили и выпустили.

— О Боже! — Наташа вздохнула и закатила глаза к потолку. — И в кого ты такой жестокий бесчувственный идиот? Отец физик, доктор наук, мама искусствовед. Морду набили! Это ж надо!

Молоденький курьер скорчил кислую рожу, махнул рукой на Наташу и продолжил приставать к Нечаеву:

— Феликс, Феликс, а ты свою где купил?

— Приятель из Германии пригнал.

— Сколько взял за перегон?

— Восемьсот.

— Это недорого. У меня тут бывший одноклассник тоже подрядился гонять машины из Германии, он такое рассказывал, жуть. Почти пятьдесят часов за рулем, все дерут деньги, кому не лень, погранцы, полиция, таможня, сейчас еще всякие «зеленые» экологи появились, требуют пошлину за вред окружающей среде. Ну и бандюки, конечно, как же без них? Говорят, им сами погранцы сообщают, кого стоит грабануть, у кого есть что взять. К примеру, остановишься поспать в Белоруссии, обязательно нарвешься на бандюков. Такса минимум сто баксов. Откажешься платить — все, кранты, в лучшем случае останешься без тачки, в худшем замочат.

— Господи, о чем вы говорите? — простонала сквозь слезы Лиля, но никто ее не услышал. Тата вновь углубилась в чтение глянцевого женского журнала, Наташа красила ресницы, Вадик задремал.

Дверь была плотно закрыта. Мимо процокали каблучки секретарши одного из помощников Рязанцева, и тут же навстречу ей вспухла волна шума. Журналисты, аккредитованные в Думе, с утра клубились в крыле, принадлежащем фракции «Свобода выбора», и каждого, кто входил и выходил, брали в плотное кольцо. Секретарша одного из помощников партийного лидера имела полное моральное право замахать на них руками, забормотать: «Я ничего не знаю!» — и продраться сквозь строй к лифту, а потом в буфет. Но сотрудники пресс-центра не могли себе этого позволить. Они обязаны были не просто общаться с журналистами, но и дружить с ними, не обижать, кормить эксклюзивной информацией. Взамен журналисты предоставляли главе фракции эфирное время и газетно-журнальное пространство. На этом бартере и держалась основная работа пресс-центра.

Беда заключалась в том, что Вика Кравцова за последние три года успела уволить всех, кто мог бы даже теоретически претендовать на ее место, и собрала вокруг себя совершенно никчемную команду, на фоне которой выглядела блестящей и незаменимой. К подчиненным она предъявляла всего три простых требования: покорность, исполнительность и бездарность. Ей не нужны были чужие идеи, ей хватало собственных.

Взять на себя ответственность и выйти к прессе никто не решался.

— Лезут, лезут, сволочи, — зевнув, произнес Феликс и налил себе еще коньяку, — стервятники, тянет их на мертвечину.

— Ой, перестань, не надо, — поморщилась Тата, — чего делать-то будем?

Этот вопрос давно висел в воздухе. Все понимали, что до вечера так сидеть невозможно. Либо надо начинать работать, либо просто плюнуть, молча продраться сквозь кольцо журналистов и разойтись кто куда.

Феликс зажевал лимоном очередную порцию коньяка, Наташа принялась сосредоточенно начесывать пышную челку, Вадик загасил докуренную до фильтра сигарету и тут же достал следующую. И в этот момент дверь распахнулась. На пороге стояла совсем юная стриженая блондинка в белых штанах и полосатой майке.

— Здравствуйте, — сказала она, одаривая всех сверкающей улыбкой, — меня зовут Мери Григ, я из Нью-Йорка. У вас там в предбаннике целая толпа прессы. Вы хотите, чтобы они разошлись? Или вам есть что им сказать?

* * *

Нянька Рая не спеша мыла пол в палате, тряпка тихо чмокала в ведре, за открытым окном щебетали птицы. Койка Галины Дмитриевны была слегка приподнята и развернута к телевизору. Шло дневное ток-шоу.

— Я женским вниманием никогда обойден не был, — надменно сообщил с экрана щекастый мужчина с длинными волосами, зачесанными назад и забранными в хвостик, — у меня всякие были: и зрелые матроны, и девочки молоденькие, и фотомодели, и бизнес-леди, так называемые деловые женщины. Вот этих я просто не выношу.

— Чем же они вам так не угодили? — спросил тоненький вертлявый ведущий в лиловом фраке, с необыкновенно пышным белым чубом и круглыми, как монеты, глазами.

— Да они же вовсе не женщины, — пропел щекастый чистым высоким тенором и снисходительно улыбнулся. — Желание доминировать свойственно мужчине, женщина должна подчиняться, растворяться в партнере. А эти бизнес-леди, они на самом деле своей активностью и, так сказать, независимостью пытаются компенсировать свою половую неполноценность, подсознательную фригидность. Это что-то вроде сублимации с элементами фрустрации.

— Гм... понятно, понятно, — ведущий закивал с комической важностью, — а теперь, пожалуйста, то же самое, только по-русски.

— Ах, да, извините, я психолог и привык пользоваться профессиональными терминами, — мужчина пошевелил рыжими густыми бровями, сморщил толстый нос, — фигурально выражаясь, они не хотят и не могут.

— Что именно? — тряхнув чубом и склонив голову набок, лукаво уточнил ведущий.

Щекастый закатил глаза к потолку и произнес неожиданно глубоким басом:

— Иметь полноценные сексуальные сношения с мужчиной.

Нянечка Рая отжала тряпку в ведре, вытерла руки полой халата и, тяжело вздохнув, покосилась на Галину Дмитриевну.

— Вы бы лучше поспали, чем эту пакость смотреть. Давайте я переключу на «Дикую Розу». Можно?

— Феликс Нечаев не психолог, — чуть слышно произнесла Галина Дмитриевна, — зачем он говорит неправду?

— Это вы о ком? — удивилась нянечка.

Галина Дмитриевна ничего не ответила. Она смотрела в экран. Глаза ее были неподвижны, она даже не моргала.

— Итак, подведем некоторые итоги, — сказал ведущий и опять тряхнул чубом, — наша сегодняшняя тема «Принципиальный холостяк». Наш герой утверждает, что изучил разные типы женщин и не хочет жениться, поскольку ни один из этих типов его не удовлетворяет. Что скажут наши зрители? Пожалуйста! Вот вы, девушка!

Ведущий крупными скачками подлетел к хорошенькой юной блондинке в первом ряду и сунул ей в лицо микрофон.

— Если ему никто не нравится, зачем он вообще лезет? — выпалила блондинка. — Пусть переходит на самообслуживание и сам себя удовлетворяет!

В зале засмеялись. Оператор упер камеру в лицо герою. Лицо это ходило ходуном. Двигались брови, вертелся нос, толстые губы то поджимались в нитку, то вытягивались в трубочку.

— Знаете что, милая, — пропел он, опять басом, — я вам могу сказать как профессиональный психолог, что у вас очень серьезные комплексы.

— Феликс не психолог, — повторила Галина Дмитриевна чуть громче, — он закончил заочное отделение областного педагогического института. А до этого служил в армии, строил генеральские дачи под Москвой.

Нянечка Рая собиралась вылить грязную воду из ведра, но застыла на полпути к туалету. Швабра с громким стуком упала на пол.

— Что вы говорите? Я не поняла...

— Сначала мы взяли его на договор, курьером. Потом он стал младшим редактором. Он пунктуален, аккуратен, никогда ничего не забывает, умеет наводить порядок в бумагах и документах.

— Галина Дмитриевна! — испуганно окликнула ее нянечка. — Вам нехорошо? Может, доктора позвать?

— Нет, Рая, не волнуйтесь, — больная глубоко вздохнула и закрыла глаза, — можете переключать на свою «Дикую Розу» или вообще выключить. И, пожалуйста, опустите мою койку, я посплю.

То, что произошло сейчас, было почти невероятно. Она вспомнила, как звали щекастого мужчину, героя телешоу, кто он, откуда она его знает. Впервые из черного вязкого хаоса вырвался наружу живой и понятный фрагмент. Пусть это была всего лишь плоская картинка, пусть на картинке кривлялся дурак Феликс, но она вспомнила. И еще ей удалось глядеть в экран, не моргая, почти целую минуту. Это тоже был отблеск прошлой жизни, отблеск слабый, бессмысленный, но милый.

Муж Галины Дмитриевны в самом начале своей политической карьеры специально вырабатывал перед зеркалом пристальный, неподвижный взгляд, учился смотреть, не моргая, в телекамеру — это сильно действовало на зрителей, даже слегка гипнотизировало, однако глаза уставали, слезились, болела голова. После репетиций перед зеркалом и телесъемок у него дергались сразу оба века. Он нервничал и злился. Чтобы успокоить его, Галина Дмитриевна тренировала гипнотический лидерский взгляд вместе с ним и превратила это в игру. Они засекали время по песочным часам и смотрели в глаза друг другу, не моргая, кто дольше продержится.

Она вообще многое делала вместе с ним и ради него — садилась на диеты, когда он начинал полнеть, изнуряла себя игрой в большой теннис, который на самом деле терпеть не могла, потому что мячик всегда, как заговоренный, летел ей в голову. Более всего тяготили ее в той прошлой жизни митинги и светские мероприятия. Ей было плохо в толпе. Она терялась, не любила, когда на нее смотрят, все казалось, что-то не так: пятно на костюме, дырка на колготках, тушь сыплется с ресниц, помада размазалась. Она старалась уединиться, слишком часто бегала в туалет, проверить, все ли в порядке, тут же напрягалась, что кто-нибудь обратит на это внимание и что-нибудь не то о ней подумает.

Страхи на уровне «кто что подумает» были, пожалуй, самыми главными, самыми упорными и мерзкими из ее страхов. Она понимала, как это мелко, пошло, как «по-бабски», и ненавидела себя за это, но ничего поделать не могла.

Когда-то, в двенадцать лет, пересекая свой двор, наполненный детьми, старухами на лавочках, собачниками, мамашами с колясками, она украдкой косилась на каждого встречного и пыталась угадать по его лицу, что он о ней думает — считает, будто она нарочно утопила Любу Гордиенко, или не верит в это. Мнение обитателей двора казалось ей достоверней правды, важней ее собственной памяти, тогда еще вполне ясной и здравой. Как будто они, соседи, толпа, могли решить тайным голосованием, убийца она или нет.

— Не смей никого слушать. Не обращай на них

внимание. Ты ни в чем не виновата, ты же знаешь, как было на самом деле! — говорила мама.

— Тогда почему они шепчутся у меня за спиной? Почему Любина мать кричит на весь двор: «Убийца! Чтоб ты сдохла!» — и никто ее не просит замолчать? Они слушают, качают головами, потом все обсуждают и смотрят на меня, смотрят...

— Мы уедем отсюда, и все это кончится, — обещал папа.

Но чтобы переехать в другой район, надо было искать варианты обмена, а это невозможно сделать за один день. Прошел почти год, прежде чем Галя села в кабину большого фургона, нагруженного домашним скарбом, и навсегда покинула двор с его общественным мнением. Последнее, что она услышала, был истошный крик пьяной Любиной матери:

— Убийца! Чтоб ты сдохла!

Растрепанная, седая, в халате, она бежала за машиной, которая все никак не могла развернуться и вписаться в узкий проезд между домами, отделявший двор от улицы.

На лето папа достал путевки в ведомственный дом отдыха в Сочи. Когда Галя увидела море, она побелела, начала задыхаться. Сначала решили, что это астма. Галю долго и мучительно обследовали в больнице, ничего не обнаружили, ставили какие-то мудреные диагнозы, опять обследовали, пока, наконец, не нашелся умный доктор, который понял, в чем дело, отменил все назначенные лекарства и порекомендовал обратиться к подростковому психотерапевту.

— Ты боишься воды потому, что боишься утонуть? — спрашивала психотерапевт.

— Нет. Я боюсь, что утопила Любу.

— Но ведь ты не делала этого.

— Не делала. Но когда я вижу воду, мне начинает казаться, что я просто забыла, как все произошло на самом деле, и я думаю: а вдруг я правда убийца?

— Попробуй рассказать с самого начала, все, что помнишь.

Галя попробовала, но стоило произнести слова «Вода стала мутной, под ногами не оказалось дна», тут же опять началась страшная одышка.

Врач попросила ее написать что-то вроде рассказа или письма, спокойно изложить события того дня на бумаге. Галя исписала двадцать страниц в общей тетради, вспомнила все, почти по минутам.

Когда они вошли в воду, дно оказалось совсем пологим и мягким, как кисель. Сначала держались за ивовые ветви, не отходили далеко от берега, поскольку обе очень плохо плавали. Но было жарко, и барахтаться на такой мелкоте надоело. Галя поплыла дальше, по-собачьи, Люба за ней. Каждые несколько метров вставали на ноги, проверяли, не слишком ли глубоко. Разговаривали, смеялись. Люба говорила, что в такой воде хорошо мыть волосы, она очень мягкая, без хлорки.

Потом услышали громкую музыку. Плыл прогулочный катер, и звучала песня про последнюю электричку. Галя стала подпевать во все горло, катер приближался, песня зазвучала так оглушительно, что заложило уши. Когда он проплыл мимо, от него пошла высокая сильная волна. Это было так неожиданно, что обе девочки ушли под воду с головой. Галя хлебнула воды, но быстро вынырнула, огляделась и увидела, что Любы нет рядом. Она сначала позвала ее; не услышав ответа, нырнула опять и попыталась открыть глаза под водой. От волн поднялся ил, вода стала мутной, под ногами не было дна. Какое-то время она шарила руками, пыталась найти Любу на ощупь, выныривала, дышала, звала на помощь. Никто не откликался. Катер был все еще близко, и песня про электричку звучала слишком громко.

Неизвестно, сколько прошло времени. Галя ныряла и шарила под водой до тех пор, пока не поняла, что просто не вынырнет после очередного погружения. Она не знала, умеет ли плавать Любина мать, Кира Ивановна, но решила, что на берегу в любом случае могут оказаться какие-нибудь взрослые люди и Любу еще успеют спасти.

Барахтаясь по-собачьи, она кое-как добралась до берега. Там, под березой, на байковом одеяле, крепко спала мать Любы. Рядом стояла пустая бутылка из-под портвейна. Галя принялась будить Киру Ивановну, трясти изо всех сил. Проснувшись, наконец, она еще несколько минут сидела, тараща красные глаза, и повторяла:

— Так я не поняла, где Люба?

Тут мимо прошел какой-то мужчина, Галя бросилась к нему, он понял ее сразу и, не раздеваясь, прыгнул в воду.

Кира Ивановна догадалась, что произошло, только когда мужчина вынес ее дочь на берег и, ни слова не говоря, принялся делать ей искусственное дыхание. Но все было уже бесполезно. Мужчина оставил их, побежал искать ближайший телефон, чтобы вызвать «скорую». И вот тут Кира Ивановна закричала: «Это ты сделала, ты ее нарочно утопила, ты убила мою Любушку!»

Прочитав исписанные страницы, врач сказала:
— Вот видишь, ты ни в чем не виновата. Я советую тебе никогда ни с кем не обсуждать эту ужасную историю, а все, что мучает тебя, записывать в тетрадку. Ты будешь просто вести дневник, он поможет тебе успокоиться и разобраться в собственных чувствах. Это очень старый, простой и надежный метод. Время лечит. А от воды тебе пока лучше держаться подальше. Но и этот страх постепенно пройдет. Ты умная девочка, все будет хорошо.

Потом многие годы и правда все было хорошо, правильно и осмысленно.

Галя училась в новой школе лучше, чем в старой, получала пятерки по всем предметам и закончила с золотой медалью. Наверное, потому, что ни с кем не дружила, очень много читала и занималась. После десятого класса поступила в университет, на исторический факультет, встретила Женю, родила двоих детей, защитила диссертацию, жила ярко и интересно.

Если накатывали на нее мутные волны тоски и страха, она возвращалась к своей старой общей тетради, которая постепенно превратилась в ее дневник. Она никому не рассказывала про Любушку, даже самым близким людям, мужу и единственной своей подруге Светке Лисовой, поскольку успела изучить самое себя и знала, что сразу начнет дрожать и оправдываться, хотя ни в чем не виновата. Но потребность поделиться с кем-то иногда возникала, и она возвращалась к своему дневнику.

Со временем страх ушел, смягчилось и растаяло жгучее чувство вины. Осталась только жалость к Любушке, и страницы старой общей тетрадки в клеточку, с зеленой клеенчатой обложкой, постепенно стали заполняться простыми теплыми воспоминаниями о погибшей девочке.

Она описывала маленькую комнату в коммуналке, в которой жила Люба с матерью. Письменный стол у окна, настольную лампу, куклу-негритоса с красной повязкой на приклеенных курчавых волосах, бумажный портрет Брижит Бардо за стеклом серванта, маленький серый томик Есенина пятьдесят девятого года издания, с которым Люба никогда не расставалась и даже клала на ночь под подушку, телевизор с крошечным экраном и лупу, в которую заливали воду. Все подробности короткой Любушкиной жизни переселились из небытия в потрепанную общую тетрадь и устроились там вполне комфортно.

Нянька Раиса закончила уборку палаты, еще некоторое время постояла, опершись на швабру, и посмотрела телевизор. Как только больная заснула, она тут же переключила на другой канал и поймала несколько финальных сцен очередной серии «Дикой Розы».

* * *

— Если такая умная, возьми и разгони их, — пробормотал себе под нос компьютерщик Вадик.

— Это наши проблемы, и посторонних они не касаются, — надменно заметила секретарша Наташа, — и вообще, мы не поняли, кто вы и каким образом сюда вошли?

— Да, очень интересно, откуда взялась такая фея? — томно потягиваясь, спросил Феликс.

— Из Нью-Йорка прилетела.

— Из эмигрантов? — небрежно уточнила Тата.

— В Америке все эмигранты, — улыбнулась Маша, — правда, в разных поколениях. Мои предки, насколько мне известно, переселились в Новый Свет в конце восемнадцатого столетия.

— Ага, ясненько, — Феликс важно похлопал глазами, покрутил подвижным мягким носом, попытался сосредоточиться, но не смог. — Слушай, а почему ты так отлично говоришь по-русски? Никакого акцента. И вообще, извини, конечно, но кто ты такая, а?

— У меня была няня русская. А кто я такая, вы все могли узнать еще неделю назад. О моем приезде вас предупреждали. Пришло несколько факсов из «Парадиза». В бюро пропусков для меня был заказан декадный пропуск, иначе я бы сюда никак не попала.

— Ага, конечно. Факсы, наверное, к Вике пришли, а ее... это... тю-тю, пиф-паф... Господи, упокой ее грешную душу, пусть земля ей будет пухом! — Феликс закатил глаза и размашисто перекрестился, снизу вверх и слева направо.

— Так все-таки, кто же вам заказал пропуск? — подозрительно прищурилась Ляля.

— Ваш покойный шеф, Виктория Павловна Кравцова, — Маша одарила всех своей ясной белозубой улыбкой, шагнула к Феликсу, уселась напротив него на табуретку и заговорила тихо, вполголоса:

— Так, что касается прессы. Молчанием вы только разжигаете их любопытство. Надо выйти и просто поделиться с ними тем, что вы сейчас чувствуете. Вам ведь жалко Викторию?

В мутных глазах Феликса блеснуло что-то вроде удивления. Он часто заморгал желтыми, длинными, как у коровы, ресницами.

— Конечно, жалко, — ответила за него Маша, — это ужасно, когда гибнет человек, тем более женщина, молодая, красивая, умная, талантливая, у которой все впереди. Вы глубоко возмущены этим убийством, не можете оправиться от шока, вам трудно представить, что Вики больше нет. Всеми этими переживаниями вы искренне поделитесь с журналистами.

— Боже, какой чудовищный цинизм, — громко выдохнула Наташа и покачала головой. Но никто ее не услышал.

— Официальные предварительные версии следующие, — продолжала Маша, — профессиональная деятельность, ограбление, личная неприязнь. Но в интересах следствия ни одну из них вы озвучить не можете.

— Откуда вы знаете про версии? — спросил компьютерщик Вадик.

— Ничего я не знаю, — махнула рукой Маша, — так всегда говорят в криминальных новостях.

— А если они начнут задавать конкретные вопросы? Ну, там про личные отношения, и все такое, — спросил Феликс, мучительно икая.

— Про личные отношения отвечайте: ерунда, грязная сплетня, гнусная утка, развесистая клюква, лапша на ушах, не достойная внимания уважающих себя СМИ.

— А если я что-нибудь лишнее ляпну?

— Не ляпнете, вам ведь ничего не известно, верно?

— А вдруг известно?

Маша критически оглядела толстую, расплывшуюся в кресле фигуру Феликса и еле слышно спросила:

— Сколько вы успели выпить?

Феликс икнул так мощно, что подпрыгнул, и виновато отвел взгляд.

— Ну ладно, будем считать, что ваше состояние — результат нервного потрясения, — утешила его Маша. — Вам надо причесаться, умыться, глотнуть крепкого кофе, пожевать жвачку, чтобы не пахло изо рта, и вперед!

Через двадцать минут посвежевший Феликс вышел в предбанник, к прессе. Маша вышла вместе с ним и уселась на стул в уголке. Журналисты так обрадовались Феликсу, что на нее не обратили внимания. Его искренние страдания по поводу гибели Вики Кравцовой были запечатлены парой телекамер, записаны на дюжину диктофонов.

Вопросы сыпались градом.

— Как вы можете прокомментировать вчерашний анонимный звонок Рязанцеву в прямой эфир?

— Существует ли связь между убийством Виктории Кравцовой и убийством гражданина США Томаса Бриттена?

— Действительно ли оба трупа были обнаружены в одной квартире и в одной постели? Если связи нет, почему Рязанцева сразу убрали из кадра? Телевизионщики говорят, что он отреагировал на звонок очень бурно. Чем объяснить такую реакцию?

— Как можно отрицать связь между этими двумя убийствами, если Томас Бриттен активно участвовал в работе пресс-центра? Правда ли, что звонил сам убийца? Отслежен ли звонок?

— Какие отношения были между Бриттеном и Кравцовой? Почему представители МВД, прокуратуры и посольства США с самого начала неправильно назвали имя американца? И откуда оно могло быть известно звонившему?

Феликс важно надувал щеки, шевелил рыжими густыми бровями и повторял:

— Ерунда. Гнусная утка, развесистая сплетня, грязная лапша, клюква на ушах, не достойная внимания уважающих себя СМИ!

———————

ГЛАВА ДВАДЦАТЬ ПЯТАЯ

После совещания Арсеньев решился заглянуть к Зюзе, хотя она его не приглашала. Он надеялся, что к ней на стол уже легли результаты сравнительной баллистической экспертизы. Они должны были прийти сегодня утром. До совещания Зюзя просмотреть их не успела, теперь, скорее всего, сидит и читает.

В ее кабинете было жарко и пахло какими-то сладкими пряными духами. Судя по сердитому выражению лица, Зюзя действительно читала нечто интересное. Она терпеть не могла, когда ее отвлекали.

— Шура, ты понял, что сегодня в половине шестого вечера тебя ждет Рязанцев? — буркнула она, не поднимая головы. — Кстати, заодно побеседуешь и с домработницей Лисовой.

— Нашлась, наконец? Где же?

— Надо уметь искать своих свидетелей, майор Арсеньев. Все это время она находилась у Рязанцева.

— Как вы узнали?

— Да просто позвонила ему домой. Оказывается, Лисова училась с ним и его женой в университете. Она вроде как и не домработница. Она почти родственница. Все эти годы преданно служила семье Рязанцевых, нянчилась с детьми, помогала по хозяйству. Никакой личной жизни. Только служение друзьям, совершенно бескорыстное служение. Видишь, Шура, оказывается, еще остались на свете возвышенные и чистые натуры. Вот так, а ты говоришь...

Он ничего не говорил. Он молча слушал и восхищался Зюзей.

— Светлана Анатольевна Лисова именно такая натура, чистая, возвышенная и совершенно бескорыстная. То есть, возможно, конечно, они иногда помогали ей морально и материально в трудную минуту, но это была дружеская поддержка, никак не плата за услуги. Платить ей регулярно стала только Виктория Кравцова, — Зюзя тяжело вздохнула. — Боюсь, у нас всплывает первый фигурант. Ты только представь, каково ей было трижды в неделю убирать квартиру Кравцовой?

— Зинаида Ивановна, как все вы это узнали?

— Рязанцев рассказал.

— По телефону?

— Разумеется, по телефону. Я ведь не ездила его допрашивать этой ночью.

— То есть всю вот эту информацию о Лисовой вы сумели добыть у него по телефону?

— Надо уметь спрашивать, Шура. Надо точно формулировать вопросы, внимательно слушать ответы и делать выводы, аккуратно отделяя факты от собственных домыслов. Рязанцев мне просто сказал, что с Лисовой они знакомы больше четверти века. Познакомились в университете. Она была свидетельницей на свадьбе. Из документов мне известно, что она никогда не была замужем, детей не имеет. Сейчас живет у Рязанцева, ночует в его доме. Это факты. Все прочее — мои выводы и домыслы.

— А почему вы не сказали об этом на совещании? — удивленно выпалил Саня.

— Потому что я хочу, чтобы первыми поговорили с ней мы, а не ФСБ, — быстро произнесла Зюзя и поморщилась.

— Так, может, взять с нее подписку о невыезде? Ведь и алиби у нее никакого нет, и ключ от квартиры, и мотив.

— Ты сначала просто побеседуй с ней, Шура. По-хорошему, по-дружески. Не надо ее напрягать раньше времени. А там посмотрим. Кстати, Рязанцев просил прислать к нему домой именно тебя. Интересно, чем ты ему так приглянулся?

— Я интеллигентный. Моя физиономия внушает доверие.

— Да? — Зюзя критически оглядела Арсеньева. — Это ты сам так решил, или тебе кто-то сказал?

— Сказали.

— Не верь. Хитрая лесть. Альтернатива взятки. Слушай, Шура, — она окончательно оторвалась от бумаг на столе и похлопала себя ручкой по губам, — ты ведь работал по убийству гражданина Куликовского?

«Значит, не напрасно я надевал свой эксклюзивный костюм и потратил полночи на откровения Павлика Воронкова. Вот оно, счастье!» — обрадовался Арсеньев.

— Совершенно верно, Зинаида Ивановна. Работал.

— Эй, а чего засиял, как свежий блин? — Зюзя прищурилась. — Там вроде бы ничего радостного не было. Подозреваемый погиб до суда, орудие преступления не найдено.

— Разве я засиял? — удивился Саня и даже привстал, чтобы взглянуть на себя в зеркало. — Да, действительно. Это просто потому, что вы отлично выглядите и мне приятно на вас смотреть.

— О Боже, Шура! — Зюзя выразительно закатила глаза к потолку. — Где ты нахватался этой дешевки? Ты еще по коленке меня погладь.

— А можно? — растерянно моргнул Арсеньев и не выдержал, засмеялся. Вслед за ним засмеялась Зюзя.

— Учти, майор Арсеньев, я этой вашей хитренькой мужской лести не терплю. И от дураков устала. Я старуха злая и бесчувственная. Со мной трудно. Предупреждаю заранее, если станет совсем невыносимо, подари котенка, — произнесла она отрывисто, сквозь смех и вытерла кончиком салфетки под глазом.

Все знали, что Лиховцева коллекционирует кошачьи фигурки, и если кто-нибудь хотел ее ублажить, всегда мог подарить очередную кошечку, все равно — серебряную, деревянную, плюшевую, главное маленькую, не больше яблока, и чтобы мордочка была выразительная. В кабинете две полки стеллажа были заставлены фигурками кошек — фарфоровыми, хрустальными, медными, из малахита, оникса и бирюзы, из пластмассы и гуттаперчи.

— Этот твой Масюнин, гений судебной медицины, — он, конечно, слегка сумасшедший. Правда, надо отдать ему должное, у него случаются иногда такие прозрения, что можно все простить. В случае с патронами именно так и произошло, — Зюзя протянула Арсеньеву несколько листков со своего стола.

Компьютер выдал категорическое заключение, что Кравцова, Бриттен и бывший мытищинский хулиган Кулек были убиты из одного и того же оружия. Микрорельефы деталей ствола, отобразившиеся на гильзах, оказались совершенно идентичны.

— Знаешь, это вроде как в вязании ловить и поднимать упущенные петли, — задумчиво пробормотала Зюзя. — Месяц назад ты оставил где-то гулять неизвестный ствол, вот он и выстрелил. Теперь придется вернуться к покойным Куликовскому и Воронкову. К рецидивисту и наркоману. У них уже не спросишь, что их могло связывать с руководителем пресс-службы крупнейшей парламентской фракции и американским профессором-политологом. Ведь так не бывает, чтобы людей убили из одного ствола, довольно редкого ствола, и при этом их совершенно ничего не связывало. Как тебе кажется? А, Шура? Хорошо, что прошел только месяц, а не год. Эй, ты здесь? Ты меня слушаешь?

— Да-да, Зинаида Ивановна, я здесь, я вас очень внимательно слушаю, — энергично закивал Арсеньев.

— Не похоже. У тебя глаза ушли и плавают где-то в подсознании. Вспомнил что-нибудь интересное?

— У вас карта Москвы далеко?

Зюзя, умница, даже не стала спрашивать зачем. Она просто включила свой компьютер, отыскала нужную программу и кивком пригласила Арсеньева сесть рядом.

Саня нашел озеро Бездонку в Серебряном бору. Оно находилось совсем недалеко от Кольцевой дороги и непосредственно от поворота на Лыковскую улицу, от того самого поворота, у которого вчера ночью решительный черный «Фольксваген-гольф» подобрал одну из двух проституток-любительниц. В красном трикотажном платье, в лаковых черных босоножках на немыслимой «платформе», с белыми волосами до пояса. Именно ту, которая лежала сейчас на столе у Масюнина с ярко накрашенными губами и следами от пластыря.

Стараясь говорить убедительно и не перегружать Зюзю лишними подробностями, Арсеньев рассказал сначала о своем ночном визите в автосервис и исповеди Павлика Воронкова, потом об утреннем звонке Геры Масюнина, о мертвой проститутке и уж от нее осторожно перешел к некоторым особенным признакам на трупе Кравцовой. Но тут Зинаида Ивановна замотала головой, да так энергично, что растрепалась ее шикарная прическа.

— Стоп, Шура, стоп. Тебя же просили никому об этом не говорить. А ты что делаешь? Нехорошо.

— Не понял, — Саня недоуменно уставился на Лиховцеву.

Она вышла из-за стола, величественно проплыла по кабинету, остановилась перед зеркалом и занялась своими белоснежными аккуратными локонами.

— Ну, тебя же предупреждал Гера, что в протокол все эти «классные феньки» он вносить не станет, и разговор у вас с ним был сугубо конфиденциальный. Предупреждал или нет?

Арсеньев поерзал на стуле и ничего не ответил.

— Меня он тоже просил никому не рассказывать, у меня с ним тоже был сугубо конфиденциальный разговор, — продолжала Лиховцева, кончиками пальцев взбивая пряди на макушке, — я молчу, как партизанка. А ты? Тебе не стыдно?

— Погодите, Зинаида Ивановна, вы что, все знаете? Вы видели?

— А как же? — Зюзя аккуратно уложила локон на виске, достала губную помаду и, прежде чем подкрасить губы, покрутила золотистым цилиндриком у Арсеньева перед носом. — Ты думаешь, только ты удостоился? Для Масюнина взять кого-нибудь под локоток и поделиться своими гениальными прозрениями — все равно что для непризнанного поэта продекламировать свои новые стихи.

— Вы считаете, это бред? — спросил Арсеньев, тоскливо блуждая взглядом по кошачьей галерее. — Я видел сам, я был трезв и галлюцинациями не страдаю.

— Я тоже видела, — тяжело вздохнула Лиховцева, — но, в отличие от тебя, сегодня утром в морг смотреть на утопшую проститутку не помчалась, поскольку дорожу своим временем и нервами.

— То есть вы думаете, нет никакой связи?

Лиховцева аккуратно подкрасила губы, припудрила нос и щеки, вернулась за стол.

— Нет, Шура. Нет. Пока, во всяком случае, я никакой связи между убийством Кравцовой и Бриттена и самоубийством проститутки не вижу. Если ты хорошо подумаешь, то сам поймешь. Эксперт обратил наше внимание на ряд сомнительных признаков, которые можно трактовать по-всякому. Но поскольку эти признаки противоречат нашей основной версии, лучше их пока оставить в покое. К тому же сейчас идет повторная экспертиза трупов, проводит ее группа профессора Бирюкова, это серьезные специалисты, люди трезвые, в отличие от Масюнина. Вот когда они подтвердят все эти прелести с помадой и лейкопластырем, тогда будем думать. А пока у нас заказное убийство, со слабыми признаками ограбления. И на сегодня твоя задача, майор Арсеньев, сначала побеседовать с Рязанцевым и домработницей убитой, Светланой Лисовой, потом отработать дневники и записные книжки Кравцовой, попытаться максимально подробно восстановить последние трое суток ее жизни, опросить всех, с кем она встречалась, ну и так далее. Ясно тебе?

Саня вдруг поймал на себе странный живой взгляд одного из экспонатов Зюзиной коллекции.

Это был самый большой кот, почти в натуральную величину. Его сшили из белоснежного пушистого меха, ему вставили стеклянные глаза, даже не кошачьи, а совершенно человеческие, небесно-голубые, ясные, ласковые, но одновременно насмешливые и хитрые. Кот смотрел прямо на Арсеньева и ухмылялся.

— Это игрушка или чучело? — спросил Саня.

— Конечно, игрушка. Я слишком люблю кошек, чтобы заводить у себя их чучела. Это авторская работа, сшила одна художница, кукольный мастер. Живет в Нью-Йорке, разумеется, наша эмигрантка.

— Почему разумеется? — слегка удивился Арсеньев.

— Потому, что ни один иностранец так не сделает, — гордо заявила Зюзя. — Ты когда-нибудь видел такие выразительные лица? Такие глаза? В них светится кошачья душа. Шерстка из искусственного меха, а выглядит как настоящая. — Зюзя подошла к стеллажу, сняла белого глазас-

73

того кота. — Смотри, у него лапки двигаются, головка крутится. Я назвала его Христофор, в честь Колумба, который открыл эту несчастную, Богом забытую Америку. Между прочим, я где-то читала, что бабушка Колумба была русская.

***

Евгений Николаевич Рязанцев проснулся от сильного сердцебиения. Не только сердце, но весь его организм пульсировал и дрожал, словно во сне к нему подключили какие-то электроды и пускали короткие болезненные разряды. Дневной сон всегда действовал на него ужасно. Он потел, как мышь, и потом долго еще чувствовал себя разбитым.

Первое, что он увидел, было круглое розовое лицо Светы Лисовой. Она склонилась над ним так близко, что стал слышен крепкий дрожжевой запах ее дыхания.

— Который час?

— Половина третьего.

Он вскочил, растерянно ощупал карманы. Света протянула ему телефон.

— Ты это ищешь? Прости, Женечка, я вытащила потихоньку, иначе тебе не дали бы поспать. Знаешь, нельзя включать этот ужасный вибро-звонок, он так действует на нервы, лучше уж просто звонок, какая-нибудь приятная мелодия.

— Погоди, — Рязанцев потряс головой, — ты залезла ко мне в карман, пока я спал? Слушай, ты совсем рехнулась? Я разве не объяснял тебе, что никогда, ни при каких обстоятельствах не расстаюсь с этим аппаратом? Есть люди, с которыми я всегда должен быть на связи.

— Ты на связи, Женечка, на связи, — энергично закивала Светка, — если бы позвонили, я бы спросила, кто, по какому вопросу, я бы все записала и тебе передала.

— Идиотка! — взревел Рязанцев. — Еще не хватало, чтобы ты лезла в мои дела и шарила по моим карманам! — он кричал все громче, все злей и распалялся от своего крика.

— Прости, прости, Женечка, миленький, я хотела как лучше, я боялась, тебе не дадут поспать, — бормотала она, бледнея и пятясь к стене.

— Зачем ты напялила этот жуткий спортивный костюм? Так одеваются торговки на оптовых рынках! Ко мне постоянно приходят люди, никто, никто в моем доме не позволяет себе ходить в таком виде! Ты на минуточку забыла, кто я? Я глава огромной думской фракции, лидер крупнейшей оппозиционной партии, я политик, я очень известный человек!

— Да, Женечка, ты гениальный политик, ты очень известный человек, ты последняя надежда российской демократии, я ни на секунду не забываю об этом и очень горжусь тобой. Но ты, Женечка, никогда не говорил, что тебе не нравится мой спортивный костюм, я конечно, сниму, если он тебя так раздражает, и больше не надену, — она дернула язычок молнии у горла, но что-то там заело.

— Ты что, собираешься раздеваться прямо здесь? — ему вдруг стало смешно, и он засмеялся, захихикал, нервно, тоненько, омерзительно. Светка растерянно моргала, мотала головой и не знала, что ей делать.

Глядя на ее жалкое, некрасивое, испуганное лицо, на трясущиеся толстые пальцы, он опомнился. Истерика сменилась тихой тоской. До чего же его довели, если он орет на верную безответную Светку, объясняет ей, какой он важный политик, и замечает, что надето на несчастной толстухе!

Впрочем, спортивные костюмы из блестящего трикотажа, эти шаровары и фуфайки на молнии со всякими красно-белыми полосками и фирменными надписями всегда его бесили. Деловито-провинциальная, стыдливая и одновременно хамская альтернатива пижамы. Вид человека в таком костюме, не важно, мужчины или женщины, действовал на него так же, как на других скрип железа по стеклу или вареный лук. Даже в значительно лучшем состоянии духа он не потерпел бы у себя дома этой рыночно-плебейской униформы.

— Все, прости, прости, Светка, — пробормотал он, стараясь не глядеть на нее.

— Ничего, Женечка, если тебе от этого легче, можешь кричать на меня сколько угодно. А костюм я сниму, у меня есть во что переодеться. Ты бы сразу сказал.

— Иди. Это не важно. Нет, погоди, ты что, переселилась сюда? Ты приехала с вещами?

— Ну да... — она густо покраснела и опять принялась дергать язычок молнии. — Я решила, что рядом с тобой в трудную минуту должен находиться близкий человек. Кто же, если не я? Так было многие годы. Это уже что-то вроде семейной традиции, правда? Стоит ли ее нарушать? — улыбка исказила ее лицо, как судорога, на лбу блеснули капельки пота.

— Где же ты спишь? — спросил он, брезгливо морщась и не зная, кто сейчас ему гаже — он сам или несчастная толстуха.

— Дом большой, двенадцать комнат... На третьем этаже, рядом с комнатой Веры Григорьевны. Тем более что у нее внук заболел, она отпросилась на несколько дней. Кто-то ведь должен ее заменить, прибрать, приготовить, правда?

— Правда, правда... Скажи, а почему ты отказалась помочь милиции в Викиной квартире?

— Ох, Женечка, не спрашивай, — она замотала головой, мощные плечи затряслись, она закрыла лицо руками и забормотала: — Я была в таком состоянии, я пережила сильнейшее нервное потрясение. Как я могла вместе с ними рыться в ее вещах, когда она еще не остыла! Женечка, давай мы с тобой пока не будем говорить об этом кошмаре? Пожалуйста, мне очень тяжело, очень, все до сих пор так и стоит перед глазами.

— Что именно? — спросил он чуть слышно и сам не заметил, как подскочил к ней и вцепился в ее руку. — Что ты увидела, когда вошла в спальню? Они лежали в одной постели?

— Да. Они были вместе.

— Ты раньше знала об этом?

Глаза ее заметались, дыхание участилось.

— Женечка, я прошу тебя, только не сейчас, — она уткнулась лицом в его плечо и глухо всхлипнула: — Ее ведь больше нет, правда? Может, лучше вообще забыть об этом, как о страшном сне?

У Рязанцева закружилась голова. Он продолжал стоять, вцепившись в пухлую руку Светки Лисовой и чувствуя плечом ее судорожные влажные всхлипы. Прямо перед его глазами висела на стене картина, абстрактная композиция, состоящая из разноцветных кубиков и ромбов. Фигуры стали стремительно перемещаться, как стеклышки в волшебном фонаре, и вдруг сложились в нечто ясное, вполне конкретное. Игрушечная пестрота пляжа, дымчатое, в мелкой ряби, море. Он услышал запах йода и лаванды, увидел немолодого полноватого мужчину в тугих синих плавках. Мужчина стоял на коленях и со стороны выглядел нелепо, почти непристойно. Жмурясь и постанывая, он натирал миндальным маслом от солнечных ожогов тело юной, изумительно красивой женщины. Она лежала навзничь на соломенной циновке. Глаза ее были закрыты. Ноги цвета расплавленного молочного шоколада, длинные, глянцевые, плотно сжаты, и вся она, тонкая, сверкающая, раскаленная, облизанная солнцем, была напряжена, как провод под током. Щиколотки у нее были такие худые, что он мог обхватить их кольцом из большого и указательного пальцев.

Волшебный фонарь повернулся, и картинка сменилась, наполнилась смехом, звоном посуды, шипением масла на открытых жаровнях. Мужчина сидел и смотрел, как женщина идет к нему, скользит мимо столиков. В линялых выгоревших шортах и белой шелковой футболке она выглядела как легкий ладный подросток. Ее длинные каштановые волосы тяжело взлетали в такт шагам. Она улыбалась ему. Она над ним смеялась и была права, потому что он идиот.

Следующий поворот фонаря не дал никакого конкретного изображения, разноцветные фигурки хаотично шевелились, образуя винегрет, от которого рябило в глазах и тошнота подступала к горлу. Светка Лисова выразительно всхлипывала и терлась лицом о его футболку. На стене висела гадкая, лживая картина, за которую только такой придурок, как он, мог заплатить тысячу долларов.

Рязанцев отстранил Светку и отрывисто произнес:

— Ладно, успокойся. Где Егорыч?

— Не знаю, — она тяжело плюхнулась на стул, поерзала, вытащила из кармана своих трикотажных штанов мятую салфетку, высморкалась. — Он уехал примерно час назад и не сообщил куда. Сварить тебе кофе?

— Да. Спасибо, — кивнул он, уже набирая номер Егорыча.

— Я в прокуратуре, — сообщил приглушенный сумрачный баритон начальника охраны.

— Какие-нибудь новости есть?

— Пока ничего.

— Надо, чтобы кто-нибудь из пресс-центра разобрался в моих планах на сегодняшний вечер. Кто там еще, кроме Феликса?

— Там никого нет, — сердито отчеканил Егорыч, — Феликса тоже, считайте, нет. Он не умеет и не хочет работать. Вы должны позвонить Хавченко, он приедет, все организует.

Евгений Николаевич еле сдержался, чтобы опять не заорать. Гришка Хавченко был руководителем партийного пресс-центра, он позволял себе в присутствии Рязанцева материться и ковырять в зубах. Он был весь увешан золотом, разъезжал в джипе «Чероки» в сопровождении свиты из накаченных мордоворотов и наглых визгливых девиц.

Официально Гришка Хавченко числился помощником депутата Мылкина (фракция «Свобода выбора»), членом Совета директоров акционерного общества «Светоч», председателем некоммерческого благотворительного фонда поддержки ветеранов стрелкового спорта. Неофициально Гришка назывался Хач и являлся одним из главарей Балабаевской преступной группировки.

— Я не могу работать с Хавченко. Сегодня вечером я должен встречать делегацию ООН. Что, меня Хавченко будет сопровождать? Со своими девками и ублюдками?

— Почему? У него работают не только ублюдки, а девок на встречу делегации он, естественно, не возьмет.

— Это неприлично, Егорыч, даже если он явится один и в белом смокинге, это все равно неприлично. Твой Хач не знает ни слова по-английски, он плюется и гремит золотыми цепями, он... — Рязанцев осекся, стиснул зубы, ненавидя и жалея себя.

— Евгений Николаевич, если вы приболели, вам лучше отдохнуть, хотя бы до завтра, — кашлянув, заметил Егорыч, — я распоряжусь, чтобы делегацию встретили.

— Распорядись! — равнодушно выдохнул Рязанцев и отложил телефон.

Да, пожалуй, можно считать себя приболевшим. Можно позволить себе небольшой тайм-аут.

Прежде всего горячая ванна, свежее белье. Потом никакого Светкиного кофе. Обед во французском ресторане «Оноре». Там круглые сутки мягкие сумерки, свечи, полумрак, камин, живое фортепиано. Там кухня, которая может вернуть вкус к жизни даже покойнику. Туда не пускают посторонних. Ни одна сволочь не будет на тебя глазеть, кивать, показывать пальцем. Ни одна фотокамера не плюнет внезапной вспышкой в твое неподготовленное беззащитное лицо.

ГЛАВА ДВАДЦАТЬ ШЕСТАЯ

После полдника Галину Дмитриевну всегда, даже в плохую погоду, выводили на прогулку в больничный парк. Ей необходимо было дышать свежим воздухом и хоть немного двигаться. Чтобы она не встречалась с другими больными и с непосвященным персоналом, ее выгуливали на небольшом пятачке с тыльной стороны здания.

Зимой прогулка длилась всего пятнадцать минут. Галина Дмитриевна в сапогах, в старой цигейковой шубе, надетой поверх халата, медленно шла от заднего крыльца к старой яблоне, которая росла как раз под окном ее палаты, оттуда дорожка сворачивала к калитке, потом вдоль забора. Обычно ее сопровождала сестра, та, что была с ней постоянно. Иногда ее подменяла нянька Рая.

Рая, в отличие от молчаливой сестры, любила поговорить, она рассказала Галине Дмитриевне, что всю жизнь работала педагогом. Лет пятнадцать назад в этом здании была детская лесная школа, в которой она занимала высокую должность завуча по воспитательной работе. Могла бы стать директором, поскольку являлась лучшим специалистом в своей области, отличалась честностью, принципиальностью, к детям относилась строго, но справедливо. Однако зависть и интриги коллег помешали дальнейшему росту ее профессиональной карьеры, а потом школу закрыли, был долгий капитальный ремонт, она осталась без работы.

Когда открылась клиника, она устроилась сюда санитаркой. Это, конечно, страшная несправедливость, поскольку человек ее уровня, с ее образованием и опытом, должен занимать значительно более высокую и достойную должность.

Галину Дмитриевну приходилось держать под руку, от лекарств движения ее были неверными, ноги совсем слабыми, она могла упасть. Обычно доходили до лавочки, стоявшей у самого забора, в нескольких метрах от калитки. Если было холодно и мокро, сидели совсем немного, потом возвращались в клинику.

Именно под этой скамейкой несколько месяцев назад, в декабре, Галина Дмитриевна нашла послание от Любушки.

К тому времени она успела провести в больнице уже несколько месяцев, и наблюдались заметные улучшения. Врач даже сказал, что, вполне возможно, ее отпустят домой на Новый год.

В тот день была чудесная погода, ясное небо,

солнышко, легкий морозец. На прогулку с ней отправилась нянька Раиса. Она болтала не закрывая рта, все рассказывала про интриги завистливых коллег и про то, какие безобразия творились здесь во времена лесной школы.

— Рядом строились генеральские дачи, работали солдаты и постоянно бегали сюда, повара продавали им продукты, а завхоз — вы можете себе это представить? — варила самогон! — властным педагогическим голосом рассказывала нянька, отряхивая маленьким веником скамейку.

Галина Дмитриевна не слушала, кивала из вежливости, щурилась на бледное зимнее солнце. Взгляд ее скользил по заснеженным верхушкам маленьких елок и следил за толстой одинокой вороной.

— Эти солдаты с генеральской стройки залезали сюда в любое время, даже ночью, если им очень хотелось выпить, шныряли по всей школе, — гудел педагогический голос няньки Раи, — вы можете себе представить такое безобразие?

Ворона тяжело опустилась на снег возле скамейки, и вдруг Галина Дмитриевна заметила, что под скамейкой лежит книжка. Наклонившись, она разгребла варежкой тонкий слой снега. Это был томик Есенина, маленький, старый, в грязно-серой обложке, пятьдесят девятого года издания.

Раиса отреагировала на странную находку вполне спокойно.

— Конечно, кому сейчас нужны книги, тем более Есенин? — сказала она, саркастически усмехнувшись. — Просто взяли и выкинули. Мы в ужасное время живем, но и раньше было не лучше. В нашем педагогическом коллективе не нашлось ни одного порядочного человека. Завхоз уходила на ночь домой и всегда оставляла несколько бутылок самогона для солдат дежурному врачу. Выручку они делили пополам. Вы можете себе такое представить? Я, конечно, пыталась говорить об этом в РОНО, в Министерстве, я требовала принять меры...

Книга была влажной от снега. Уголки обложки обтрепались. Галина Дмитриевна дрожащими руками открыла титульный лист. Рядом с фотографией кудрявого поэта лиловыми чернилами было написано: «Гале от Любы, с надеждой на скорую встречу. 7 июня 1964 года».

Буквы слегка расплылись, почерк был корявый, странный. Галина Дмитриевна не вскрикнула, только побледнела, но Рая, конечно, не заметила этого. Вообще никто не придал странной находке особого значения. И никому не пришло в голову заподозрить связь между мокрым томиком Есенина, валявшимся в парке под лавкой, и тяжелейшим приступом, который случился у Галины Дмитриевны через час после прогулки.

Следующее послание от Любы пришло в конце февраля. Снег растаял. Под скамейкой была лужа. В ней плавала пластмассовая кукла-негритос с красной повязкой на курчавых приклеенных волосах.

Нянька Раиса в очередной раз рассказывала о

своей мужественной одинокой борьбе с безобразиями, которые творились в лесной школе, и, мельком взглянув на негритоса, небрежно бросила:

— Зачем вам эта грязная кукла?

Врач на этот раз оказался внимательней. Ему не понравилось, что больная притащила в палату какую-то старую куклу образца шестидесятых. Это было странным и тревожным признаком. Не хватало, чтобы инволюционный психоз усложнился ранней деменцией, при которой больные иногда впадают в детство. Самое обидное, что весь последний месяц Галина Дмитриевна явно шла на поправку, а тут опять случился тяжелый приступ, за которым последовало резкое ухудшение.

К концу марта, когда земля подсохла, под скамейкой валялась старая открытка с фотографией Брижит Бардо. На обратной стороне лиловыми чернилами было написано: «Опять от меня сбежала последняя электричка».

На этот раз Галину Дмитриевну сопровождала сестра. Увидев открытку, она просто отняла ее, спрятала в карман и строго сказала, что нельзя ничего поднимать с земли. Мало ли какой валяется мусор?

Двадцать девятого апреля гулять с больной вышла нянька Рая. Было тепло, нянька жаловалась, что в жару у нее отекают ноги, и ворчала на сестру, которая вполне могла бы сегодня сопровождать Галину Дмитриевну.

Под лавкой лежал сверток, чуть больше сигаретной коробки.

— Никакого уважения к пожилым людям, впрочем, чего от них ждать? Это поколение выросло у меня на глазах. Вы не представляете, что творили дети в лесной школе, — гудел строгий педагогический голос.

Галина Дмитриевна на этот раз не стала показывать свою находку. Она помнила, как забрали из палаты куклу-негритоса, не слушая никаких ее просьб, как сестра отняла открытку с Брижит Бардо. Из трех Любиных посланий ни одно не удалось сохранить, отняли даже томик Есенина, и Любе это, конечно, было очень обидно.

— Девочки мазались, разгуливали с накрашенными глазами и губами, жевали жвачку даже на уроках, хамили невозможно. Когда я принимала строгие меры, мне, вместо благодарности, приходилось выслушивать выговоры от руководства. Никому ничего не надо, всем безразлично, кто потом вырастет из этих деток. Пусть курят, пьют, — Раиса так возбудилась от своих воспоминаний, что встала со скамейки и принялась расхаживать взад-вперед по дорожке.

Улучив момент, когда нянька отвернулась, Галина Дмитриевна подняла сверток и спрятала в карман халата. Развернула она его только оказавшись в туалете, где никто не мог ее увидеть. В маленьком пластиковом мешочке она обнаружила мобильный телефон и вырезку из журнала с телепрограммой. Красным маркером было выделено две строчки: «У нас в гостях, в прямом эфире, известный политик Евгений Рязанцев...»

Более всего она опасалась, что не удастся вовремя включить телевизор. Ей запрещали смотреть его после девяти вечера и смотреть бесконтрольно. Обычно сестра перед сном забирала пульт. Но иногда забывала. Галина Дмитриевна заранее спрятала его в тумбочку, за мешком с фруктами, сестра даже не вспомнила о пульте и искать не стала.

* * *

За полтора часа, проведенные в думском пресс-центре, Маша узнала много нового и интересного. До Феликса дошло, наконец, что ее прислал концерн «Парадиз», что она выпускница Гарварда и намерена изучать русский политический пиар.

— А, прости, кто субсидирует тебя? — спросил он, прищурившись, и Маша поняла, что он протрезвел окончательно.

— Концерн. Кто же еще?

— Класс. Мне бы так... Слушай, а ты с Хоганом лично знакома?

— Конечно, — скромно кивнула Маша, — я иногда сопровождаю его на всяких важных переговорах, конференциях.

— Погоди, а кто же тебя встретил?

— Сотрудник нашего посольства.

— Где ты будешь жить?

— Он же снял мне квартиру через знакомых.

— Интересно, где, в каком районе?

— В центре.

— Класс, — одобрительно кивнул Феликс, — и как квартира, хорошая? Сколько комнат?

— Слушай, ну какая тебе разница? — слегка рассердилась Маша. — Я же не спрашиваю тебя, сколько комнат в твоей квартире.

— А ты спроси. Я отвечу, — Феликс заулыбался, показывая ряд отличных зубов, ровных и белых, — могу даже в гости пригласить. Хочешь, прямо сегодня. Я живу один. Квартирка так себе, трехкомнатная, сто тридцать метров, в новом элитном доме, холостяцкая, но уютная. Ты вечером что делаешь?

— Ужинаю с сотрудниками посольства, — отрезала Маша.

Этот Феликс стал ужасно раздражать ее. Ей показалось, что насчет трехкомнатной квартиры в элитном доме он врет. Просто так, из любви к искусству. Более того, он приглашает ее в гости сегодня вечером, совершенно точно зная, что она откажется. И еще, он постоянно гримасничал, как будто на его лицо была натянута мягкая резиновая маска, снабженная изнутри сложным самодвижущимся механизмом.

— А, понятно, — он вытянул губы трубочкой и сдвинул брови к переносице. — У тебя там небось полно знакомых, в посольстве? Слушай, а ты не могла бы взять меня туда на какую-нибудь тусовку?

— Видишь ли, я не собираюсь ходить на посольские тусовки, у меня здесь совсем другие задачи. Я пишу диссертацию.

— Ты? Чего, серьезно, что ли? Сколько же тебе лет, малышка? — он вдруг засмеялся, до того странно, фальшиво, до того некстати, что Маша слегка напряглась.

— Двадцать пять.

— Ого, уже какая взрослая, — он перестал смеяться, словно внутри у него выключилась машинка игрушечного смеха, и тут же скорчил серьезную, важную морду.

— Я вот тоже все хочу что-нибудь такое написать, повесть, например, или роман. Мог бы стать известным писателем, сейчас это просто. Настоящих писателей нет, и я бы на фоне нынешнего дерьма стал Толстым и Достоевским сразу, в одном лице, — последовала очередная гримаса, рыжие брови сдвинулись к переносице, уголки губ поползли вниз.

— Очень интересно, — вежливо улыбнулась Маша, — у тебя уже есть в голове готовые сюжеты?

— Сколько угодно! — он закатил глаза, прикусил губу, застыл на несколько секунд в глубокой задумчивости и вдруг выпалил: — Слушай, ты есть хочешь?

— Да, наверное, — кивнула Маша.

— Тогда пошли. Я угощаю. Я редко угощаю женщин, но ты мне нравишься.

В лифте он прилип к зеркалу и забыл о Маше,

пригладил ладонями волосы, оскалился, принялся рассматривать свои отличные зубы. Когда лифт остановился, внезапно ткнул Машу пальцем в спину и сказал:

— Пиф-паф, мы приехали.

В подвальном буфете было почти пусто. Феликс набрал себе гору бутербродов. Маша ограничилась овощным салатом, соком и чашкой кофе.

— А Вику ты, значит, никогда не видела? — спросил он, расставляя тарелки на столе.

Маша грустно помотала головой.

— А Бриттена?

— Пару раз, мельком.

— Слушай, а что там в Америке говорят об этом убийстве? — он принялся выковыривать жир из ломтика сырокопченой колбасы и складывать его на край тарелки. — Какая вообще была реакция?

— У кого?

— Ну, например, у Хогана, и вообще у всех.

— Какая может быть реакция на убийство? — Маша пожала плечами. — Шок, возмущение, жалость. У Томаса осталось трое детей.

— Ага, ага, — кивнул Феликс и сунул в рот дырявый кусок колбасы, — а в новостях показали?

— Да, был небольшой сюжет. Но я не видела.

— Сугубо между нами, сначала у нас с Викой кое-что наклевывалось, ну, ты понимаешь, — вдруг сообщил Феликс интимным шепотом, — я такие вещи чувствую, опыт кое-какой имеется, женским вниманием, как говорится, никогда обойден не был. Тут, кстати, недавно одна фотомодель, все как надо, сто девяносто, ноги вообще нереальные, — он отрубил ладонью черту метрах в полутора от пола и часто, печально заморгал, — но ничего не вышло. Понимаешь, она носит трусы и лифчик разных цветов. Я этого не выношу. Ладно, это совсем другая песня, — он лирически вздохнул и на миг прикрыл глаза, — что касается Вики, то, конечно, когда к ней стал подъезжать сам Жека, у нее уже выбора не было.

— Кто такой Жека? — шепотом спросила Маша.

— Рязанцев. Он на Вику очень серьезно запал, очень. Конечно, она не могла отказать.

— Как же его жена?

— А при чем здесь жена? — поморщился Феликс. — Галина Дмитриевна женщина, мягко говоря, странная, такая вся из себя высокодуховная. На мой взгляд, просто сдвинутая. Она укатила в Венецию, вроде решила учиться живописи на старости лет. Да и вообще, одно другому не мешает. Вот мне интересно, чисто психологически, что для него круче — смерть Вики или ее отношения с Бриттеном? Видела бы ты, что с ним было вчера после анонимного звонка! Как его корежило, ужас. Хорошо, вовремя успели камеру убрать. Я уж думал, придется «скорую» вызывать. И главное, звонок ни хрена не отследили, оператор в штаны наложил, сразу отключился.

Между прочим, по большому счету, виноват Егорыч. Если бы он заранее предупредил Жеку о Бриттене, не было бы такого скандала. Но он возомнил себя тонким психологом, решил, что будет лучше, если Рязанцев узнает все после эфира.

— Кто такой Егорыч? — спросила Маша.

— Начальник службы безопасности Студеный Геннадий Егорович, полковник ФСБ в отставке. Вику люто ненавидел. Знаешь, сугубо между нами, — Феликс наклонился совсем близко и выставил перед Машиным лицом три пальца, — ты меня поняла?

— Не совсем, — шепотом призналась Маша.

— Если реально смотреть на вещи, Вику и Бриттена могли заказать три человека. Егорыч, сам Жека и еще один американец, Стивен Ловуд, между прочим, сотрудник вашего посольства, заместитель атташе по культуре. Егорычу Вика мешала потому, что, во-первых, сильно влияла на Жеку, сильней, чем Егорыч. Этого он ей простить не мог. К тому же у нее был крутой конфликт с партийным пресс-центром. У нас ведь два пресс-центра, чтоб ты знала, мы — думский, а есть еще партийный. Там сплошные братки, и все Егорычу лепшие кореша. Жека мог застрелить обоих просто из ревности, когда узнал про Бриттена.

— А заместитель атташе? — равнодушно спросила Маша. — Ему зачем было заказывать?

— Ему Бриттен чем-то мешал. Может, и Вика

тоже. По-моему, там какие-то крутые шпионские разборки, у вас же в посольстве все немножко это, — он скорчил очередную рожу, — ЦРУ, ФБР, ну, ты понимаешь.

— Нет, — покачала головой Маша, — не понимаю. Главное, не понимаю, откуда ты все это знаешь?

— А я наблюдательный, я людей насквозь вижу, со всеми их потрохами гнилыми, со всеми их сублимациями и фрустрациями.

Феликс жевал и говорил, говорил интимно и эмоционально. Иногда у него изо рта вылетали кусочки еды. Маша мужественно терпела, слушала очень внимательно и старалась не перебивать.

———————

ГЛАВА ДВАДЦАТЬ СЕДЬМАЯ

Каждое утро после часовой пробежки и легкого завтрака Андрей Евгеньевич Григорьев просматривал кипы свежих российских газет и журналов. Телевизионная антенна отлично принимала три главных российских канала. Уникальную способность старого разведчика читать между строк и слушать между фразами высоко ценили в русском секторе ЦРУ. Он умел из сомнительных сенсаций, платных разоблачений и восхвалений, косвенной рекламы и патологически подробных сводок уголовной хроники, из всего этого хаоса выуживать реальную, иногда совершенно неожиданную и секретную информацию.

Ему приходилось наблюдать, как на следующий день после громкого заказного убийства в вечернем эфире выступает очевидный заказчик этого убийства и вполне искренне печалится о заказанном. Или как истекает разоблачительным поносом популярный тележурналист, отрабатывая деньги, вложенные в него теневым олигархом. Андрей Евгеньевич ухмылялся, глядя на экран. Он предвидел, что олигарху довольно скоро придется самому захлебнуться в этом жидком дерьме, им же оплаченном.

Григорьев хихикал и урчал, как сытый кот, читая мужественную исповедь какого-нибудь пожилого нахала, метящего во власть и бесстрашно разоблачавшего тех, кто уже не имеет никакого влияния и нисколько не опасен. Нахалу ничего не светило. Он был слишком глуп и труслив. Впрочем, при таких бедных талантах мелькнуть в прессе и на экране хотя бы пару раз — уже великая победа. Может, ему этого будет довольно на всю оставшуюся жизнь?

Но особенно любопытно было видеть на экране старинных знакомых в новых ролях. Вот благообразный сладкий старичок, президент одной из бывших советских республик, трогательный, нежный, кушает творожок с изюмом на завтрак. Длинная челка, давно седая, зализана назад, со лба к макушке. Всю жизнь он носил одну прическу, неудобную и совершенно не шедшую ему. Жидкие, промазанные липким гелем пряди падали ему на лоб, он встряхивал головой, и в этом резком жесте читалась какая-то подростковая нервозная неуверенность, мучительное желание нравиться, производить сильное впечатление.

Большеглазая правнучка, ангел, сидит у него на коленях, теребит нежными пальчиками дедушкину липкую седую челку. Этот душка-дедушка начинал с простого следователя в аппарате Берии. Крови на нем больше, чем на каком-нибудь легендарном маньяке. Он мечтал стать диктатором, и стал им, и теперь самому себе умиляется. В его империи, пока он жив, никаких переворотов не будет. Как максимум — пара неудачных покушений, им же самим инсценированных, чтобы обвинить оппозицию. Потом, когда помрет, начнется хаос, долгий, серьезный и опасный для соседей. Так что соседям, главный из которых — Россия, лучше не портить ему нервы и беречь его державное здоровье.

В первое утро после отлета Маши в Москву государственный канал Российского телевидения показывал передачу о домашней жизни сладкого дедушки диктатора. Это был повтор, уже третий по счету. Ведущая, стареющая красотка, тележурналистка Круглова, вопреки своему обыкновению не задавала язвительных вопросов и даже сменила свою привычную, слегка высокомерную и насмешливую интонацию на совсем другую, почти подобострастную. С руководителем республики она беседовала так, словно состояла в штате его домашней прислуги. Видно, ей заплатили вдвое больше обычного и еще слегка припугнули, прежде чем позволили переступить порог диктаторского дворца.

Григорьев несколько минут с интересом смотрел на экран. Передачу он уже видел, но хотелось освежить в памяти некоторые детали. Через мусульманскую империю периодически осуществлялись нелегальные поставки оружия странам-изгоям. Дедушка был связан узами давней личной дружбы с Саддамом Хусейном. Об этом знали спецслужбы.

Еще в начале девяностых, во время выборов нового руководителя бывшей азиатской республики, Григорьев готовил развернутую аналитическую справку для ЦРУ о богатом прошлом сладкого дедушки, генерал-полковника КГБ в отставке, и о возможных направлениях его политики в случае победы. Его тайным консультантом был Всеволод Сергеевич Кумарин, заместитель начальника Управления глубокого погружения, того самого УГП, в котором с 1983-го по сегодняшний день служил полковник Григорьев.

Американцам дали понять, что на выборах победит именно он, сладкий дедушка, приятель Саддамки, однако ничего обидного для них в этом нет. В будущем они могут воспользоваться его посредническими услугами для тайных дипломатических переговоров. А что касается поставок оружия, то это всего лишь резервный компромат, один из рычагов воздействия на сладкого дедушку, если он вдруг заупрямится при решении какого-нибудь важного политического вопроса.

Глядя на экран, Григорьев вспомнил, что совсем недавно глава оппозиционной партии «Свобода выбора» Евгений Рязанцев выступил с резкой критикой диктатора, заявил, что в бывшей республике жестоко попираются права человека, зреет настоящий культ личности по северокорейскому образцу, и все такое.

В голове Андрея Евгеньевича мгновенно вспыхнула очередная, наверное, десятая по счету версия убийства Кравцовой и Бриттена. Он покрутил ее так-сяк, отбросил прочь как совершенно абсурдную, выключил телевизор и принялся листать страницы частных объявлений русской эмигрантской газеты «Покупатель». Дойдя до раздела «Животные», он взял карандаш и медленно заскользил по строчкам.

«Срочно бесплатно отдам в хорошие руки белого котенка мужского пола. Возраст полтора месяца. Глаза большие, голубые, характер дружелюбный. Звоните сегодня!»

Грифель замер над телефонным номером. Из текста объявления следовало, что Андрея Евгеньевича вызывает на связь человек Кумарина. Вызов экстренный. Первые три цифры 718 были кодом Бруклина. Это означало, что звонить следует сию минуту. Григорьев набрал номер. Ему ответил молодой женский голос.

— Неужели у вас действительно есть белый котенок с голубыми человеческими глазами? — спросил Григорьев.

— Амалия Петровна родила троих, — важно сообщила женщина.

— Амалия Петровна — это кто? — кашлянув, уточнил Григорьев. Он пытался понять, не скрывается ли за странным ответом какое-нибудь закодированное дополнение к полученной информации.

— Персиянка, платиновая блондинка. К сожалению, эти дети — плоды случайной любви с одним беспородным хулиганом, живущим по соседству. Именно поэтому мы вынуждены раздавать их бесплатно. Двоих мы уже пристроили. Остался один. Вероятно, он ждет именно вас, — женщина немного тянула слова, голос у нее был низкий и глубокий.

— Да-да, говорите адрес, я сейчас же приеду, — Григорьев вдруг заволновался, сам не понимая почему.

— Я живу на Кони-Айленд, как раз сейчас собираюсь на прогулку с ребенком. Могу встретить вас у выхода из сабвея, с восточной стороны. Или вы на машине?

— Я на машине, но это не важно. Как я вас узнаю?

— Меня очень просто узнать. У меня длинные красные волосы и зеленая кожаная куртка. Рост сто восемьдесят пять. На животе у меня будет «кенгуру» с черным мальчиком семи месяцев, на плече сумка с белым котенком полутора месяцев.

— Звучит заманчиво, — ухмыльнулся Григорьев.

— Выглядит еще заманчивей. Меня зовут Соня. А вас?

За эти годы они с Кумариным пользовались самыми разнообразными вариантами связи. Григорьев жил по давно сложившемуся расписанию. Вставал в восемь утра, бегал до девяти, по вторникам и пятницам ровно в полдень приходил в один и тот же супермаркет за продуктами, два раза в месяц, по понедельникам, сдавал белье в прачечную, по средам с полудня до трех играл в теннис и так далее.

В супермаркете к нему могла подойти пожилая женщина и попросить прочитать, что написано мелким шрифтом на коробке с полуфабрикатом для домашнего печенья, поскольку она забыла дома очки. Фраза типа «Раньше я пыталась носить контактные линзы, но от них слезятся глаза» обозначала, что эта женщина пришла от Кумарина. Или, допустим, во время утренней пробежки его обгонял молодой человек, такой же бегун, как он, с таким же плеером, пристегнутым к поясу. Прямо перед Григорьевым плеер соскакивал и падал на тротуар. Молодой человек останавливался, растерянно озирался, Андрей Евгеньевич поднимал плеер, отдавал ему, следующие метров сто они бежали рядом, разговаривали, и сигналом служила фраза типа: «Раньше я слушал только современный рок, а теперь предпочитаю старый джаз, Каунта Бейси и Ли Хукера».

Все это были случайные незнакомые люди, белые, черные, желтые, молодые и старые, мужчины и женщины. Они сообщали только место и время следующей встречи, маскируя фразу так, что никакой «хвост» из ЦРУ не мог бы догадаться, о чем идет речь. Например, пожилая леди в супермаркете долго и нудно рассказывала, что вот это печенье печет ее приятельница. В прошлую субботу они устроили маленький пикник в Центральном парке у озера. У них такая традиция, вот уже тридцать лет, каждую вторую субботу апреля, независимо от погоды, вся их университетская группа встречается в Центральном парке в определенном месте. Так вот, приятельница принесла домашнее печенье, вкуснее которого нет на свете.

Это означало, что следующая встреча должна состояться в Центральном парке, в следующую субботу, в три часа дня, именно там, где якобы устраивают свои пикники бывшие выпускницы Колумбийского университета.

Молодой человек с плеером мог порекомендовать какую-нибудь книгу о джазе, назвать конкретный книжный магазин, добавить, что с понедельника там будут хорошие скидки, до пятнадцати процентов.

В понедельник в три часа Григорьев встречался со связником в книжном магазине, у полки с названной книгой.

Объявления в газете Кумарин не любил и практически не использовал. Из всех способов связи этот он считал самым банальным и ненадежным. Помещать один и тот же текст опасно. Постоянно менять его, придумывать что-то новое сложно. Из-за однообразного расписания жизни каждое действие Григорьева было прозрачным, не только для УГП, но и для ЦРУ. Любая случайная или запланированная встреча должна иметь четкую и совершенно достоверную бытовую мотивацию, тогда она не вызовет подозрений. Объявлениями пользовались, когда возникал хороший повод. Например, в 1992-м Андрей Евгеньевич именно по объявлению отправился покупать старинный письменный стол красного дерева. Все было продумано до мелочей и совершенно реально. Он правда мечтал о таком столе. В антикварных магазинах попадались только баснословно дорогие. Автор объявления предлагал умеренную цену. И никто, даже Макмерфи, не увидел ничего странного в том, что покупатель и продавец часа два беседовали у продавца дома. Никому в голову не пришло попытаться прослушать их невинный треп.

Название и номер газеты, в которой должно было появиться объявление, некоторые детали текста, все оговаривали заранее, на предыдущей встрече.

Последний контакт с кумаринским связником состоялся чуть больше месяца назад. Это была русская дама лет пятидесяти, очень приятная. Они встретились в приемной у стоматолога, быстро и незаметно обменялись информацией, потом дама заговорила о кошках. Григорьев охотно поддержал разговор, рассказал о своем Христофоре, который умер всего лишь полгода назад.

— Он прожил со мной почти восемнадцать лет, и теперь я мучаюсь, не могу решить: завести нового котенка или лучше не надо, — признался Григорьев, — я так привык жить с котом, что без него дом кажется пустым. А с другой стороны, очень уж тяжело терять, почти как близкого человека.

— Да конечно же, заведите себе котенка, причем точно такого. Это совсем не сложно. Даже не надо специально ехать в зоомагазин или в кошачий клуб. Просто посмотрите пару номеров газеты «Покупатель», там огромный раздел частных объявлений о продаже домашних животных. Вы обязательно найдёте себе маленького беленького Христофорчика, — горячо заверила дама.

* * *

У майора Арсеньева неожиданно образовалась временная лакуна, целых три часа до встречи с Рязанцевым. Он позвонил на мобильный Павлику Воронкову и пригласил его в кафе, неподалеку от прокуратуры. Павлик долго испуганно спрашивал, что случилось, Саня успокоил его, сказав, что ночью разговор получился сумбурный и надо просто уточнить кое-какие детали.

В кафе было пусто и тихо. Ожидая Павлика, Арсеньев пил кофе и лениво листал свой толстый потрёпанный ежедневник. Там были записи по старым делам, короткие, зашифрованные, снабжённые картинками, схемами и для постороннего глаза совершенно непонятные.

Он переворачивал страницы, почти не глядя, и сосредоточился лишь когда нашёл записи по делу об убийстве Куликовского и схему, которую набросал во время следственного эксперимента.

Месяц назад Ворона, пристёгнутый наручником к оперативнику, повторял на бис свой безумный маршрут и честно пытался вспомнить, куда мог выбросить пистолет.

Схема была красивая, разноцветная. Саня разукрасил ее потом, дома, и всю исписал сокращенными цитатами из показаний подозреваемого, свидетелей, своими собственными комментариями.

Месяц назад он потратил полдня, бегая по дворам между Леонтьевским, Брюсовым и Вознесенским переулками, заглядывал в мусорные контейнеры, нырял в проходные дворы, утыкался в тупики и заборы строек. Все это уже было обыскано специалистами с собаками. Ворона мог бросить пистолет куда угодно, мог просто выронить его и не заметить. Любой случайный прохожий, бомж, ребенок имел возможность подобрать. Тогда, конечно, ниточка оборвалась. Пистолет канул, и никакой связи с убийством Кравцовой и Бриттена найти не удастся. Но верить в это совсем не хотелось.

Сообщение об убийстве поступило через тридцать минут после выстрелов. Соседи обнаружили Куликовского в подъезде, вызвали «скорую». Поскольку Кулек сразу назвал имя своего убийцы, тут же объявили план «Перехват», в квартире Воронкова наряд оказался очень скоро.

Павлик был дома, он открыл дверь. На схеме в синий кружок с ножками и ручками, символизирующий Павлика, были вписаны красные жирные буквы «УЗ», которые на языке арсеньевской тайнописи обозначали, что свидетель уже знал то, что по идее не должен был знать. Рядом стоял бледный вопросительный знак, нарисованный простым карандашом. То есть месяц назад Арсеньеву показалось, что, открывая дверь милиции, Павлик уже знал, что случилось. Знал, но изобразил удивление, повторял: нет, я не верю, это какая-то ошибка, этого не может быть!

Тогда про пистолет он не сказал вообще ни слова. Вчера поплыл, клюнув на вранье про отпечатки пальцев.

Дом Куликовского находится в Шведском тупике. Дом Воронковых — в Брюсовом переулке. Ворона бежал к Тверскому бульвару, чтобы пересечь его и оттуда попасть в Козихинский, в наркопритон. На следственном эксперименте он петлял и делал зигзаги по проходным дворам. Получалось, что бегал он в общей сложности полтора часа. Но в таком случае его скорее всего поймали бы, поскольку ловить начали сразу, и очень старательно. Была глубокая ночь, народу мало, милиции много. Одет он был броско: красная лаковая куртка из искусственной кожи, накинутая на голое тело, пятнистые камуфляжные брюки, белые теннисные тапочки. Рост сто девяносто, болезненная худоба, на груди яркая татуировка, портрет Че Гевары, шапка белых вьющихся волос. Куликовский, хоть и был плох, сумел подробно описать его внешность и одежду.

Итак, если бы Ворона в ту ночь полтора часа носился с выпученными глазами в окрестностях Тверского бульвара, его бы безусловно задержали. Значит, сразу помчался за своей дозой, в наркопритон, и успел добежать и скрыться в квартире до того, как его начали ловить.

Ну да, конечно, он петлял и путал следы во время следственного эксперимента, потому что тогда еще не признался, где на самом деле провел ночь, боялся засветить наркопритон. А о том, что он прибежал именно туда, стало известно позже, из оперативных источников.

Самый короткий путь к Тверскому бульвару — через Шведский тупик и двор, в котором находится гараж. Павлик в это время был в гараже, там горел свет. Вороне требовались деньги на дозу.

И вот тут начинается самое интересное. Обыск в гараже проводился только на следующий вечер. Там стояла одна машина, «Тойота» Павлика, а той, которую он пригнал для какого-то клиента из Германии, уже не было. Между тем именно с ней Павлик возился ночью, пылесосил, выгребал мусор, наводил порядок в багажнике. Разговор между братьями вряд ли проходил спокойно. Мог Ворона незаметно сунуть пистолет в открытый багажник, допустим, под запаску?

— Господи, ну почему только сейчас это пришло в голову? — Арсеньев так увлекся, что последнюю фразу произнес вслух, а вернее простонал, и схватился за виски.

— Что вы говорите?

Саня вздрогнул и поднял голову. Над ним стоял Павлик, бледно-зеленый, с красными опухшими глазами.

— Привет, — Арсеньев быстро захлопнул и убрал ежедневник, — присаживайся, не стесняйся.

Павлик опустился на краешек стула, затравленно огляделся. Тут же подошел официант. Арсеньев заказал себе бифштекс, овощной салат и томатный сок, Павлик есть отказался, попросил только зеленый чай.

— У нас очень мало времени, — предупредил Арсеньев, когда ушел официант, — если сейчас ты честно и подробно ответишь на все мои вопросы, мы забудем про отпечатки и расстанемся друзьями. В следующий раз я тебя побеспокою только когда решусь заказать машину из Германии.

— Да, я готов, — нервно закивал Павлик.

— Вопрос первый. Сколько денег ты в последний раз дал брату Васе?

— Когда? — Павлик облизнул пересохшие губы.

— В ночь убийства, когда он забежал к тебе в гараж перед наркопритоном.

— Семьсот рублей, — не задумываясь, выпалил Павлик.

— Так, отлично, — кивнул Арсеньев и отправил в рот кусок бифштекса, — пять баллов тебе. Теперь вспоминай подробно, как он к тебе прибежал, о чем вы говорили.

Павлик вдруг залился краской и вспотел.

— Я ничего не знал... мне в голову не могло прийти, что он застрелил Кулька.

— Погоди, не суетись, — Арсеньев глотнул сока, — ты ведь уже обнаружил, что на антресолях пистолета нет. Ты его спросил об этом?

— Нет. То есть понимаете, так получилось, я отошел на минуту, за гараж, по малой нужде, а когда вернулся, Вася был уже там, совершенно невменяемый. Он стал умолять, чтобы я дал ему денег, срочно, иначе он просто сдохнет сию минуту. Я видел, его правда сильно ломало.

— Дал денег и ни о чем не спросил? — уточнил Арсеньев.

— У меня просто сил не было с ним разговаривать. Я решил, что он вмажется, вернется домой, отоспится, и потом уж мы поговорим.

— Ты сам очень устал, верно? — сочувственно заметил Арсеньев. — Ты только вернулся из рейса, толком не отоспался, у тебя в гараже стояла машина, ты должен был привести ее в порядок и утром отогнать клиенту.

— Ага, точно, — кивнул Павлик и жалобно шмыгнул носом.

— Когда появился Вася, ты уже закончил возиться с машиной?

— Да, осталось только салон пропылесосить.

— А багажник?

— Что багажник?

— Он был открыт, не помнишь?

— Да... вроде бы... — Павлик растерянно заморгал, — вот, точно, я как раз его вычистил и пошел за гараж, отлить.

— Не закрыл ни гараж, ни багажник?

— Нет, так приспичило, знаете, я бегом, ну что за три минуты может случиться...

— За три минуты случился твой брат Василий, — задумчиво протянул Арсеньев. — Сейчас постарайся вспомнить как можно подробней. Багажник был все еще открыт?

— Ну да, вроде бы. Я потом его закрыл, уже при Васе. Я чуть голову ему не прищемил. Понимаете, он стоял на коленях, держался за машину, я испугался, что его сейчас прямо туда, в багажник, вырвет.

— Значит, ты дал брату денег, пропылесосил салон и отправился домой.

— Ага. А потом вы приехали. Я, честно, ничего не знал, клянусь, я даже представить не мог такое, просто дал ему денег. Насчет этого пистолета у меня в голове как будто заклинило. Мне было так страшно, что я не мог о нем думать, вроде забыл, и все, понимаете?

— Понимаю. В багажник ты больше не заглядывал?

— Нет. Там было все чисто. Лежала запаска. Утром я отогнал машину клиенту.

— Теперь постарайся сосредоточиться. Два самых главных вопроса. Ответишь — и до свидания. Что за машина? Как звали клиента?

Павлик быстро закивал, выражая полную безоговорочную готовность, и отчеканил:

— «Фольксваген-гольф», девяносто седьмого года, цвета мокрого асфальта.

— Кто заказчик? — спросил Арсеньев и затаил дыхание.

Павлик принялся рыться в своей сумке, достал маленькую записную книжку, долго листал ее, наконец прочитал вслух:

— Кравцова Виктория Павловна.

***

Из здания Госдумы Маша отправилась на Беговую, в партийный пресс-центр.

Она нарочно не стала звонить, предупреждать о своем появлении. Ей хотелось сначала покрутиться, оглядеться, послушать разговоры, по возможности сохраняя инкогнито. Деньги концерна «Парадиз» проходили именно через партийный пресс-центр.

Но никакого инкогнито не получилось. Охрана пресс-центра на Беговой оказалась серьезней, чем в Думе. Машу обыскали самым наглым образом, вытряхнули все содержимое сумки, долго изучали американский паспорт, водительские права, удостоверение сотрудника концерна «Парадиз», потом куда-то звонили по внутреннему телефону, зачитывали все, что написано в паспорте и удостоверении. Произношение у толстомордого охранника было ужасающим, но английский язык он знал, мерзавец, и неплохо знал.

Поговорив, он даже не счел нужным сообщить Маше, кто из руководства ее примет. По длинному коридору, устланному пушистым вишневым ковром, Машу провели в роскошную приемную. Стены были обиты розовым шелком и украшены настоящими старинными гобеленами ручной работы, вся мебель антикварная, отлично отреставрированная. Пухлые кожаные диваны и кресла, тоже розовые, под цвет стен. Мертвая черная пасть камина, отделанная розовым мрамором с золотыми завитушками, прикрытая витой бронзовой решеткой, рядом набор каминных инструментов — щипцы, лопатка, кочерга, все бронзовое, тяжелое, дорогое. Тоже, вероятно, антиквариат или очень качественная стилизация. В центре комнаты гигантский письменный стол на львиных лапах. На столе, в хрустальной вазе, чертова дюжина крупных свежих чайных роз на длиннющих стеблях. За столом рыжеволосая секретарша с лицом «Минервы» Боттичелли.

Охранник молча кивнул Маше на кресло и удалился. Минерва удостоила Машу долгим надменным взглядом и продолжала разговаривать по телефону.

— Нет, ну ты представляешь, блин, прям так и сказала, я вообще чуть не отпала. Хоть убей, не врубаюсь, как ей удалось просочиться на эту тусовку? Главное дело, палантин нацепила в такую жару, и вперед. Нет, не норка, соболь. Между прочим, соболь совершенно офигительный, тысяч десять баксов, не меньше. Знаешь, легкий, невесомый, с серебряной искоркой. Я на нее посмотрела — ну ни кожи, ни рожи. Можешь мне объяснить, на фига такой дуре такой отпадный палантин? Она ж его носить не умеет, главное дело, обмотала вокруг пояса и всем объясняет, что поясницу застудила. Нет, ну ты представляешь, блин? Да, еще туфли у нее были из «Боско Чилледжи». Точно «Чилледжи», я что, слепая? У Инки Кобзевой точно такие, только голубые. Да ты чего, заболела? Она в них в «Короне» была, ты еще сказала, что она со своими жирными ногами на таких тонких высоких шпильках напоминает свинину на вертеле, — Минерва захихикала, развернулась в кресле, вытянула вперед свою ногу, идеально прямую и длинную, обутую в золотую «лодочку» без каблука, покрутила ступней, оглядела ее и убрала назад. Казалось, она забыла, что в приемной присутствует посторонний человек.

Можно было расслабиться и еще раз подумать, как следует себя вести с господином Хавченко, руководителем партийного пресс-центра.

Макмерфи сказал: «Он очень противный тип, но ты должна с ним подружиться. Как бы груб и туп он ни был, у тебя есть реальный шанс. Один из первых ваших диссидентов Александр Герцен заметил, что для русского человека знакомство с иностранцем вроде повышения по службе. Ты иностранка, американка, за тобой Концерн, то есть огромные деньги и престиж. Можешь поиграть на его тщеславии и жадности, намекнуть на твои личные теплые отношения с самим Хоганом, в общем, ври, как считаешь нужным, главное, заинтересуй его и войди в доверие. Только кажется, что уголовники такие страшные, хитрые, циничные. В этих людях есть определенная доля сентиментальности, даже романтики, у них свои понятия о чести и честности, весьма своеобразные понятия, но это лучше, чем никакие. Я уверен, Кравцову и Бриттена убили не они».

Отец предупредил: «Хавченко хуже, чем жи-

113

вотное. Он урка, уголовник. Ни о каком доверии не может быть и речи. Не пытайся с ним подружиться. Не верь ни единому слову. Если тебе в партийном пресс-центре будут хамить — это нормально. Но если начнут заискивать, льстить, окружат вниманием и заботой, считай это сигналом серьезнейшей опасности, жди провокаций. Не забывай, что имеешь дело с настоящими российскими урками, в их мире нет ничего человеческого. Забудь все, что ты читала и слышала о воровских кодексах чести, о благородстве и романтизме старых воров в законе. Все это мифы, вредный сентиментальный бред. Нет никакого романтического ореола, есть подлость, мерзость. Тебе придется иметь дело с неизлечимым нравственным слабоумием. Я почти не сомневаюсь, что Кравцову и Бриттена убили по личному распоряжению Хавченко. Виктория путалась у бандитов под ногами, мешала вить веревки из Рязанцева. Томас мешал воровать деньги Концерна».

— Ну ладно, все, мы не будем по телефону это обсуждать, — журчал голос Минервы, — конечно, он и замочил, а кто же еще?

Маша прислушалась.

— Не понимаю, что он такого особенного в ней нашел, но ревновал как зверь... Да брось, не мог не догадаться, он не слепой. Я, когда их вместе увидела, сразу все просекла. Я ж не одна такая умная. Или стукнул кто-нибудь. Ну, кто угодно, домработница ее, например. Да точно тебе гово-

114

рю, мы с Викой вместе ходили в фитнес-клуб пару раз, она жаловалась, что он навязал ей какую-то дуру, которая за ней следит, — Минерва была так возбуждена разговором, что окончательно забыла про Машу. Но тут грянул соседний телефон. Она, не простившись, бросила одну трубку, схватила другую, безумными глазами уставилась на Машу и энергично закивала:

— Да, Григорий Игоревич, да, я поняла, сейчас все сделаю, — положив трубку, она тряхнула огненными волосами и обратилась к Маше со сладчайшей улыбкой: — Извините, пожалуйста, у Григория Игоревича сейчас посетитель. Он просил вас подождать. Хотите чаю или кофе?

Маша заметила, как сквозь тонкий слой пудры пылает лицо Миневры. Опомнилась, бедняжка, поняла, сколько всего лишнего наболтала при постороннем человеке. Чтобы ее немного утешить, Маша заговорила с таким сильным акцентом, что сама удивилась:

— Ох, сорри, ай эм нэ хорошьо понимайл по-русски.

Минерва обрадовалась, взбодрилась и повторила все на неплохом английском. Маша попросила чаю, рассказала, что учила русский в университете, но потом больше полугода не имела никакой разговорной практики, теперь надо учить заново.

— Вы очень хорошо говорите по-английски, — похвалила она Минерву, — а Григорий Игоревич знает язык?

— Нет. Он только русский знает.

— О, тогда вы поможете нам побеседовать?

— Конечно, конечно, никаких проблем.

Минерву звали Лиза. Она принесла Маше чай, поставила перед ней вазочку с конфетами. «Трюфели», «Стратосфера», «Мишка на севере». Маша рассказала, что такие конфеты продаются в Нью-Йорке только в русском районе, на Брайтон-Бич, и они вкуснее швейцарского шоколада. Но лучше их вообще не пробовать. Стоит начать, остановиться невозможно. Потом приходится бегать на час больше обычного или потеть на тренажерах.

Чем дольше они болтали, тем отчетливей Маша вспоминала одно из последних наставлений Макмерфи: «Не трать сил и подарков на секретаршу, никакой серьезной информацией она владеть не может. Он их меняет не реже раза в месяц. С каждой спит. Томас рассказывал, что первое время удивлялся, почему секретарша Хавченко так часто красит волосы в разные цвета, а потом понял, что это разные девушки, просто они похожи друг на друга, как родные сестры. Хавченко выбирает все время один тип. Не старше двадцати пяти, не ниже ста восьмидесяти, обязательно модельная внешность, ноги от ушей. В принципе мог бы и не менять их, остановиться на какой-нибудь одной. Но, во-первых, в этом непостоянстве для него есть определенный шик, а во-вторых, он панически боится любой, самой примитивной человеческой привязанности».

Наконец двери кабинета распахнулись, и оттуда вышел маленький сутулый старик. Черные кожаные брючки плотно обтягивали его тощие ляжки, от колена расходился широкий «клеш». Сверху замысловатый радужный свитер ручной вязки. Грязно-седые жидкие космы были расчесаны на косой пробор и собраны в хвостик. Лицо украшали крошечная треугольная бородка и очки в тонкой оправе с круглыми стеклами цвета желчи. За ним маячила крупная мужская фигура в небесно-голубом костюме.

— Счастливо, Гришуня, рад был тебя повидать, значит, мы обо всем договорились, — произнес старик звучным басом, и Маша удивилась, как такой объемный, мощный голос мог уместиться в таком хлипком тельце.

— Будь здоров, Лева, береги себя, — ответил хриплый тенор хозяина кабинета.

Оба прошествовали через приемную, на пороге троекратно расцеловались. На обратном пути Хавченко притормозил у кресла, в котором сидела Маша, ощупал ее прозрачным выпуклым взглядом и небрежно кивнул:

— Ты ко мне? Заходи!

Секретарша поднялась вместе Машей, шагнула к хозяину и что-то прошептала ему на ухо.

— А? Ну ведь кое-как говорит? Или совсем не может? — громко уточнил Хавченко, глядя на Машу.

— О, йес, говорьит, но очьен плёхо, — Маша растерянно заулыбалась. — Я просьиль ваш Лиз помочь, переводьит, иф посибль.

— Ничего, мы с тобой как-нибудь сами, Лиза пусть на своем месте сидит, — Хавченко довольно бесцеремонно хлопнул Машу по спине. — Заходи!

Кабинет был обставлен еще роскошней, чем приемная. С потолка свисала гигантская хрустальная люстра, на стенах теснились картины в толстых золоченых рамах, отличить подлинники от дорогих отличных копий мог бы лишь специалист. Айвазовский и Репин вплотную соседствовали не только с Малевичем и Дали, но и с какой-то лубочной мазней, в основном эротического содержания. Вот это уж точно были подлинники. На каждом третьем полотне извивались голые тела, мужские и женские, в самых разнообразных позах. В глубине, за гигантским аквариумом, угадывался низкий широкий диван.

— Садись, не стесняйся. Как тебя там? — сказал хозяин, опускаясь в кресло у письменного стола.

— Мьенья зовут Мери Григ, — Маша присела на край стула, — я очьен рад с вами знакомиться, Григорий Игоревич, — его имя она выговорила с особенным старанием и сопроводила широкой улыбкой. Он в ответ едва растянул губы и покрутил бриллиантовый перстень на жирном коротком пальце.

— Мэри? Это по-русски значит Машка, что ли? Какие проблемы у тебя, Машка? Поселили нормально? — Хавченко развалился в кресле, достал из коробки толстую сигару, отломил кончик, щелкнул золотой зажигалкой.

Безбожно коверкая русский язык, Маша рассказала, что проблем пока никаких нет, друг ее родителей из американского посольства снял для нее удобную квартиру. Мистер Хоган просил передать большой привет. Он очень сожалеет о несчастье, которое случилось с Викторией Кравцовой, и надеется, что это никак не отразится на дальнейшем сотрудничестве. Она нарочно не стала упоминать Томаса Бриттена, чтобы не усугублять напряжения, которое и без того уже висело в воздухе.

— Ну, а от меня чего требуется? — нетерпеливо спросил Хавченко.

— О, совсем ничего! — радостно, широко улыбнулась Маша. — Просто мистер Хоган просил обязательно зайти к вам, чтобы познакомиться. Он сказал, вы очень влиятельный и интересный человек.

— Да, это он правильно сказал. Важней меня тут никого нет! — Хавченко окинул прозрачным взглядом свой кабинет и надул щеки. — И насчет интересного — точно. Про мою личность и про мою жизнь книжки пишут и будут кино снимать.

Сквозь слои сигарного дыма она пыталась поймать хоть какое-то осмысленное выражение в глазах Хавченко, но ничего, кроме тупой важности, не заметила. Он был похож на огромного жирного младенца. Грушевидное лицо, сплюснутое у висков и широкое книзу, короткая шея, выпуклые круглые глаза цвета рыжего бутылочного стекла, крошечный аккуратный носик, маленький рот с красными мокрыми губами, прозрачный белесый пух на черепе. Кожа гладкая, молочно-белая, на щеках нежный румянец. И руки у него были младенческие, пухлые, словно перетянутые резиночками. На запястьях гигантские золотые часы с бриллиантами, на пальцах перстни, на ногтях маникюр, слой прозрачного блестящего лака.

— Мистер Хоган также сказал, что вы очень хорошо разбираетесь в своем бизнесе, в психологии, менеджменте. У вас в России все сейчас так сложно, особенно на стыке политики и средств массовой информации. Вашим оценкам можно полностью доверять, — продолжала Маша, незаметно смягчая свой акцент, — скажите, что для вас главное в политическом пиаре, личность или технологии?

Он несколько минут смотрел на нее и моргал. Маша испугалась, что он не понял вопроса, и открыла рот, чтобы сформулировать как-нибудь проще, однако он не дал ей заговорить и произнес, надув щеки:

— Важней всего бабки. Если есть бабки, я тебе что угодно пропиарю.

— То есть самое главное — деньги и личность руководителя пресс-службы, — осторожно уточнила Маша. — Как вы объясняете не слишком высокий рейтинг партии «Свобода выбора» на последних выборах? В чем, по-вашему, проблема?

— Да в Рязанцеве проблема, в чем же еще? — тихо рявкнул Хавченко и добавил, перегнувшись через стол: — Сугубо между нами, козел он, и все они козлы.

Откинувшись назад, на спинку кресла, он рассмеялся, как дитя, радуясь собственной прямоте и остроумию.

— Простите? Козьель? — она растерянно улыбнулась, потом легонько хлопнула себя по лбу: — Ох, ну коньечно! Я, кажьется, начинаю вспоминать русский язык благодаря вам! Но объясните мне, пожьялуйста, как же козьель мог стать известным влиятельным политиком?

— Так раскрутили, — Хавченко прочертил в воздухе своей сигарой замысловатый зигзаг. — Бренд есть бренд, — совершенно не важно, что раскручивать, новую марку пива, шампунь от перхоти или какого-нибудь козла.

— Бренд — это по-русски клеймо? — задумчиво уточнила Маша.

— А хрен его знает, что это по-русски. Бренд это говно, из которого надо сделать конфетку. Можешь записать. Лучше никто не скажет.

— О, да, — кивнула Маша и сделала серьезное лицо, — сразу видно, что вы профи в своем бизнесе. Но мне кажется, бренд это скорее фантик, в который специалисты заворачивают... как это? В общем, э пис оф шит, из которого надо сделать конфетку. Я вас правильно поняла?

Он ничего не ответил. Глаза его опять остекленели и смотрели сквозь Машу. Ее фраза оказалась слишком длинной и не касалась его лично. Он заскучал.

Зазвонил телефон, Хавченко взял трубку, рявкнул:

— Да, соединяй!

Прежде чем начать говорить, он небрежно кивнул на дверь. Маше поняла, что аудиенция окончена, поднялась, вспоминая в очередной раз папины слова: если тебе хамят, это нормально.

— Так, я не врубился, в натуре, чем он не доволен, я вообще, блин, мог бы ни копейки не платить, пусть спасибо скажет и заглохнет на х... — услышала она, закрывая дверь кабинета.

Прощаясь с секретаршей Лизой, она спросила шепотом, по-английски, кто был старик в кожаных брюках.

— Писатель, — ответила Лиза, — очень известный писатель Лев Драконов. Он пишет книжку о жизни Григория Игоревича.

ГЛАВА ДВАДЦАТЬ ВОСЬМАЯ

Охранник у ворот дома Рязанцева долго молча изучал удостоверение майора Арсеньева, наконец вернул его и сообщил, что Евгений Николаевич уехал полчаса назад.

— Мы договаривались, он сам назначил время, — удивленно заметил Арсеньев.

— Не знаю. Мне, во всяком случае, он ничего не сообщал о вас, и никаких распоряжений я не получал. Позвоните ему.

Арсеньев набрал номер. Механический голос сообщил, что абонент заблокировал свой телефон для входящих звонков. Куда именно он уехал и когда собирается вернуться, охранник понятия не имел.

— Попробуйте связаться с шофером, — попросил Арсеньев.

— Евгений Николаевич сам за рулем.

— Хорошо. Я пройду в дом и подожду его.

— Но никого нет дома, — возразил охранник, — может, вы приедете позже? Или в другой раз?

Арсеньев пожалел, что не взял у Зюзи санкцию на допрос, конечно, не самого хозяина, об этом речи быть не могло, но хотя бы Лисовой.

— Я должен побеседовать с Лисовой Светланой Анатольевной. Она ведь сейчас здесь?

— Вроде бы, — охранник замялся, потянулся к телефонной трубке.

— Она здесь, — заверил его Саня, — и лучше не предупреждать ее о моем приходе. Пусть это будет сюрприз.

— Как это? Почему? — нахмурился охранник.

— Потому, что мне так удобней, — отчеканил Арсеньев.

После долгих препирательств, телефонных консультаций с начальником службы безопасности Егорычем, который в данный момент находился у себя дома, в Москве, Саня ступил наконец на заветную территорию частных владений Евгения Николаевича Рязанцева.

Территория была просторная и красивая. Лужайка, покрытая свежей, аккуратно подстриженной травой, небольшая площадка для гольфа, беседка, увитая плющом, сирень вдоль забора, дикие яблони вокруг дома.

Охранник объяснил ему, что зайти надо с тыльной стороны дома, через заднюю веранду. Там дверь не заперта. Комната Лисовой на третьем этаже, первая дверь справа от лестницы.

— Но учтите, она тетка нервная, — напутствовал он Арсеньева, — может закатить скандал.

Прежде чем войти на веранду, Саня обошел трехэтажную виллу, выстроенную в строгом английском стиле из розового кирпича, отметил про себя, что проникнуть в дом незаметно и также незаметно покинуть его совсем не сложно. Кроме двух входов, парадного, прямо напротив ворот, и заднего, через веранду с тыльной стороны, имелась еще дверь в подвал, утопленная на полметра в землю. Три подвальные окна не были защищены решетками. Вероятно, все надежды возлагались на высокий каменный забор и вооруженную охрану. Между прочим, напрасно, потому, что от подвальной двери вилась узкая тропинка к забору, не посыпанная гравием и почти незаметная. Собственно, это была даже не тропинка. Просто кто-то вытоптал молодую траву.

Арсеньев прошел по траве вдоль дорожки следов, чтобы не повредить их, и уперся в железную калитку. Она оказалась запертой.

Участок был последним на улице, за калиткой простиралась небольшая березовая роща, она примыкала к узкой проселочной дороге, ведущей прямиком к деревне Язвищи. Все это Саня знал потому, что пока добирался до закрытого поселка Малиновка, в котором, кроме Рязанцева, жили еще несколько высоких чиновников, генералов и эстрадных артистов, пару раз сверялся с подробной картой.

Присев на корточки, он принялся рассматривать следы на мягком рыжем суглинке. Это было почти бесполезно и непонятно, зачем нужно, но все–таки ему удалось определить, что по тропинке совсем недавно проходили в ботинках на рифленой подошве и проезжали на велосипеде.

Едва он поднялся, ему показалось, что кто-то смотрит на него из окна второго этажа сквозь прореху между шторами. Силуэт был знакомый: маленькая стриженая голова, короткая шея, широкие покатые плечи. Он поприветствовал Светлану Анатольевну, помахал ей рукой. Штора дернулась. Оставалось войти в дом.

— Что вы здесь рыщете? — услышал он громкий сердитый голос. — У вас есть какая-нибудь официальная бумага, дающая вам право здесь рыскать?

Пока он огибал дом, Лисова успела спуститься со второго этажа, ждала его на крыльце веранды и уже заранее была настроена воинственно и враждебно. Кстати, совершенно непонятно, почему.

Саня удивился, как сильно она изменилась за два дня. Что-то совсем новое появилось в лице и во всем облике. Присмотревшись, он понял, что она просто накрасила губы и глаза, нарумянила щеки. Волосы, раньше бесцветные, зализанные назад, приобрели приятный ореховый оттенок, заблестели здоровым блеском, как в рекламе шампуня, и были уложены в элегантную прическу. Вместо спортивных туфель она надела белые босоножки на небольшом каблучке. Вместо унылых мешковатых юбки с кофтой облачилась в шелковое платье благородного серо-голубого цвета. Сверху накинула белую шелковую шаль, украшенную вышивкой под цвет платья. В ушах и на шее мерцал крупный жемчуг, очень шедший ко всему ее наряду.

До истинной леди она, конечно, не дотягивала, но выглядела неплохо, теперь ее нельзя было назвать теткой без пола и возраста. Теперь она стала похожа на женщину.

— Здравствуйте, Светлана Анатольевна, — улыбнулся Арсеньев, не скрывая своего восхищения, — а мы вас совсем потеряли. Вы удивительно преобразились, вас просто не узнать.

Лисова не сочла нужным ни поздороваться, ни поблагодарить за комплимент.

— Я свободный человек и, кажется, не давала никаких подписок, — она развернулась, взмахнула шалью, как крылом, и прошествовала назад, в дом.

Повеяло сладкими, терпкими, ужасно знакомыми духами. Такими же пользовалась Зюзя. Нечто основательное и старомодное, из глобального дефицита семидесятых. Саня вошел вслед за ней на веранду.

— Да, подписку мы у вас не брали, но мы рассчитывали на вашу порядочность и не могли предположить, что вы исчезнете. Вы у нас пока единственный свидетель.

— Я не свидетель. Я пришла в квартиру, когда все уже было кончено, — надменно заявила Лисова и уселась в кресло. — Все, что я могла вам сообщить, я уже сообщила.

— Ну хорошо, хорошо, — улыбнулся Арсеньев, — скажите, месяц назад Виктория Павловна покупала машину «Фольксваген-гольф» цвета мокрого асфальта?

— Она без конца что-то покупала машины, шубы, драгоценности, тряпки, — сердито проворчала Лисова и отвернулась.

— Машину она покупала? — повторил Арсеньев.

— Не знаю!

— То есть как — не знаете? Это ведь достаточно серьезная покупка.

— У нее была машина.

— Одна?

— Может, и десять. Я понятия не имею. Я никогда не заглядывала в гараж. Видела всего одну, бирюзового цвета. В марках я не разбираюсь.

— Да, совершенно верно, Виктория Павловна ездила на бирюзовой «Хонде», — кивнул Арсеньев, — но месяц назад она купила вторую машину, «Фольксваген-гольф», цвета мокрого асфальта.

— Нет, — Лисова помотала головой, — я про это ничего не знаю. Шубу я видела, а машину нет.

— Так, погодите, а когда она купила новую шубу?

— Недавно. Недели две назад. Я запомнила потому, что она полдня при мне разгуливала в ней по квартире, крутилась перед зеркалом.

— Ну ладно, — вздохнул Арсеньев, — вы не могли бы вспомнить, кто в последнее время приходил к Кравцовой в гости?

— Да у нее постоянно толклись люди. Мне они не представлялись. А последним приходил этот американец, как вы понимаете, — она многозначительно поджала губы и добавила чуть слышно: — Пришел и остался навечно.

— Вы видите в этом нечто символическое?

— Ничего я в этом не вижу, кроме грязного разврата.

— Вы хотите сказать, они оба получили по заслугам? — вкрадчиво уточнил Арсеньев.

— У вас есть санкция на допрос? — быстро спросила Лисова, и лицо ее покрылось пятнами.

— А что, беседовать с вами возможно только при наличии официального документа? Светлана Анатольевна, чем объяснить такую враждебность? Вы понимаете, что произошло убийство, и я общаюсь с вами, задаю вопросы вовсе не для собственного удовольствия. Санкции у меня с собой нет. Но у вас дома, в вашем почтовом ящике, лежит официальная повестка, на которую вы никак не откликнулись. Если хотите, я могу сейчас позвонить в прокуратуру...

— Не надо, — перебила она и вскинула руку, — я понимаю, что веду себя неправильно, с вашей точки зрения. Но поймите и вы меня. Мне пришлось пережить тяжелое нервное потрясение. Это во-первых. Во-вторых, я не привыкла сплетничать. Так уж я воспитана. Не умею рассказывать посторонним ни о своей, ни о чужой личной жизни.

— Это замечательное качество, — кивнул Арсеньев, — оно, безусловно, заслуживает уважения. Но, еще раз повторяю, речь идет об убийстве. И нам не обойтись без вашей помощи. Скажите, когда собирались гости, здесь, или у Кравцовой, кто обычно снимал на любительскую камеру?

— Феликс. Сотрудник пресс-центра. Заместитель Кравцовой. Кажется, его фамилия Нечаев.

— Светлана Анатольевна, почему при первой нашей встрече вы отказались ответить, где работала убитая?

— Я не знаю, чего вы от меня хотите, — она вскочила, прошлась по веранде, остановилась у окна, извлекла откуда-то бумажную салфетку и принялась стирать невидимое пятно на стекле.

— Вы очень нужны были нам, когда мы проводили обыск. Лучше вас никто не знает, где что могло лежать в доме Виктории Кравцовой. Даже сама Виктория.

— Кто вам это сказал?

— Евгений Николаевич.

Она все еще стояла к нему спиной и так резко дернулась от его слов, будто ее ударило током. На веранде был полумрак. Яблони подступали вплотную к окнам. Арсеньев заметил выключатель, повернул его, и веранда залилась светом. Лисова заметалась в своей шали, словно летучая мышь. Сначала кинулась к большому, стилизованному под старину телефону, который стоял на этажерке в углу, схватила трубку, тут же ее бросила, потом полетела к комоду, так и не поворачиваясь лицом к Арсеньеву, схватила толстую книгу. Это был телефонный справочник.

— Светлана Анатольевна, с вами все в порядке?

Она, не отвечая, принялась лихорадочно листать справочник.

— Вы что-то ищете? Я могу вам помочь? — осторожно спросил Арсеньев.

— Он не мог такое сказать! — она плюхнула открытый справочник на комод страницами вниз и резко развернулась. — Женя вам такого сказать не мог. Я не верю.

— Светлана Анатольевна, пожалуйста, успокойтесь. Вы собирались позвонить ему и выяснить, говорил он это или нет? — догадался Арсеньев. — Вы знаете, куда он уехал?

— Он не мог такое сказать, — повторила она чуть слышно, и при ярком свете стало видно, что макияж наложен нелепо, неумело, она раскрашена, как старая кукла. В глазах набухали слезы, вместе с ними по щекам потекла тушь.

— Но в этом нет ничего плохого, — попытался утешить ее Арсеньев, — Евгений Николаевич не хотел вас обидеть.

— Правильно, — она согласно кивнула и опустилась в кресло, — ничего плохого. Наоборот, это даже лестно. Так говорят о добросовестной, честной прислуге. О прислуге, понимаете вы или нет?

Арсеньев встал, подошел к комоду. Справочник был раскрыт на разделе «Рестораны». Значит, их светлость отправились обедать и расслабляться, забыв про назначенное время.

— Так в какой ресторан поехал Евгений Николаевич? — спросил он небрежно.

— Я не знаю, — она всхлипнула и помотала головой, — он не сказал мне.

— Но вы же собирались звонить?

— Нет. Это я так, машинально. Не надо его тревожить. Он скоро вернется, дайте ему спокойно покушать.

Она сидела и плакала. Сане было искренне ее жаль. Ее рыдания казались такими же нарочитыми и неумелыми, как макияж, как вся она, в дорогом, явно тесноватом платье, с крашеными волосами, в жемчугах и с поэтической шалью на плечах. Еще при первой встрече он заметил, как быстро меняется у нее настроение. За сентиментальными рыданиями следуют сухая отчужденность, враждебность, агрессия, затем апатия. И все кажется фальшивым, наигранным, хотя возможно, за этим стоят реальные живые чувства. Просто она не умеет их выразить по-другому.

Он вдруг представил, как ужасно могла раздражать эта женщина своей неуемной заботой, самоотверженным служением. Особенно того, кто нуждался в этом служении, кто легкомысленно принимал его и врал себе, будто это нормально, когда молодая женщина становится приживалкой в чужой семье. Семья пользовалась ее услугами, фыркала в кулачок, если вырывались наружу из пылкой души приживалки мелодраматические, но не всегда безопасные страсти.

Зачем это было нужно Рязанцевым, понять можно. Двое детей, куча бытовых проблем. Вряд ли жена партийного лидера Галина Дмитриевна, кандидат исторических наук, сидела дома со своими мальчиками. Она работала. Известно, что в конце восьмидесятых — начале девяностых, когда ее муж начал делать политическую карьеру, она активно помогала ему. Они много ездили вместе, мотались по митингам, конференциям, симпозиумам. У них тогда не было возможности нанять няню или домработницу, и дружеские услуги Лисовой наверняка всегда оказывались кстати. Но ей, Светлане Анатольевне, зачем это было нужно? Только ради верной студенческой дружбы?

«Я осел! — с удивлением констатировал Саня. — Она просто любила Рязанцева, и любит до сих пор. Это стало главным смыслом ее жизни. А как же тогда жена? Неужели не чувствовала ничего? Неужели не понимала, почему институтская подруга всегда рядом и не пытается устроить собственную личную жизнь? Как они терпели друг друга?»

— Светлана Анатольевна, не надо плакать, — произнес он тихо и ласково, — поверьте моему опыту, так никогда не говорят о прислуге. Так говорят о близком человеке, которого уважают, которому доверяют, без которого не могут обойтись.

В ответ она громко высморкалась и благодарно заулыбалась сквозь слезы.

— Вы думаете?

— Я уверен, — кивнул Арсеньев.

— А что еще он обо мне говорил? — спросила она и поправила прическу.

— Он сказал, что очень привязан к вам, надеется на вашу помощь, поскольку ему сейчас крайне тяжело, а вы как ближайший друг семьи могли бы вместо него ответить на многие вопросы, и каждому вашему слову мы можем доверять точно так, как если бы это говорил он сам, — цинично соврал Арсеньев.

— Да-да, я готова! — она опять высморкалась. — Спрашивайте, я отвечу. Только сначала скажите мне, у вас есть какие-нибудь версии? Вы кого-нибудь подозреваете?

— Ну, на мой взгляд, убийство Кравцовой и Бриттена носит чисто политический характер. Это могли сделать противники Евгения Николаевича, его завистники, — медленно произнес Арсеньев, чувствуя себя полнейшим идиотом.

Получалась, что эта истеричная смешная тетка манипулировала им, втягивала в свой мелодраматический ритм, тяжелый и насквозь фальшивый. Он вынужден был подыгрывать ей, потому что иначе разговаривать становилось невозможно. Она начинала либо рыдать, либо злиться.

— А версии личного порядка вы полностью исключаете? — спросила она, многозначительно заглядывая ему в глаза.

— Нет. Пока идет следствие, мы ничего полностью исключать не можем. Именно поэтому нам надо побеседовать с близкими Евгения Николаевича. С вами, с Галиной Дмитриевной.

— С кем? — Лисова напряглась так сильно, что Арсеньев понял: все его предыдущие старания пропали даром.

— С женой Евгения Николаевича, — повторил он устало и безнадежно.

— Зачем?

— Затем, что это необходимо следствию.

— А при чем здесь я? — мокрые глаза уперлись Арсеньеву в переносицу, взгляд напрочь лишился мелодраматизма, слезы испарились.

— Ну, вы, вероятно, знаете, как можно связаться с Галиной Дмитриевной. У вас должен быть номер ее телефона, факса, адрес электронной почты.

— Ничего этого у меня нет, — отчеканила Лисова и отвернулась.

— То есть вы хотите сказать, что не знаете, где сейчас находится ваша близкая подруга, и не поддерживаете с ней никакой связи? — удивленно уточнил Арсеньев.

— Да. Совершенно верно. Я ничего не знаю.

— Ну как же, Светлана Анатольевна, вы столько лет дружите, — мягко напомнил Саня, — у вас что, произошел конфликт с Галиной Дмитриевной?

— С чего вы взяли? Никакого конфликта, — голос стал жестким, взгляд пустым и прозрачным. Слезы окончательно высохли.

— Ну что ж, придется говорить об этом с Евгением Николаевичем, — вздохнул Арсеньев, — не хотелось лишний раз травмировать его, но придется. Просто мне казалось, вы как друг семьи, близкий человек, могли бы прояснить для нас хотя бы некоторые вопросы. Ну ладно, нет так

135

нет. Хотя, честно говоря, мне не совсем понятна ваша категоричность.

— Что же тут непонятного? — голос ее звучал ровно, глаза сухо сверкали. — Галя тяжело больна. Галя крест, который он несет всю жизнь. Мне невыносимо говорить об этом.

— Я не прошу вас говорить об этом, — пожал плечами Саня, — я просто спросил, как связаться с Галиной Дмитриевной. Кстати, а чем именно она больна?

— Какая вам разница? Вы врач?

— Нет. Я милиционер, — Арсеньев заметил пепельницу на журнальном столике, достал сигареты. Лисова сидела, уставившись в одну точку.

— Вам как милиционеру надо знать совсем другое, — проговорила она после долгой паузы, — вас должны интересовать не болезни, а преступления. Вы ведь выбрали такую профессию для того, чтобы искать преступников. Вы оперативник, то есть сыщик, верно?

— Ну, в общем, да, — кивнул Арсеньев, пока не понимая, к чему она клонит.

— Самый тяжкий вид преступления — убийство. Каждое убийство должно быть раскрыто. Для сыщика это главное — узнать, кто настоящий убийца, даже в том случае, если наказать за преступление невозможно и ничего нельзя изменить. Знать, кто преступник — профессиональный долг сыщика.

Шаль медленно соскользнула на ручку кресла, оттуда на пол, Лисова не заметила этого. Саня все шарил по карманам в поисках зажигалки. Лисова медленно, тяжело поднялась, шагнула к комоду, закрыв его своей широкой, обтянутой шелком фигурой, принялась дергать какой-то маленький боковой ящик. Он долго не поддавался и вдруг при очередном рывке вывалился целиком, грохнулся на пол.

— О, Господи! — простонала Светлана Анатольевна и опустилась на корточки.

Саня нашел зажигалку. Она не работала, кончился газ.

На веранде повисла тишина. Лисова распрямилась, медленно повернулась и спокойным, глухим голосом сообщила:

— Терпеть не могу открытые босоножки. Терпеть не могу этот комод. Представляете, ящик упал прямо на пальцы. Очень больно.

Арсеньев увидел в ее правой руке небольшой пистолет и даже сумел разглядеть, что это одна из последних модификаций «Макарова».

* * *

— Ну что же вы не кушаете? Надо кушать, смотрите, как вкусно, — нянька Раиса держала вилку у рта Галины Дмитриевны. На вилке был кусок куриной котлеты.

— Спасибо, я не хочу.

— Не хочу, не хочу, — проворчала Раиса и, покосившись на Галину Дмитриевну, быстро положила кусочек к себе в рот.

— Ну, а вот картошечки? — спросила она, когда прожевала. — Смотрите, какое пюре, нежное, с маслицем, без комочков, я укропчиком посыпала, м-м, какое пюре, — Раиса прикрыла глаза и покачала головой.

— Ешьте все, мне не надо.

— Как же? Это ужин ваш. Как же вы без ужина? Хотя бы яблочко, что ли? — Раиса протянула ей блюдце с тонко нарезанным яблоком.

— Спасибо. Я сейчас не могу.

— Да вы и в обед не могли, милая моя, вы посмотрите на себя, вас же ветром сдувает.

— Где вы нашли здесь ветер? — чуть слышно прошептала Галина Дмитриевна.

Тарелка быстро пустела. Раиса собрала хлебной корочкой остатки пюре, одним глотком выпила томатный сок, вытерла губы.

— Надо правильно, регулярно питаться, это основа основ, — строго заявила она, — организм должен получать достаточное количество калорий, чтобы полноценно функционировать. Вот раньше, когда нанимали на работу, сначала сажали работника за стол, наливали ему щей, давали каши тарелку и смотрели, как ест. Если хорошо, быстро, значит и работать будет так же. А если аппетита нет, тогда пошел вон. Ну какой, скажите, пожалуйста, аппетит у детей, если они постоянно жуют резинку? Я наказывала за это очень строго. Во всем должна быть дисциплина. Жевать надо в столовой, читать в классе или в библиотеке, а когда начинается разгильдяйство,

138

можно ожидать чего угодно. Вы согласны со мной?

— Да, конечно.

Галину Дмитриевну совсем не раздражали педагогические речи няньки. Она могла дремать под них, могла просто лежать, не слушая, и мысленно вести свой бесконечный диалог с Любой.

— Ты очень долго живешь, — упрямо повторяла Люба, — слишком долго. Я бы тоже так хотела.

Правда, она долго жила, постепенно забывала, что она убийца и не заслуживает ни любви, ни жалости.

Страх воды остался, это было проблемой, поскольку Женя очень любил отдыхать на море. Но помогала мама, всякий раз, когда намечалась поездка, она заранее заболевала, и Гале удавалось остаться в Москве. Сохранился страх толпы и общественного мнения, он был слабей и безобидней водобоязни и заглушался с помощью нескольких таблеток валерьянки, настойки пустырника или простого самовнушения.

Время летело все быстрей, Женя стал крупным политиком, она гордилась им, переживала его победы и поражения острее, чем он сам.

Тетрадка хранилась в ящике стола, в глубине под бумагами. Она возвращалась к ней все реже. Два раза в году, в Любин день рождения и в Прощеное воскресенье ездила на кладбище. Сначала боялась встретить там Любину маму, Киру Ивановну, но ни разу не встретила и бояться перестала. Могила была запущенной, и каждый раз Галя выпалывала там сорняки, подправляла и красила жестяную пирамидку, а когда пирамидка совсем истлела, заказала скромный памятник из светлого гранита, отыскала у родителей в старых альбомах маленькую Любину фотографию, ее пересняли на фарфоровый овал.

В девяносто пятом году, в разгар очередной предвыборной кампании, когда не было ни минуты свободной и жизнь дошла до точки наивысшего напряжения, посреди суеты, беготни, звонков, переговоров, Жениных капризов и истерик (вполне нормальных в такой ситуации) Галина Дмитриевна вдруг почувствовала себя очень странно.

Ее стало тошнить от табачного дыма. Она засыпала на стуле за компьютером, сочиняя для Жени очередную речь. Она потеряла записную книжку с сотней важных телефонов. Она забыла подобрать цитаты из классиков, которыми Женя должен был блеснуть на очередном ток-шоу в прямом эфире. Она забыла точное время этого эфира и имя ведущего. Она не успела заранее договориться с несколькими оплаченными журналистами о вопросах на пресс-конференции.

Женя был в ярости. Он кричал и хлопал дверьми.

— Господи, что со мной происходит? — шептала она ночью на кухне, сидя напротив своей верной подруги Светки Лисовой.

— Ты просто дико устала, — утешала ее Светка, — тебе надо отдохнуть и отвлечься.

— Как сейчас я могу отдыхать? Раньше со мной никогда ничего подобного не было.

Светка смотрела на нее внимательными добрыми глазами и вдруг выпалила:

— Слушай, а ты случайно не беременна?

Это было невозможно. После вторых родов Галине Дмитриевне определенно сказали, что детей у нее больше не будет. Однако вскоре оказалось, что Светка права.

Женя чуть не упал в обморок от этой новости.

— С ума сошла! Тебе сорок три года! У нас и так двое детей! Сейчас это совершенно невозможно! Я не хочу!

А Галина Дмитриевна хотела. Она сама удивилась, как сильно вдруг захотела этого последнего ребеночка. Ей казалось, что непременно должна быть девочка, она даже втайне от самой себя стала придумывать имя и один раз остановила машину у магазина «Аист» на Кутузовском, прошла вдоль витрины товаров для младенцев.

— Ты что?! Он просто разведется с тобой! — шептала ночью Светка на кухне. — И потом, тебе все-таки сорок три года. При таких поздних родах часто рождаются дауны.

Женя на эту тему больше разговаривать не желал. Он ходил злой и обиженный. Приближались выборы. Она не могла ему полноценно помогать, спала на ходу, едва сдерживала тошноту, когда рядом курили, все забывала, теряла, а главное — чувствовала себя все виноватей. Перед Женей, потому что подводит в самый ответственный момент. Перед Светкой, потому что опять грузит ее своими проблемами. Перед существом, которое там, у нее внутри, потихоньку растет, развивается, ничего еще не ведая.

Все решил визит к знакомому врачу в коммерческую клинику. Врач сказал, что в принципе, конечно, можно ребенка оставить и родить, однако в ее возрасте, при ее нагрузках, при нынешней экологии ничего нельзя гарантировать. И если ее мучают сомнения, то лучше не создавать проблем ни себе, ни мужу. В конце концов у них два чудесных мальчика, а решается все просто и быстро. Прямо здесь и сейчас.

Из клиники она вышла на следующий день. Она была уверена, что сразу станет легче, но тут навалилась такая тоска, такая пустота, что хоть вой в голос.

— Знаешь, даже жить не хочется, — призналась она Светке ночью на кухне.

— Еще бы, — вздохнула Светка, — ведь это смертный грех. Тебе надо в церковь сходить. У меня есть знакомый батюшка, он как раз завтра с утра служит.

Батюшка оказался молодым, полным, румяным, с редкой бородкой и выпуклыми светлыми глазами.

— Это убийство, — сказал он, выслушав Галину Дмитриевну.

— Значит, я убийца? — спросила она, чувствуя знакомые, но давно забытые спазмы удушья.

— Конечно, — кивнул батюшка.

Она отправила домой Светку, которая ждала ее в церковном дворе, оставила машину на стоянке, потому что боялась садиться за руль, и на метро отправилась на кладбище, к Любушкиной могиле. Купила у кладбищенских ворот букет свежих васильков, посидела на скамеечке, потом протерла тряпкой памятник, вырвала несколько сорняков, поставила цветы в банку с водой. Стало немного легче. Хватило сил вернуться на стоянку за машиной, доехать до дома и даже уснуть, правда, с валерьянкой и пустырником.

На следующий день она принялась восстанавливать потерянную записную книжку, составила список неотложных дел и звонков, вечером вместе с Женей отправилась на важную презентацию, потом был банкет, вернулись они часа в два ночи.

Утром, открыв ящик комода, в котором лежало ее нижнее белье, она привычно сунула руку, чтобы достать чистое, и вдруг почувствовала под пальцами нечто влажное, мягкое, скользкое.

Это был вялый букет васильков. Она еле сдержалась, чтобы не закричать. Все в доме еще спали, она завернула букет в какую-то газету, выкинула его, долго стояла под горячим душем, пытаясь унять дрожь.

— Мама, я забыл сказать, тебе звонила какая-то Люба, — сообщил за завтраком старший сын.

— Кто? — вскрикнула Галина Дмитриевна.

— Люба... Погоди, я записал, — он сбегал в прихожую к телефонному столику и вернулся с клочком бумаги, — вот, Гордиенко Люба. Она просила передать, что очень тебя ждет.

— Где? — выдохнула Галина Дмитриевна.

— Она сказала, ты знаешь, где.

— Какой был голос?

— Странный. Глухой, как из могилы, — ответил сын.

С тех пор Люба Гордиенко уже не покидала ее и все звала к себе. Голос слышала не только Галина Дмитриевна, но и другие. Никому́ не приходило в голову спросить, кто такая Люба Гордиенко. Дети и муж просто звали Галину Дмитриевну к телефону или передавали, что звонила некая Люба.

Голос звучал в телефонной трубке, отдавался эхом на лестнице, когда падала на кафель связка ключей, журчал вместе с водой, льющейся в ванную, прорывался сквозь слои обычного звукового фона и никогда не затихал. Любе было одиноко, ей хотелось поговорить.

Иногда голос звучал глухо и низко, как тот, телефонный, иногда становился высоким и чистым, похожим на голос живой Любы, двенадцатилетней девочки. Галина Дмитриевна понимала, что это называется звуковыми галлюцинациями. Человек, умерший почти сорок лет назад, не может с ней сейчас беседовать и звать к себе.

Она знала, что тяжело больна, и считала это слишком мягким наказанием для себя. Вероятно, умереть от горсти таблеток тоже было для нее слишком просто, поэтому не ничего получилось. Светка спала в соседней комнате, проснулась от дурного предчувствия, растрясла, заставила пить воду с марганцовкой.

Галина Дмитриевна не помнила, как пила таблетки, ей казалось, это была всего лишь валерьянка. Но Светка держала в руке пустой пузырек от диазепама.

Прежде у нее уже случались провалы памяти. Она стала замечать, что забывает самые простые вещи. Перед выходом из дома не могла найти ключи от машины, потом ключи от квартиры, потом вдруг исчезала сумка или шарф, именно тот, который она собиралась надеть, или один сапог, когда другой был уже на ноге. На нее ужасно действовали спешка и процесс поиска, она боялась опоздать, нервничала, металась по квартире, плакала, дрожала, от этого еще больше терялось вещей, все валилось из рук, казалось, все окружающие предметы ополчились против нее.

Когда в новом доме, на чердаке, Светка вытащила ее из петли, она просто искала книгу, второй том Ключевского. Ей надо было проверить цитату для очередного Жениного выступления. Книги лежали в ящиках, еще не распакованные, она вскрывала один ящик за другим, стала нервничать, чуть не заплакала, а тут еще погас свет. Она знала, где лежит фонарик, нашла его, достала запасную лампочку, встала табуретку, выронила фонарик, он откатился куда-то за ящики, стало темно, и вдруг совсем рядом знакомый глухой голос произнес отчетливую фразу:

— Правильно, Галя, давно пора, я все жду тебя, а ты живешь и живешь...

— Люба? — спросила она чуткую чердачную темноту.

— Ну что же ты? Не бойся, это быстро и совсем не больно, веревка крепкая, надо только правильно затянуть узел, — ответила темнота.

Галина Дмитриевна покачнулась, упала с табуретки, сильно ударилась головой обо что-то острое.

Очнувшись, она увидела над собой фонарный луч, разглядела в зыбком свете милое, испуганное лицо Светки. Встрепанная, в ночной рубашке, Светка сидела возле нее на корточках, держала фонарик и легонько хлопала по щекам.

— С ума сошла?! Что ты творишь, Галя? Хотя бы о детях подумала! Ну, скажи мне что-нибудь, не молчи, пожалуйста!

Светка дрожала, в глазах у нее стояли слезы.

— Что? Что со мной случилось? — прошептала Галина Дмитриевна.

— Ты стояла на табуретке, у тебя была веревка на шее. Хорошо, что я проснулась. Я прямо как почувствовала. Все, Галюша, так больше нельзя. Тебе надо показаться врачу...

Нянька Раиса укатила столик с посудой, вернулась со стопкой чистого белья. Пока она перестилала постель, Галина Дмитриевна сидела в кресле. После недавнего приступа ей увеличили дозу лекарств, она слабела, ее клонило в сон, и суровое скучное ворчание няньки звучало для нее как колыбельная песня.

— Мальчики курили, даже в здании школы, в туалет нельзя было войти, дым такой, что хоть топор вешай. И девочки тоже курили. И красились, как публичные девки, вы не представляете, сколько всякой косметики я выгребала из тумбочек. Вообще, они делали, что хотели, прогуливали уроки, читали после отбоя. Дошло до того, что девочка-семиклассница выпрыгнула из окна третьего этажа, ночью, в ноябре, босая, в ночной рубашке, вы можете себе представить?

***

Толстый палец Лисовой лежал на спусковом крючке. Дуло поплясало и уперлось в Арсеньева. Палец несколько раз дернулся, но ничего не произошло.

— У меня не выходит, попробуйте сами, — произнесла она усталым голосом и протянула Сане пистолет.

Это оказалась зажигалка китайского производства. Саня успел понять это на мгновение раньше, чем начал действовать. Вот была бы потеха, если бы вышло наоборот: Светлана Анатольевна на полу, он как идиот стоит над несчастной перепуганной дамой с трофеем в руках. Потом жалоба в прокуратуру, насмешки Зюзи. Он даже слегка покраснел, прикуривая от пистолета-зажигалки.

Светлана Анатольевна между тем, кряхтя, собрала содержимое ящика, вдвинула его на место, доковыляла, прихрамывая, до кресла, уселась, помахала рукой, разгоняя дым, вытянула ногу и несколько секунд разглядывала свои пальцы.

— Боже, какая боль! Невыносимая боль, — произнесла она задумчиво.

— Надо бы сделать холодную примочку, — посоветовал Арсеньев.

— Это не поможет. Там, вероятно, перелом. Нужен рентген, но сейчас, конечно, не до этого. Ничего, я потерплю.

— Зачем же терпеть, если больно? Вдруг там действительно перелом? Может, не стоит откладывать, обратиться к врачу? Здесь поблизости наверняка есть какой-нибудь травмпункт.

— Ерунда, — она поморщилась и махнула рукой, — я очень терпеливый человек, я все могу вынести. К тому же я не доверяю врачам, — она оставила в покое свою ногу и уставилась на Саню. — Я должна сообщить вам нечто важное. Дело в том, что Галина Дмитриевна Рязанцева убийца. Она убила двоих человек.

Арсеньев только кивнул в ответ. Он уже ничему не удивлялся. Лисова помолчала, давая ему переварить услышанное, и затем добавила:

— То, что я собираюсь вам рассказать, не знает никто. Я до сих пор не уверена, стоит ли вообще начинать. Возможно, мой рассказ получится сбивчивым и невнятным, поскольку я чрезвычайно волнуюсь. В любом случае прошу меня не перебивать.

Она огляделась, увидела на полу свою шаль, встала, забыв о хромоте, прошла по комнате, подняла ее, встряхнула прямо у Арсеньева перед носом, и его обдало ароматом все тех же тяжелых духов. Он наконец вспомнил, как они называются: «Маже Нуар».

— Да, Светлана Анатольевна, я вас внимательно слушаю, — подбодрил Саня, наблюдая, как она настраивается на долгий монолог, как расправляет на плечах складки шали и делает трагическое, значительное лицо.

— Это была очень хорошая девочка, — начала она глухим низким голосом, — ее не назовешь красавицей, но разве дело в красоте? Она имела чистую душу, мягкий характер, всегда готова была прийти на помощь в трудную минуту. Что еще? Много читала, в основном классику. Знала наизусть стихи Некрасова, Кольцова и Есенина. Она могла бы прожить долгую полезную жизнь, сделать много добра людям. Но у нее была подруга. Существо хитрое и злое. Правда, никто не подозревал об этом. Ей удавалось скрывать свое истинное лицо под маской этакой жизнерадостной дурочки. Смазливая мордашка многих сбивала с толку. К тому же у нее были состоятельные родители, занимавшие высокое положение в обществе. Отдельная кооперативная квартира, заграничные наряды. А у хорошей девочки была только мама, скромный делопроизводитель. Комната в коммуналке, на обед один гарнир, картошка или макароны. Мясо только по праздникам. Кроме школьной формы единственное платьице, — Лисова замолчала и уставилась в окно, на собственное смутное отражение в стекле.

149

— Светлана Анатольевна, — тихо окликнул ее Арсеньев, — а как звали девочек?

— Что? — она вздрогнула и взглянула на Арсеньева так, словно до этой минуты была одна на веранде, а он только что появился из воздуха.

— Как звали девочек? — повторил Арсеньев.

— Смазливую — Галя, вторую, которая погибла, — Люба. Все называли ее Любушка.

— Как именно она погибла?

— Утонула в Пестовском водохранилище. Ей было всего лишь двенадцать лет, — быстро пробормотала Лисова.

Арсеньев слегка удивился, поскольку был почти уверен, что вторую, некрасивую, но чистую и начитанную звали Света, и погибла она не в прямом, а в каком-нибудь романтически переносном смысле.

— Несмотря на разницу в интеллекте и в материальном положении, они дружили с раннего детства. Однажды в июне они отправились за город, Любушка с мамой и Галя. Было жарко. Они перекусили на травке, мама уснула, девочки решили искупаться. В воду вошли вдвоем. А вышла на берег только Галя. Позже она пыталась доказать, что во всем виноват прогулочный катер, проплывший совсем близко и пустивший большие волны, а также илистое, вязкое дно. Она будто бы даже пыталась спасти подругу и чуть не захлебнулась сама. Однако единственный свидетель, мама Любушки, ни секунды не сомневалась в том, что Галя убила ее дочь. Она сразу, как только поняла в чем дело, стала кричать: «Ты утопила мою Любушку! Ты убийца!» Разумеется, никакого следствия не было. Обе девочки плохо плавали, катер действительно прошел совсем близко, и в илистом дне, именно там, где они вошли в воду, была глубокая воронка. Это сочли несчастным случаем. Но ни одно преступление не может остаться безнаказанным. Если государство отказывается судить преступника, его судят люди и сама жизнь. Галя имела наглость прийти на похороны своей жертвы. Увидев ее, мать Любы бросилась к ней, чтобы придушить своими руками. Конечно, матери не дали расправиться с убийцей, все-таки Гале было только двенадцать лет, и люди пожалели ее. Но потом на нее показывали пальцами, шептались за спиной. Она не могла выйти во двор. Мать Любы сидела на лавочке и, когда Галя проходила мимо, громко кричала: «Убийца! Чтоб ты сдохла!» Родители Гали пытались с ней поговорить, даже предложили денег, но от этого стало еще хуже. Весь двор узнал о деньгах и решил, что если родители хотят откупиться, значит гибель Любушки точно не была несчастным случаем. Жизнь семьи стала невыносимой, пришлось поменять квартиру, переехать в другой район. Однако от себя не убежишь.

Лисова опять замолчала, перевела дыхание, облизнула губы, поправила шаль. Лицо ее стало спокойным, счастливым и сытым, как будто она только что вкусно поела после долгого мучительного голода.

— Откуда вы знаете эту историю? — тихо спросил Арсеньев.

Она ничего не ответила, она застыла, двигались только пальцы, перебирали длинную нить жемчуга, свисавшую почти до пояса, наматывали, разматывали, подносили ко рту.

— Светлана Анатольевна, откуда вы знаете то, что мне сейчас рассказали?

— Что? — она выплюнула жемчужину, оставила в покое бусы и устремила на него недоуменный прозрачный взгляд. Так в телесериалах смотрят невинные жертвы на злодеев.

Она опять переигрывала. Она была не такая сумасшедшая истеричка, какой старалась казаться. Вопрос Арсеньева явно смутил ее, ей требовался небольшой тайм-аут, чтобы ответить.

— Я была свидетелем, — наконец отчеканила она, и глаза ее заметались.

— То есть вы были в тот день на Пестовском водохранилище?

— Разумеется, нет. Я же сказала: никого, кроме Гали, Любы и ее матери, там не было.

— Значит, вы жили в том же дворе?

— Нет. Я никогда там не жила, — она вдруг густо покраснела и повысила голос, — вообще, какое это имеет значение? Я стала свидетельницей тех мук, которые переживала Галина. Совесть мучила ее. Я как близкий друг семьи наблюдала это многие годы. Она не может подойти к воде, будь то река, озеро, море. Близость воды вызывает у нее истерику и удушье. Даже когда они покупали этот дом, ее больше всего беспокоило, чтобы рядом не было никаких водоемов.

Зазвонил телефон, Лисова дернулась, схватила трубку. Лицо ее при этом продолжало пылать.

— Я слушаю! — несколько секунд она молчала, постепенно остывая, наконец произнесла совсем другим голосом, деловитым и сухим: — Я поняла, Геннадий Егорович. Не стоит повторять дважды. Я вас отлично поняла. Всего доброго.

Положив трубку, она развернулась к Арсеньеву:

— Вам просили передать, что Евгений Николаевич скоро будет.

— Спасибо, — кивнул Арсеньев, — вы сказали, Галина Дмитриевна убила двоих. Кто был вторым?

— Ребенок, — выпалила она, не задумываясь, — тоже ребенок! Правда, совсем маленький. Еще не рожденный.

— А, ну понятно, — тяжело вздохнул Арсеньев.

— Что вам понятно?! Вы не считаете аборт убийством?

— Мы сейчас не будем это обсуждать. Светлана Анатольевна, скажите, пожалуйста, где вы были в ночь с пятницы на субботу?

— Вы с ума сошли? — спросила она, строго и серьезно заглядывая ему в глаза.

— Будьте любезны, ответьте на мой вопрос.

— Извольте. В ночь, когда убили Кравцову и Бриттена, я была у себя дома. Я спала в своей постели. Все?

— Нет, не все. Кто может подтвердить это?

— Никто. Я живу одна.

Пожалуй, впервые она заговорила естественным голосом, не гримасничала, не таращила глаза. Арсеньев понял, что на этой территории она чувствует себя в безопасности. Никакой она не фигурант. Версия Зюзи вполне правдоподобна, однако если бы Зинаида Ивановна имела счастье хотя бы несколько минут побеседовать с Лисовой, она бы наверняка отказалась от своих подозрений. Представить себе эту даму в роли хладнокровного убийцы довольно сложно. Ей нужны живые зрительские эмоции. Их нет у трупа. Ей нужны бурные драмы с продолжением. А выстрел — это точка. Конец спектакля, причем без аплодисментов и вызовов на бис. Уж если и могла бы она кого-то убить, то скорей всего ее жертвой стала бы Галина Дмитриевна Рязанцева, перед которой все возможные спектакли были давно сыграны.

— Зачем вы рассказали мне историю из детства Галины Дмитриевны? — быстро спросил он.

Он вдруг с удивлением обнаружил, что его трясет. Сорок минут общения с этой женщиной вымотали его больше, чем многочасовые допросы психов-рецидивистов, опытных урок, владеющих искусством симуляции и навыками глобальной «несознанки».

— Ваш профессиональный долг — знать правду, — сухо и наставительно произнесла Лисова, — даже если это не имеет практического смысла. Чтобы найти сегодняшнего преступника, надо знать, что было вчера, позавчера и много лет назад. Между прочим, вы напрасно так пренебрежительно отнеслись к убийству нерожденного ребенка. Вы думаете, у него еще не было души? Он еще не стал человеком?

— Ладно, хватит, — поморщился Арсеньев, — лучше объясните мне, как может Галина Дмитриевна жить в Венеции, если близость воды вызывает у нее удушье?

ГЛАВА ДВАДЦАТЬ ДЕВЯТАЯ

На этот раз в качестве комплимента от шеф-повара Евгению Николаевичу принесли солидную порцию зернистой икры с лимоном и маслом. Обычным гостям приносили паштет из утиной печени. Рязанцев был почетным гостем. Вокруг него бесшумно суетились официанты, едва он успевал осушить бокал с минеральной водой, тут же появлялся новый, полный. Стоило поднести ко рту незажженную сигарету, мгновенно вспыхивала зажигалка.

Вместе с икрой, без всяких напоминаний, ему принесли стакан свежего морковного сока. Когда-то он его терпеть не мог, но Вика приучила выпивать стакан в день, причем обязательно с несколькими каплями оливкового масла. Так лучше усваивается все полезное, что есть в морковке. В ресторане «Оноре» ему без всяких напоминаний приносили вначале стакан морковного, а после еды, вместе с десертом, стакан вишневого сока.

Он не стал намазывать икру на хлеб, принялся есть ложкой, заставляя себя прочувствовать вкус каждой отдельной икринки. Но ничего приятного в этом не было. Черная зернистая икра вдруг напомнила ему толпу армянских беженцев во время трагических событий в Нагорном Карабахе.

Сверху, из военного вертолета, были видны только головы. Множество крошечных голов. Черные платки женщин, черные шапки мужчин, мокрые от мелкого дождя, слегка отливали темным серебром.

— Смотрите, смотрите, как черная икра! — крикнул сопровождавший его оператор.

Люди стояли посреди распаханного поля, сбившиеся в кучу, открытые всем ветрам. Поле напоминало ломоть влажного ржаного хлеба.

Когда вертолет приземлился, Рязанцев попытался разглядеть лица под платками и шапками. Но не сумел, поскольку испугался. Люди кинулись к нему, как к спасителю. Цепь вооруженных омоновцев еле сдерживала толпу.

Потом он произносил речь, взобравшись на крышу бронетранспортера. Это была красивая убедительная речь. Невозможно вспомнить, что именно он говорил. Слова не имели значения.

Как они на него смотрели, как слушали! Хлынул ледяной дождь, и никто не заметил этого. Именно тогда впервые посетило его пьяное фантастическое чувство, слаще которого ничего нет. Они маленькие, он большой. Они толпа, он Лидер. Масса и Он. Он и масса.

Правда, вскоре началось свирепое похмелье. Настоящая наркотическая ломка. Тоска, апатия, дурные сны. Ему снилось, что он один из них, что он голодный золотушный младенец на руках беженки. Он видел ее грубое лицо, чувствовал зловоние ее щербатого рта, холод, голод, свою беспомощность и ненужность. Грязь Востока, умноженная на грязь войны. Вши, чесотка. Женщины в теплых штанах под фланелевыми халатами. Голодные дети в обносках. Больные старики. Все злые. Все большие, он маленький. Самый маленький, самый ничтожный из них.

Выступление на следующем митинге, уже в Москве, на каком-то крупном заводе, где несколько месяцев не выплачивали зарплату, оказалось отличным лекарством. Он язвительно разоблачал власть: руководство завода, руководство страны. Он говорил то, что они хотели услышать. Опять он стал большим, а люди в толпе маленькими. Но главное, он полюбил их, маленьких, слабых, доверчивых, и себя, большого, сильного, важного.

От любви он хорошел. Расправлялись плечи, сверкали глаза. Он искренне желал им помочь, вытянуть их из заколдованного круга социальной несправедливости, научить думать и чувствовать, как он, глобально и возвышенно. Они это понимали и отвечали ему восторженной взаимностью. Тогда, в конце восьмидесятых — начале девяностых, у них, как и у него, оставались еще значительные ресурсы неизрасходованных иллюзий, и это рождало сладкое чувство единения.

В своих ранних выступлениях он старался быть убедительным и логичным. Он сам сочинял свои речи и наговаривал их на диктофон.

— Слишком умно! — замечала жена, перепечатывая тексты на компьютере. — Они тебя не поймут и рассердятся. Не надо логики, только эмоции, не надо никаких нюансов и оттенков, только черные и белые краски, это им близко и доступно.

Она редактировала тексты, упрощала их и насыщала пафосом. Удивительно, как Галина Дмитриевна умела чувствовать, кому какой нужен пафос, что хотят услышать закавказские беженцы, тюменские нефтяники, московские студенты, питерские безработные с высшим образованием.

— Галя, но так нельзя! — восклицал он, тыча пальцем в отредактированный текст. — Это же глупость!

— Можно, — отвечала она, проницательно щурясь, — это политика, это закон толпы. Скушают, как миленькие, и добавки попросят. Не забывай, кто ты и кто они.

— Чем же я лучше? — кокетливо спрашивал он.

— У тебя есть харизма, — отвечала она с важным видом.

Это словечко только начало входить в моду, почти никто не знал его реального смысла, и в широких слоях населения возникала ассоциация со старым русским словом «харя», бабки в деревнях так и говорили: за этого не будем голосовать, у него харизма толстая и противная.

— Ты хотя бы понимаешь, что это такое? Объясни, потому что я не понимаю, — говорил он, продолжая кокетничать.

— В переводе с греческого это богоизбранность, дар Божий. В переводе с современного русского — обаяние политического лидера, его лицо, его имидж. Получается не совсем адекватно, зато красиво.

До начала девяностых одной только харизмы было довольно, чтобы стать популярным политиком, создать свою партию, получить голоса на выборах. Евгений Николаевич Рязанцев принадлежал к когорте демократических мальчиков, выросших на магнитофонных записях Галича и Высоцкого, на бледных самиздатовских ксерокопиях книг Солженицына и Авторханова. Всякая идеология ему претила, в том числе идеология денег. Какие деньги? Зачем, если есть народная любовь, когда есть харизма, единственная его идеология?

Каждое утро Евгений Николаевич смотрел в зеркало, на свое интеллигентное, благородное лицо, на свою бесценную харизму. Ее следовало холить и беречь. Он боялся поцарапать ее во время бритья. Он запрещал себе есть что-либо после шести вечера, чтобы утром харизма не была отечной и одутловатой. Он удалял щипчиками волоски из ноздрей, расчесывал щеточкой свои густые красивые брови, чтобы не торчали в разные стороны, вбивал специальные гели в кожу вокруг глаз. С помощью жены он научился ухаживать за своей харизмой вполне грамотно и справлялся с проблемами не хуже профессионального косметолога. Единственное, что портило его, это легкая желтизна кожи и белков глаз, последствия тяжелой желтухи. Он подцепил ее еще до брака, в университете, во время поездки в подмосковный колхоз, от одной молоденькой колхозницы, вульгарной, но сладкой и сочной, как одноименная дынька.

Желтуху давно залечили, однако желтизна, память о дыньке, иногда проступала сквозь холеную кожу. На это обращали внимание, пускали неприятные слухи, и в нескольких своих интервью Евгений Николаевич пожаловался, что в студенческие годы его за антисоветские взгляды преследовало КГБ. Во время одной из диспансеризаций по приказу Пятого управления его специально заразили гепатитом «В».

Обидно было то, что искусством зарабатывать капитал влияния и получать проценты со всего, даже с такой неприятной и неприбыльной вещи, как гепатит «В», Евгений Николаевич овладел в совершенстве именно тогда, когда пришло время переводить его в капитал реальный, в твердую валюту. Партия «Свобода выбора» нуждалась в деньгах.

Выбор спонсоров оказался невелик. Деньги могли дать отечественные предприниматели, которые в результате фантастических безумств приватизации успели к девяносто второму году хапнуть столько, что не знали, куда девать, и западные фонды, заинтересованные в парламент-ском лобби и инвестициях в российскую экономику и политику.

Первые слишком криминальны, вторые слишком бюрократичны, третьего не дано. Надо было срочно кому-то продаваться, но ужасно не хотелось. Евгений Николаевич метался, мучался. Он с детства панически боялся ответственности и не умел принимать твердых решений. Доверить выбор спонсоров кому-то другому он тоже не мог, мешали амбиции, становилось страшно: вдруг соратники, почуяв слабину, сметут его с пьедестала лидера, он упадет и разобьет вдребезги свою бесценную харизму?

Партия «Свобода выбора», как капризная царевна из сказки, отвергала одного жениха за другим и в итоге отдалась первому встречному, поскольку тянуть дальше было нельзя. Надвигалась очередная предвыборная кампания.

Первым встречным оказался один из совладельцев американского концерна «Парадиз» мистер Хоган. За благообразной улыбчивой физиономией миллионера Джозефа Хогана скрывалась хитрая мордашка потомственного одесского биндюжника Жорки Когана, эмигранта в третьем поколении. Дед его был портовым вором в Одессе, в восемнадцатом году благоразумно слинял в Америку и стал мелким торговцем. Отец закончил Колумбийский университет и стал адвокатом. Внук закончил Гарвард и стал миллионером Джозефом Хоганом.

За вывеской концерна «Парадиз» стояло ЦРУ.

Евгений Николаевич старался не думать об этом. Его дружба с Хоганам завязалась в Гарварде, куда он наведывался довольно часто, сначала слушал лекции, потом сам выступал с лекциями. Они с Хоганом были добрыми приятелями, не более.

Вообще, все эти грязные подробности пиарошных технологий, все эти вопросы о деньгах, способах их выбивания, отмывания, перекачивания, вколачивания чрезвычайно портили нервы и вредили харизме. Ухудшался цвет лица, тускнели глаза, опускались плечи, начинали дрожать руки. К счастью, это понимал не только Евгений Николаевич, но и его окружение. Ради сохранения чистой красивой харизмы Рязанцева освобождали от многих некрасивых и грязных подробностей. Кто вложил деньги, каким образом и с какой целью, не должно было волновать лидера. Для него главное — имидж.

Сначала работал имидж слегка усталого, но энергичного интеллектуала с демократическими идеалами и мягким умным юмором, созданный самим Рязанцевым с помощью жены. Небрежно-спортивный стиль в одежде, джинсы, свитерок, взлохмаченные волосы. Потом он перестал работать, понадобилось нечто свежее.

В моду вошли железные генералы, грубые, мужественные, с соленым юмором и хриплым прокуренным голосом. Рязанцеву остригли волосы совсем коротко, по-военному. Он перестал появляться на публике в джинсах и свитере. Только строгий костюм, темно-серый или синий, чуть мешковатый, без всяких изысков. Он стал говорить отрывисто, четко обрубая фразы. Он репетировал перед зеркалом жесткий прямой взгляд. Он сменил походку и марку туалетной воды, научился разбираться в оружии и определять чин по звездочкам на погонах.

Мода на мужественную военную аскезу сменилась модой на наглое, вопящее о себе богатство. Костюм от Кардена, часы за несколько десятков тысяч долларов, отдых на самых дорогих курортах, обеды в самых дорогих ресторанах, сонный надменный взгляд, вместо идеалов — откровенный, бесстыдный эгоизм, вместо юмора — циничные шуточки, вялые и несмешные.

Но и это вскоре приелось. Опять потребовалась интеллигентность, но уже более холодная, аккуратная и спортивная.

Рязанцев послушно перевоплощался. Вокруг него клубились имиджмейкеры, стилисты, визажисты. Большая часть его жизни проходила перед фото- и телекамерами. Ему приходилось играть в гольф, бильярд и большой теннис. Он участвовал в общем раскачивании, взявшись за руки, под известную песню Окуджавы. Он прыгал по сцене и неприлично крутил задницей вместе с популярным эстрадным трио. Он публично перекусал несколько десятков караваев, когда в провинциях его встречали хлебом-солью. Он перерезал сотню красных ленточек на всяких торжественных открытиях. Он бегал в мешке в детском спортивном лагере под Москвой и кормил манной кашей с ложечки дебильную сироту в Доме малютки под Тюменью. Он щупал матрасы и пробовал баланду в Бутырской тюрьме. Он обмазывал взбитыми сливками голые спины фотомоделей на рождественской вечеринке, устроенной модным журналом. Он, напялив кокошник исполнял куплеты на новогоднем телевизионном «Огоньке». Он трижды чуть не подрался на ток-шоу, один раз подрался на заседании Госдумы, но ни разу не заснул там.

Конечно, одному человеку такое не по силам. Он привык, что кто-то всегда рядом, готовит его, дает наставления, организует все наилучшим образом, болеет за него всей душой. Сначала это была жена. Потом, после мучительного периода семейных драм, политических неприятностей, раскола в партии, кадровой чехарды и хоровода невыносимых имиджмейкеров, появилась Вика. Она убедила его, что никакая харизма не выдержит такого бешеного ритма, ему не по чину и не по летам столь часто менять костюмы и декорации.

— Ты должен прежде всего оставаться самим собой, — сказала она, — не смотри на других. Никого не слушай. Кто они и кто ты?

Кто они — соратники по партии, соперники, противники, тусовщики, толпа, он примерно представлял себе. Но кто он — забыл. Его детство, юность, семейная жизнь, болезни и шалости детей, гастрономические вкусы, хобби, привычки

165

дурные и хорошие — все давным-давно стало достоянием публики. Все было растиражировано в десятках интервью, в которых только полный идиот рассказывает правду. Евгений Николаевич так привык к свой вымышленной, пиарошной биографии, что настоящую уже не помнил.

Вика с жаром занялась реставрацией его харизмы. Слой за слоем она соскабливала все лишнее, пошлое, глупое. Она сумела разгадать его беспомощную младенческую суть и стала для него нянькой. Он не мог без нее шагу ступить, не знал, как себя вести, как жить дальше.

— Я так тебя любил, я тебе так верил, — шепотом повторял Рязанцев, тыча вилкой в нежный стебелек спаржи, — предательница, предательница!

Он ткнул так сильно, что треснул тонкий фарфор тарелки. Рядом кто-то кашлянул. Он поднял голову. Над ним стоял метрдотель с телефоном в руке.

— Простите, Евгений Николаевич, мы не хотели вас беспокоить, но это действительно срочно, — произнес он интимным шепотом.

Рязанцев поморщился, промокнул губы салфеткой и взял трубку.

— Вы знаете, что у вас дома сейчас сидит майор милиции? — услышал он мрачный голос Егорыча.

— Арсеньев? Ах, ну конечно. Который час? — спохватился Рязанцев и взглянул на часы, — Надо же, я совсем забыл. И что он там делает?

— Допрашивает эту вашу идиотку Лисову.

— Да, нехорошо, нехорошо. Позвони, пожалуйста, извинись, скажи, что я скоро приеду. И пусть она его угостит чаем, кофе, — Рязанцев старался говорить как можно спокойней, но сдерживался с трудом.

Это в самом деле было ужасно. Сегодня утром позвонили из прокуратуры, он сам попросил, чтобы прислали того милицейского майора, с которым он беседовал в морге, назначил встречу и напрочь забыл о ней. Дело не в майоре, он подождет, ничего с ним не случится. Но то, что такие вещи легко вылетают из головы, — очень неприятный и опасный признак.

— Вы понимаете, что так нельзя, с этим надо что-то делать? — вкрадчиво спросил Егорыч, словно угадав его мысли. — Вы не можете обойтись без пресс-секретаря. Никого из людей Хавченко вы не хотите, Феликса тоже не хотите.

— Не хочу, — вздохнул Рязанцев.

— Но больше у нас никого нет, — резонно заметил Егорыч.

— Слушайте, неужели, имея два пресс-центра с укомплектованным штатом профессиональных сотрудников, нельзя найти человека, который временно возьмет на себя обязанности моего пресс-секретаря? — Рязанцев чуть повысил голос и заговорил тоном недовольного начальника.

Егорыч сердито молчал в трубке. Его сопение Рязанцева стало раздражать, и чтобы прекратить разговор, он пообещал:

— Ладно, я сам решу эту проблему, если больше никто не в состоянии ее решить.

— Когда?

— Сегодня вечером. А сейчас дай мне спокойно поесть.

— Приятного аппетита, — прорычал Егорыч и бросил трубку.

* * *

На улице моросил дождь. Похолодало. До семи, до встречи с Ловудом, осталось полтора часа. Надо было заехать в посольство, взять в гараже машину. Маша поймала такси, уселась на заднее сидение, забилась в угол. Ее знобило, она была слишком легко одета. Правая рука ныла нестерпимо. Она глядела сквозь мокрое стекло на московские улицы и едва заметно улыбалась, в очередной раз заново вспоминая наставления Макмерфи и отца.

«Ваш первый диссидент Александр Герцен...» «Передай ему, что первым русским диссидентом был князь Курбский, и скажи, пусть не рассуждает о том, чего не знает! Билли привык иметь в противниках всего лишь офицеров КГБ. Нравы российских урок он познавал по Гиляровскому, Крестовскому, Шаламову и пусть не учит тебя, как обаять Хавченко!»

Два милых, наивных старика, ее отец и Макмерфи, вряд ли имели счастье общаться с такими вот хавченками. И не дай им Бог.

Университетское образование, гигантский жизненный опыт, бесчисленные тома, от философских и психологических трактатов до засекреченных пособий для сотрудников спецслужб, тысячи километров печатного текста, посвященного тонкостям души, тайнам общения, всяким оттенкам человеческих эмоций, приемам вербовки, — все это рассыпалось прахом.

Никакой гений не постигнет великого и могучего Хавченко. Никто не сумеет точно ответить на вопрос: если он такой тупой, почему он такой богатый? Каким образом в его пухлых младенческих руках сосредоточилась такая огромная власть? Ради чего столько людей готовы унижаться, терпеть хамство и ледяную уголовную наглость? Может, дело в деньгах? Но почему Хавченко такой богатый, если он такой тупой? Замкнутая восьмерка, символ бесконечности. Вечный вопрос философии: что первично, дух или материя? Что вторично, могущество тупых хамов или ничтожество благовоспитанных умников?

Такси стояло в небольшой пробке на Садовом кольце, всего в сотне метров от здания американского посольства. Маша достала телефон, набрала номер отца. Он почти сразу взял трубку и засыпал ее вопросами, как она себя чувствует, купила ли теплую куртку, удобную ли ей сняли квартиру.

— Подожди, у меня очень мало времени, — перебила его Маша, — ты можешь прямо сейчас съездить ко мне домой?

— Да, конечно, а в чем дело?

— Во втором правом ящике компьютерного стола, в красной прозрачной папке лежат мои картинки. Пришли мне их по факсу в посольство к дежурному, хорошо?

— Какие картинки? — спросил Андрей Евгеньевич и нервно прокашлялся.

— Не валяй дурака, ты прекрасно понял, что я имею в виду, — рассердилась Маша, — портреты, лысые и бородатые, вот какие картинки.

— Но ты же взяла их с собой.

— Нет. Забыла. Они нужны мне очень срочно. Как раз сейчас я еду в посольство. Тебе хватит получаса на всю процедуру?

— Зачем они тебе?

— Вот я прямо сейчас, из такси, по мобильному, буду тебе объяснять? Пожалуйста, мне очень нужно, причем срочно. Номер факса ты знаешь?

— Да, — обиженно буркнул отец, — только картинки прислать? Или текст тебе тоже нужен?

— Нет. Текст я помню наизусть. Все, целую. Не волнуйся и не сердись.

***

Евгений Николаевич достал оба свои телефона. Они были выключены. Несколько минут он задумчиво курил и смотрел на них. Потом взял тот, по которому утром разговаривал с Джозефом Хоганом, включил и принялся просматривать номера, внесенные в память. Последним был записан номер, который он обозначил инициалами «МГ».

Мери Григ. Чрезвычайно толковая молодая леди. Он вдруг ясно вспомнил худенькую блондинку с прозрачным живым личиком. Она действительно резко выделялась на фоне остальных студенток. Большинство девиц в свои двадцать уже страдали типичной американской полнотой. Все эти гамбургеры, кукурузные хлопья, арахисовое масло и прочие прелести американской кухни за последние пятьдесят лет испортили генофонд нации. Студенты жевали на лекциях. Лица при этом были, как у сытых домашних животных.

Во время своих публичных выступлений, будь то митинг, ток-шоу, лекция в университете, Рязанцев прежде всего отыскивал в массе лиц какое-нибудь одно, женское, молодое, красивое. Смотрел он на всех. Но обращался именно к ней, самой приятной слушательнице, всегда анонимной, неизвестной и оттого еще более притягательной.

Четыре года назад, на лекциях в Гарварде, его ораторский тонус поддерживала хрупкая бледная блондинка с ясными глазами, которые казались то голубыми, то серыми, то наивными, то хитрыми. Он не знал и не хотел знать, как ее зовут. Даже когда их столкнуло на party, посвященной юбилею факультета славистики, и она представилась, он мгновенно забыл ее имя. В памяти осталось только ее лицо, ее легкость и рок-н-ролл под Элвиса Пресли. На той шумной, разукрашенной бумажными гирляндами вечеринке, где ску-

171

лы сводило от необходимости постоянно улыбаться и невозможности покурить, несколько минут танца с тоненькой ловкой партнершей оказались чем-то вроде витаминного коктейля. Он почувствовал себя значительно моложе и счастливей, чем был на самом деле.

Итак, Мери Григ. Протеже Хогана. А если никакая она не практикантка? Если она из ЦРУ? Ну и отлично. Значит, не дура, не растеряха, умеет слушать, знает, как и где себя вести. Не придется объяснять ей элементарных вещей, все поймет с полуслова. И смотреть на нее будет приятно, если, конечно, не разнесло ее, как бочку, за эти четыре года. Что еще требуется от хорошего пресс-секретаря? Да, она из ЦРУ, как покойный Бриттен. Не стал бы Джозеф Хоган тратить столько слов на простую практикантку. Ее прислали вместо Бриттена. Быстро же они подсуетились! Впрочем, смена Бриттену у них, конечно, была подготовлена заранее. На всякий случай? Или они знали, что его убьют? Может, сами и убили? Или это сделали люди из ФСБ? А может, бандиты Хача?

Его продрал озноб. Начав задавать самому себе вопросы, он как будто ступил на тонкий лед и уже не мог остановиться. Прошел несколько шагов, провалился в черную полынью. Чтобы выбраться, следовало прежде всего успокоиться, скинуть балласт тоски, ревности, оскорбленного мужского достоинства и попытаться понять, что лично он, Евгений Николаевич Рязанцев, думает о случив-

172

шемся. Есть у него на этот счет какая-нибудь определенная позиция?

Сейчас он доест свой десерт, выпьет вишневый сок и кофе, сядет в машину, отправится домой. Там ждет его оперативник, майор милиции. Надо подготовится к разговору. Была бы рядом Вика... Хватит! Сколько можно? Ее нет. Она оказалась дрянью, предательницей и получила по заслугам!

Он хлебнул воды и нечаянно прикусил тонкий край бокала. Послышался отвратительный стеклянный хруст. Осколок больно кольнул язык. Рязанцев взял салфетку и выплюнул кусок стекла вместе с кровью.

— Евгений Николаевич, с вами все в порядке? — послышался рядом тревожный шепот метрдотеля.

Рязанцев молча кивнул, поднялся, быстро прошагал к туалету. Там, к счастью, было пусто. Он прополоскал рот, приблизившись к зеркалу, рассмотрел ранку на языке. Она оказалась маленькой и неглубокой.

Вернувшись за стол, взял телефон и набрал номер Мери Григ.

* * *

«Она просто рехнулась, — думал Андрей Евгеньевич, открывая дверь пустой Машиной квартиры в Гринвич Вилледж, — может, стоит сказать об этом Макмерфи, чтобы ее как-то подстра-

173

звали? Неужели она в первый же день встретила кого-то похожего? Ну да, дом Рязанцева все в пяти километрах от этих проклятых Язвищ. Что из этого?»

Красную папку он нашел сразу. Отправляя по факсу фотороботы лысого ублюдка, который напал на Машу в лесной школе в ноябре восемьдесят пятого, он хотел приложить к ним короткое послание, но застыл над чистым листом, не зная, что написать. Факс получат дежурные в посольстве, прежде чем попасть к Маше, он пройдет через несколько рук. Писать что-то типа «будь осторожна» — верх идиотизма. Такая приписка вызовет только излишнее любопытство у посторонних, а Маша и так будет чрезвычайно осторожна, в глубине души он в этом не сомневался.

Еще раз внимательно взглянув на портреты, он вдруг обратил внимание на некоторые детали, которых не замечал раньше. Маша представила нападавшего в разных видах: лысого, с длинными волосами, с бородой, с усами. Но глаза везде оставались голыми, ни бровей, ни ресниц. Между тем и те и другие могли быть к моменту нападения обожжены или острижены, а потом отросли, и внешность изменилась весьма существенно.

На двух портретах герой улыбался, его жуткие зубы, кривые, редкие, темно-ржавые, запомнились Маше особенно ясно. Но ведь он мог вставить себе новые, это тоже очень сильно меняет облик.

На чистом листе он написал всего одну строчку: «Внимание! Брови, ресницы, зубы!»

Через несколько минут аппарат просигналил что факс прошел. Прежде чем покинуть квартиру дочери, Григорьев влез в ее компьютер, нашел файл, посвященный лысому ублюдку, и перегнал его для себя на чистый диск.

По дороге в Кони-Айленд он умудрился проехать на красный и заплатил штраф полицейскому, потом заблудился и опоздал на пятнадцать минут, что случалось с ним крайне редко. Он загадал: если у связника на самом деле окажется в сумке котенок, именно такой, белый, с большими голубыми глазами, мужского пола, то у Маши все будет хорошо.

Девушку с длинными красными волосами он заметил издалека, она возвышалась над остальными прохожими, поскольку к ста восьмидесяти пяти сантиметрам роста добавила еще десять сантиметров «платформы». Ей было не больше двадцати. Кроме красных волос, зеленой лаковой куртки, полосатых, как морская тельняшка, сапог на «платформе», у нее были еще немыслимые ногти разных цветов с крошечными гербами разных стран. Симпатичный черный малыш весело лопотал, сидя у нее на животе в «кенгуру». С ребенком она говорила по-английски, с Григорьевым по-русски. На плече у нее висела большая сумка из мягкой стеганой ткани. Молния была застегнута до середины. Андрей Евгеньевич заставлял себя не смотреть на сумку.

— Давайте зайдем в кафе, мне надо поменять

Ване подгузник, — заявила она, — только тут у нас проблема с парковкой, как везде в Нью-Йорке. Есть платная, через квартал.

Это было странно, поскольку кафе — не лучшее место для обмена информацией.

«Ну ладно, ребенку действительно может быть нужен чистый подгузник, — решил Григорьев, — переодевать его на лавочке в сквере неудобно».

По дороге Андрей Евгеньевич успел узнать, что его новая знакомая родилась в Петербурге, родители привезли ее в Америку в пятилетнем возрасте. Сейчас ей девятнадцать, она учится в Бруклинском колледже, правда, когда родители узнали, что у нее был черный бой-френд, они отказались платить за ее обучение. Она живет с подругой, они снимают напополам маленькую квартирку-студию и вдвоем растят Ванечку, с его отцом она рассталась еще до рождения ребенка.

Подгузник она поменяла, попросила Григорьева взять для нее порцию шоколадного мороженого со взбитыми сливками, для Вани йогурт и яблочный сок.

Стеганая сумка стояла на стуле, не подавая никаких признаков жизни. Но главное, девушка, назвавшаяся Соней, не подавала никаких признаков настоящего связника. Она продолжала болтать всякий вздор. Григорьев не знал, что думать. Он взглянул на часы, вежливо улыбнулся и спросил, с трудом вклиниваясь в монолог красноволосой девушки:

— Простите, можно мне хотя бы взглянуть на котенка?

— Ох, да, конечно! — она почему-то густо покраснела и перешла на шепот. — Только осторожно, не разбудите его. Понимаете, я не хотела вам говорить по телефону, но он хулиган, в отца. Амалия Петровна — настоящая леди, аристократка, два других котенка, которых уже взяли, они в нее, а этот просто уголовник какой-то. Знаете, за свою коротенькую жизнь он умудрился порвать три пары колготок и кружевные шторы, разбить мою любимую японскую чашку, обкакать налоговую декларацию.

Григорьев обошел стол и осторожно заглянул в сумку. Там, закутанное в детскую трикотажную кофточку, лежало нечто, вполне похожее на котенка. Андрей Евгеньевич сумел разглядеть только крошечное бело-розовое ухо.

— Умоляю, не трогайте его! Если он проснется и начнет буянить, вы точно откажетесь его брать! — испуганно прошептала девушка. — Давайте лучше я покажу вам фотографию Амалии Петровны.

«Господи, она же никакой не связник! Это совпадение, просто совпадение, и все...»

— Знаете, мне уже пора. Я, конечно, возьму его. Единственная проблема — у меня нет с собой подходящей сумки, я просто не подумал об этом.

Сумки для котенка у него действительно не было, но он не сомневался, что как-нибудь довезет до дома эту кроху. Просто хотел дать последний шанс девушке на тот случай, если она все-таки связник. Ее часть информации могла оказаться в сумке вместе с котенком. Если так, то свою часть он сумеет передать чуть позже. Можно позвонить еще раз и придумать какой-нибудь невинный предлог для встречи.

— Что же делать? — она опять покраснела и виновато улыбнулась. — Понимаете, я никак не могу отдать вам эту сумку, у меня там подгузники, бутылочка, запасные соски, куча Ваниных вещей.

— Ладно, не страшно. Что-нибудь придумаем, — успокоил ее Григорьев, — вы уверены, что хотите отдать его бесплатно? Я могу заплатить.

Она почему-то обиделась, смешно выпятила нижнюю губу, отвела взгляд.

— Я, конечно, нуждаюсь, но не настолько, чтобы брать с вас деньги за это несчастье. Вы угостили нас с Иваном, и спасибо. Только у меня к вам единственная просьба. Если он вас очень достанет, вы его на улицу не выгоняйте и ни в коем случае не сдавайте в кошачий приют, лучше сразу усыпите. Обещаете?

— Еще неизвестно, кто кого достанет, — ухмыльнулся Григорьев, — я тоже не подарок.

Под легкой курткой у него был свитер. Он стянул его через голову, остался в футболке, связал рукава свитера, соорудил что-то вроде мягкой сумки, осторожно достал котенка.

Он оказался белоснежным и пушистым. Он

178

сладко потянулся, поскреб ладонь Григорьева острыми, но пока безобидными коготками, зевнул во всю свою крохотную розовую пасть, слегка потряс головой и открыл глаза, огромные, дымчато-голубые, хитрые и такие знакомые, что слегка пересохло во рту.

Пока он шел к платной парковке, котенок, завернутый в свитер, мирно урчал у него на груди. Но стоило положить его на заднее сидение, он тут же вылез и вскарабкался Григорьеву на голову.

— Эй, мы так до дома не доедем, — предупредил Андрей Евгеньевич.

Как раз в этот момент кто-то легонько постучал в стекло.

— Здравствуйте, а я все смотрю, вы это или не вы?

Григорьев не сразу узнал пожилую русскую даму, ту самую, с которой полтора месяца назад встречался в приемной стоматолога. Вот это уж точно был кумаринский связник.

— Неужели взяли котенка? Поздравляю.

— Да, с вашего благословения. Знаете, мне нужна ваша помощь. Он видите, что творит, боюсь, я не сумею так вести машину. Вы не могли бы доехать со мной до дома и подержать его на коленях? Я живу совсем недалеко.

— Конечно, конечно, о чем разговор! У меня как раз есть минут сорок свободных, — она уселась на заднее сидение, сняла котенка с его плеча, — о, да мы, кажется, знакомы с этим маленьким бандитом. Мать зовут Амалия Петровна, хозяйку — Соня?

— Совершенно верно, — слегка удивился Григорьев.

— Ну, вы с ним намучаетесь.

— Почему вы так думаете?

— Я не думаю, я знаю. Его отец — мой кот Фима. Жуткий хулиган.

Всю дорогу они болтали на бесконечную кошачью тему. Когда приехали и вышли из машины, дама стала отдавать котенка, но его коготок зацепился за ее кофту. Пока они возились, отцепляли, она успела сказать очень быстро, еле слышно:

— Томас Бриттен — Колокол. Ваши друзья должны знать это. И еще, нужна связь с вашей дочерью в Москве.

— Зачем? — выдохнул Григорьев, чувствуя, как в одно мгновение в глазах потемнело и земля поплыла из-под ног.

Дама даже не сочла нужным ответить. Она только удивленно шевельнула бровями и была права, поскольку такие вопросы никогда не задавались.

— Боюсь, вам не удастся сегодня нормально выспаться, — произнесла она с сочувственной улыбкой, освободившись наконец от коготков, — у меня большой опыт общения с кошками. Такие малыши, когда их отрывают от мамы, в первые сутки ведут себя чрезвычайно беспокойно. А этот, он какой-то редкостный хулиган. Советую вам завтра утром съездить в зоомагазин. На Фокс-стрит есть отличный магазин, там вы купите все, что нужно. Корзинку, подстилку, корм, средств о для кошачьего туалета. Поезжайте часам к трем. А можете и пешком, это совсем близко.

Она смотрела ему прямо в глаза, насмешливо и жестко. Ее доброжелательность испарилась, лицо отяжелело, взгляд налился холодом. Григорьев машинально отметил про себя, что дама эта имеет богатую биографию и чин не ниже майора.

— Зачем ехать в зоомагазин? Все это можно купить в супермаркете, — сказал он, не отводя глаз.

— В супермаркете продается всякая дрянь, — медленно, почти по слогам отчеканила дама, — корм может быть просроченным или поддельным. У такого малыша очень нежный желудок. Бывают случаи тяжелых отравлений. Вам это нужно?

Не дождавшись его ответа, она резко развернулась и зашагала к метро.

* * *

С квартирой мистер Ловуд явно ошибся, но автомобиль подобрал отличный. Маша могла сравнить умницу «Тойоту» цвета какао с молоком только со своим любимым другом, спортивным «Фордом», который ждал ее дома, в Нью-Йорке. Спасибо мистеру Ловуду.

Маша ехала к Пыхово-Церковному переулку очень быстро, пару раз превысила скорость и грубо нарушила правила, но поблизости не оказалось гаишников, и все обошлось. Она рассчитывала попасть в квартиру хотя бы минут на пятнадцать раньше Ловуда. Ей не терпелось еще раз как следует разглядеть фотороботы и вникнуть в странную фразу, написанную отцом на отдельном листочке.

Дождь кончился, небо расчистилось, закатное солнце ударило в глаза. Въезжая во двор, она увидела серебристый «Форд» с желтыми номерами и разочарованно вздохнула.

«Что же тебе так приспичило со мной ужинать? — мысленно обратилась она к Ловуду. — Феликс Нечаев думает, что ты мог запросто заказать Тома Бриттена, эту версию можно было бы счесть глупостью, если бы точно такая же не пришла в голову еще одному человеку, Биллу Макмерфи».

Допустим, Ловуд действительно работает на ФСБ, Бриттен заметил нечто подозрительное в его поведении, в его контактах и поделился с Макмерфи. Но в таком случае, как это дошло до самого Ловуда? Заказывая Тома, он подставляется очень серьезно. Если он узнал, что его подозревают, он должен был, наоборот, вести себя тихо, на время прекратить всякие рискованные контакты, затаиться и ждать, пока подозрения остынут.

Ловуду было бы выгодно заказать Томаса только в том случае, если он считал его единственным носителем опасной информации о своем сотрудничестве с русскими. Мог Бриттен пойти на прямой разговор с Ловудом? Запросто. Они знали друг друга много лет, вместе учились в колледже. Прежде чем сообщить о своих подозрениях Макмерфи, Том даже наверняка решил сначала выяснить отношения со старым приятелем.

Он был настоящим дико-западным ковбоем, героем вестерна шестидесятых, кичился своей простотой, прямотой и глобальной честностью. А Вика? Неужели она случайно оказалась рядом, когда пришли убивать Томаса? Нет, стоп, она могла случайно оказаться где угодно, только не в собственной квартире. Неужели так все и было задумано? Чтобы искать убийцу, надо прежде всего понять, кто из двух жертв главный, это непросто, на это может уйти много времени.

«Вот почему он так упорно приглашает меня поужинать! — догадалась Маша. — Он не знает, успел Томас сообщить о своих подозрениях или нет. Сейчас его единственный реальный шанс хоть что-то выяснить — это попытаться раскрутить меня».

Она уже собиралась посигналить, но заметила, что в салоне «Форда» пусто. Ловуд вышел куда-то и как назло забил отличное место для парковки.

Маша оглядела двор, обнаружила в нескольких метрах небольшую прогалину между машинами и только хотела туда вписаться, в сумке у нее замяукал мобильный.

— Мисс Григ? — спросил незнакомый мужской голос.

— Да, я слушаю.

— Добрый вечер. Вы давно прилетели?

— Простите, с кем я говорю?

— Это Рязанцев. Мистер Хоган сказал, что вы могли бы временно взять на себя обязанности моего пресс-секретаря. Мне было бы удобно, если бы вы подъехали ко мне прямо сегодня вечером.

Маша почти не удивилась. Ее предупреждали, что Рязанцев, скорее всего, позвонит ей сам. Он не сможет больше суток обходиться без няньки. Люди из партийного пресс-центра его раздражают, никого из приближенных уголовника Хавченко он к себе не подпустит. Что касается думского пресс-центра, то Вика Кравцова позаботилась о том, чтобы никто не сумел ее заменить. В одиночестве Рязанцев чувствует себя беспомощным. Джозеф Хоган протянул ему соломинку, отрекомендовал Машу как самую подходящую няньку, заранее дал номер ее телефона.

— Здравствуйте, Евгений Николаевич, спасибо за звонок, я готова помочь вам, но дело в том, что как раз сегодня вечером я ужинаю с сотрудником посольства... — Маша вдруг запнулась, потому что увидела Ловуда. Он стоял в глубине двора у качелей и курил. Она не поверила своим глазам.

— Вы можете с ним как-то связаться и отменить этот ужин? Вы мне нужны очень срочно, — сказал Рязанцев.

— Кажется, он уже здесь и ждет меня, — Маша вылезла из машины и направилась к Ловуду, продолжая разговаривать, — мне несколько неловко, я обещала...

— Кто он? Как его фамилия? — перебил Рязанцев.

— Его зовут Стивен Ловуд, он помощник культурного атташе.

— Я знаком с Ловудом. Если он обидится, свяжите меня с ним, я сам все ему объясню и возьму вину на себя.

— Хорошо, — вздохнула Маша, — я к вам приеду, скажите, куда именно и к которому часу.

Ловуд между тем заметил ее, быстро бросил сигарету, затоптал окурок, словно он был школьником, а она завучем или директором.

— Скажите мне адрес, я пришлю за вами шофера, — заявил Рязанцев в трубке. А Ловуд уже подошел к ней, расплываясь в фальшивой радостной улыбке, и, ожидая, пока она закончит разговаривать по телефону, отечески положил руку ей на плечо.

Маша назвала Рязанцеву переулок, номер дома и поймала тревожный взгляд Ловуда. Он явно пытался уловить голос в трубке.

— А, это, кажется, где-то в районе Маяковки? — почему-то обрадовался Рязанцев. — Тогда я могу сам за вами заехать. Я сейчас совсем близко. Буду у вас буквально через двадцать минут. Помните, как мы танцевали рок-н-ролл на вечеринке в честь юбилея факультета?

— Помню, — улыбнулась Маша.

— Быть моим пресс-секретарем — это примерно то же самое.

Когда она захлопнула крышку телефона, Ловуд повел себя более чем странно. Не снимая руку с ее плеча, он обнял ее, притянул к себе и поцеловал в щеку.

— Как же я рад вас видеть, Мери, вы даже не представляете. Столик заказан на половину восьмого, ресторан здесь в двух шагах, мы можем пройтись пешком. Погода отличная, после дождя легко дышится.

— Да, конечно, мистер Ловуд, я тоже очень рада вас видеть, я бы с удовольствием прогулялась с вами и поужинала, но мне ужасно неловко. Только что звонил Рязанцев, я ему зачем-то срочно понадобилась, и через двадцать минут он будет здесь. Я сказала ему, что сегодня ужинаю с вами, но он не терпит возражений.

На Ловуда было жалко смотреть. Он сначала густо покраснел, потом сразу побледнел. Вероятно, он надеялся уже сегодня вытянуть из нее информацию. Неужели все действительно так просто? Неужели именно он заказал Бриттена и связался для этого с бандитами? Теперь они за ним следят. Судя по обрывку телефонного разговора, который ей удалось вчера подслушать, у него требуют денег, он отказывается платить. Он заказывал только Бриттена, а они убили еще и Кравцову и теперь хотят получить двойной тариф?

— Простите меня, мистер Ловуд, — Маша сделала глупые и жалобные глазки, — мне правда ужасно неудобно, но я не могу отказать Рязанцеву, меня отправляли сюда для работы в его пресс-центре, и мистер Хоган лично просил меня помочь ему по мере сил. Вы ведь понимаете, как ему сейчас сложно.

— Мне тоже сейчас нелегко, — заметил Ловуд, вымучивая улыбку, — я потерял близкого друга.

«Мерзавец, гад несчастный, у Тома трое дети-

186

шек, Вика Кравцова — молодая красивая женщина», — заметила про себя Маша и, улыбнувшись ему вполне натурально, предложила:

— Давайте поднимемся в квартиру, я хотя бы угощу вас чашкой кофе, у нас еще есть минут пятнадцать до приезда Рязанцева, а учитывая пробки, наверное, даже больше.

— И на том спасибо, — вздохнул Ловуд.

Когда они зашли в подъезд, старухи на лавочке проводили их суровыми взглядами, и донесся громкий шепот:

— И не стыдно ей, сопливке, с таким старым связалась!

Она покосилась на Ловуда, но он, кажется, не услышал язвительного замечания. Лицо его было тяжелым, напряженным, глаза за стеклами очков бегали, веко дергалось.

Лифт не работал. Стали подниматься пешком.

— И все-таки мы обязательно должны поужинать, — проговорил Ловуд, едва справляясь с одышкой, — думаю, третья попытка окажется удачной. Давайте завтра, в это же время.

— Конечно, — Маша открыла дверь квартиры, — мне правда ужасно неудобно перед вами, но я не виновата.

— Да, с господином Рязанцевым спорить трудно. Он не терпит возражений.

— Вы хорошо его знаете?

— Ну, насколько это возможно, — Ловуд развел руками, — такие люди, как Рязанцев, постоянно меняются, сегодня он один, завтра совсем другой. Все зависит от политической конъюнктуры, от моды, от вкусов толпы.

Маша отправилась на кухню варить кофе, Ловуд уселся там же на табуретку, и когда замолкал, было слышно его тяжелое нездоровое сопение.

— Ох, кажется, нет сахара, — спохватилась Маша, оглядывая полки, — придется пить несладкий кофе.

— Ничего страшного. Я как раз хотел предупредить вас, что всегда пью без сахара. У меня есть заменитель, очень полезная вещь, постоянно ношу с собой, — Ловуд достал из кармана маленькую сине-белую коробочку, потряс ею, как погремушкой, — значит, мы договорились, завтра ужинаем?

Лицо его при этом было таким странным, мокрым и тревожным, что Маша чуть не вылила на себя кипяток из чайника.

— Конечно, конечно, мистер Ловуд.

— Называйте меня, пожалуйста, Стивен, — прохрипел он, опять теряя голос, — вам, Мери, наверное, много неприятного про меня наговорили в Нью-Йорке, поэтому вы так зажаты со мной.

— Я? Зажата? Ну что вы, Стивен, — Маша поставила на стол две чашки с растворимым кофе и уселась на табуретку напротив Ловуда, — просто я неважно себя чувствую. До сих пор не могу привыкнуть к разнице во времени, не сумела нормально выспаться, перелет был неприятный. У меня иногда в самолете очень сильно закладывает уши, и потом они долго болят, иногда целую неделю. А почему вам кажется, что в Нью-Йорке кто-то мог говорить о вас плохо?

— Черт его знает, — просипел он глухо, — я к старости стал мнительным. И потом, я, честно говоря, не очень люблю Россию. Мне здесь неуютно. А вам?

— А мне здесь нравится, — пожала плечами Маша, — пока, во всяком случае.

— Ну и славно, — он вымученно улыбнулся, — чтобы не разочароваться, надо заранее знать некоторые особенности здешней жизни. Вас ведь, кажется, к поездке готовил Билли Макмерфи?

Маша чуть не поперхнулась кофе. Она ожидала чего угодно, но не такой наглой и грубой провокации на второй день знакомства.

— Кто, простите? — переспросила она, пытаясь поймать его прыгающий безумный взгляд.

— Да, я вижу, у вас и правда, до сих пор болят уши. Или вы опасаетесь, что квартира прослушивается? Не бойтесь, я все заранее проверил. Здесь чисто.

«А у тебя в карманах тоже чисто? — разозлилась Маша. — Ты вообще понимаешь, что творишь?»

Она демонстративно взглянула на часы и вскочила, не допив кофе.

— Простите, Стивен, мне надо привести себя в порядок, вот-вот явится Рязанцев. Вы можете пока покурить здесь, не волнуйтесь, я никому не скажу, что у вас все еще осталась эта дурная привычка.

———

ГЛАВА ТРИДЦАТАЯ

Любимым местом белого котенка стала лысеющая голова Григорьева. Голубоглазый хулиган упрямо карабкался с колен на грудь, вытягивая коготками петли свитера, влезал на плечо, тыкался носом в ухо, урчал, сопел, добирался до макушки и пытался там улечься. Это, конечно, было неудобно, поскольку голова круглая и почти гладкая, котенок скользил, больно царапая кожу. Григорьев ловил его на лету, сажал на колени, и все начиналось сначала.

От молока он отказался, зато когда Андрей Евгеньевич приготовил себе ужин и поставил на стол тарелку с рыбным филе, котенок влез в нее всеми четырьмя лапами и принялся быстро поедать рыбу. Кончик хвоста дрожал от удовольствия. Григорьеву пришлось ужинать бутербродом с ветчиной и сыром, разогретым в микроволновке.

— Завтра в зоомагазине я куплю для тебя ошейник и поводок, — пообещал Григорьев, —

привяжу тебя к ручке кресла и рядом поставлю миску с молоком. Ты знаешь, мерзавец, что в твоем возрасте нормальные коты пьют молоко?

В ответ котенок сладко зевнул, потянулся и вскочил на клавиатуру компьютера.

— Слушай, ты когда-нибудь спишь? — спросил Андрей Евгеньевич, стаскивая его за шиворот и пытаясь вернуться к закрывшемуся файлу. — Может, ты тайный агент вражеских сил и нарочно мешаешь мне работать?

Работать Григорьев собирался всю ночь. Именно эта ночь осталась у него до встречи с человеком Кумарина в зоомагазине. Из всех доступных ему источников он надеялся нацедить максимум информации, чтобы подготовится к разговору и выстроить хотя бы приблизительный план дальнейших действий не только для себя, но и для Маши.

Фраза, произнесенная кумаринским связным «Томас Бриттен — Колокол, ваши друзья должны знать это», означала только одно: Кумарин имеет какой-то свой интерес во всей этой странной и путаной игре. Для Маши это куда опасней, чем туманный герой ее психологических изысканий, ублюдок, напавший на нее в детстве.

Главное сейчас — Кумарин. Прежде всего Григорьев хотел понять, что именно может его интересовать и причем здесь Маша.

Ситуация вокруг «Свободы выбора» и лично Евгения Николаевича Рязанцева складывалась не самым лучшим образом. Последняя предвыборная кампания прошла бестолково, бездарно, хотя денег в нее было вбито достаточно. В результате фракция Рязанцева получила в два раза меньше голосов в Думе, чем рассчитывали американцы, и в три раза меньше, чем рассчитывал сам Евгений Николаевич.

Между тем именно количество голосов было самым важным фактором для американской стороны. От этого зависела степень влияния на российскую законодательную систему. Закон о разделе недр, о ввозе и захоронении ядерных отходов на территорию России, закон о допуске западных инвесторов в российские средства массовой информации и много других разных законов. За всем этим стояли миллиардные сделки, прибыли и экономические перспективы.

Половина денег, вбитых в последнюю предвыборную кампанию Рязанцева, осела в кармане пиарошной фирмы бандита Хавченко. Чтобы выяснить это, не надо было отправлять в Россию офицера Мери Григ.

О том, что Хавченко ворует в немыслимых масштабах, докладывал Томас Бриттен, и не раз. В последних своих донесениях Бриттен бил тревогу, настаивал на том, чтобы Хавченко с его уголовной командой немедленно, любыми возможными способами убрали подальше от «Свободы выбора», иначе от дорогостоящего лобби скоро ничего не останется.

Однако в результате убрали самого Бриттена, причем вместе с Кравцовой, которая тоже делала все возможное, чтобы избавиться от Хавченко и единолично руководить не только думским, но партийным пресс-центром. Таким образом, фигурантом номер один должен был стать сам Хавченко. Ему двое убитых чрезвычайно мешали, наверное, как никому другому.

Вариант развития событий в том случае, если Бриттена и Кравцову убили по заказу Хача, для Маши был самым ясным и безопасным. Бандит при всей своей тупости должен понимать, что он не может убирать всех американцев, которых присылают для работы с Рязанцевым. К тому же Маша не будет его так раздражать, как раздражал Бриттен в сочетании с Кравцовой. Другое дело, если Макмерфи поручил ей напрямую заняться расследованием убийства.

При одной только мысли об этом Григорьев покрывался холодной испариной. Перед отлетом в Москву он несколько раз спрашивал Машу, в чем суть ее задания, должна ли она добывать какую-либо информацию, связанную с убийством Бриттена и Кравцовой. Она отвечала, что главная и единственная ее задача — Рязанцев. Его боятся оставлять без присмотра, и кто-то должен временно заменить Томаса.

— Надеюсь, они не хотят, чтобы ты искала убийцу и проводила свое расследование? — спрашивал Григорьев.

— Папа, не сходи с ума, — отвечала она, отмахиваясь от него, как от назойливой мухи.

В общем, она была права. У Макмерфи и Хогана имелись свои информаторы в разных российских силовых структурах, в МВД, ФСБ, в прокуратуре. Это давало им возможность быть в курсе расследования и даже в определенной степени влиять на его ход. Поручать Машке влезать в это — верх глупости. Просто бред. Но стареющую башку Билла Макмерфи в последнее время довольно часто посещали разные бредовые идеи.

Макмерфи подозревал своих информаторов в том, что их перекупили и они гонят «дезу». Устраивал бесконечные проверки и перепроверки, которые только вредили работе, затевал внезапную кадровую чехарду, переставлял людей с одной должности на другую, дублировал задания, менял фигуры на шахматной доске. Он никому не верил. Он помешался на поисках Колокола, того самого, о котором много лет назад возник разговор между Григорьевым и Кумариным.

Макмерфи знал, что рядом с ним, совсем близко, в высшем руководстве ЦРУ постоянно и успешно работает «крот», завербованный русскими еще во времена Андропова. За эти годы произошло много шпионских скандалов, разоблачались агенты с обеих сторон, но Колокол постоянно ускользал.

Шпион может провалиться по собственной глупости, от жадности, из-за пьянства, из-за женщин. Колокол был умным, нежадным, не пил, с женщинами вел себя благоразумно.

Провалы случаются также из-за глупости и амбиций руководства. Слишком рискованные задания, выполнение которых может засветить шпиона. Слишком поспешный арест раскрытых агентов противника, особенно арест оптом нескольких человек, дает возможность вычислить, кто мог их выдать.

Колокол был на связи только с одним Кумариным, задания получал от него и информацию передавал ему лично. Никто, кроме Кумарина, никогда его не видел, а если видел, то не знал, кто он такой.

Управление Глубокого Погружения, которым руководил Всеволод Сергеевич Кумарин, не имело ничего общего ни с государственной структурой, ни с масонской ложей, ни с сектой, ни с мафией. Не было никаких уставов, ритуальных посвящений, торжественных клятв, фанатической веры в нечто высшее или низшее. УГП сумело впитать все разумное из опыта всех существовавших разведок и тайных обществ, а все ненужное откинуть прочь.

УГП ни разу не вмешалось ни в политику, ни в экономику таким образом, чтобы кто-то заметил это вмешательство. Сотрудникам этой странной, почти призрачной организации не надо было доказывать никому, даже самим себе, какие они крутые и сколько всего могут.

Когда разваливался Советский Союз, перекачивалось золото на личные счета, Управление пальцем не пошевелило, чтобы это остановить. Приватизация 1992 года привела к тому, что небольшая группа людей завладела огромной собственностью, еще недавно бывшей государственной. Управление аккуратно фиксировало, кто сколько взял, кого при этом подставил, кого убрал, где хранит и во что вкладывает.

В 1993 году в России развернулась кампания по изготовлению компромата. Как только стало возможно за деньги обнародовать любую мерзость о ком угодно, не заботясь ни о доказательствах, ни о внятности текста, вся российская пресса гуртом, скопом пожелтела, как листья в октябре. Благодаря многочисленным демократическим выборам и предвыборным кампаниям, чиновной чехарде, бешеной конкуренции в бизнесе, компромат стал одним из способов вложения денег и тут же потерял всякий смысл, перестал работать. Само понятие компромата мутировало и превратилось в собственную противоположность — в рекламу. Но деньги все равно продолжали вкладывать, в итоге информационные киллеры стали чем-то вроде дорогих психотерапевтов. Им платили не ради практической пользы, а только за моральное удовлетворение.

Все смешалось, никто не понимал, где правда, где ложь, почему люди, про которых вся страна знает, что они бандиты, воры миллиардного масштаба, заказчики убийств, не слезают с телеэкрана, хотя находятся в розыске и под следствием? Почему их не арестовывают и не судят? И почему другие, вина которых кажется сомнительной, недоказанной, получают большие сроки?

Компромат имелся на каждого, кто хоть что-нибудь значил и что-нибудь делал. Какая-то часть правды иногда просачивалась в прессу. Но отличить правду от лжи могли только специалисты и сами герои разоблачительных материалов.

Компромат начинал работать, когда этого хотели спецслужбы, вернее, коварная змея, пригретая на груди спецслужб, Управление Глубокого Погружения, структура, существование коей не было нигде зафиксировано. И тогда происходили обыски, аресты, судебные заседания, человек какое-то время еще мелькал на экране и в газетных публикациях, но вскоре исчезал. В лучшем случае его ждало забвение, в худшем — тюрьма и смерть.

В хаосе заказных платных разоблачений, фальшивых доказательств, публичных скандалов УГП оставалось единственным островком порядка. Управление владело банком реального компромата, такого, от которого волосы вставали дыбом, но не у публики, это совсем не обязательно и в общем никому не нужно, а у того, на кого этот компромат был собран.

Всякие грязные страшилки про то, что политик А сожительствует со своей лошадью, а бизнесмен Б причастен к взрывам жилых домов, — это всего лишь корм для скучающих обывателей, вроде чипсов и кукурузных хлопьев.

УГП собирало в свой священный сундук совсем другие истории, золотые и алмазные, нефтяные и алюминиевые, несъедобные и для обывателя скучные, состоящие из цифр, дат, банковских реквизитов. УГП спокойно восседало на этом сундуке и выдавало свои сокровища лишь тому, кого считало достойным, крайне скупо, по крохе очень дорого и со стопроцентной гарантией.

Андрей Евгеньевич имел доступ к этому священному сундуку. Он знал, что бандит Хавченко гуляет на свободе только потому, что является живым компроматом. Если бы Кумарину понадобилось произвести очередную рокировку, убрать с политической арены думскую фракцию «Свобода выбора», с помощью Хавченко не составило бы труда доказать, на чьи деньги существует эта фракция.

Если бы понадобилось уничтожить политическую карьеру Евгения Николаевича Рязанцева лично, но при этом сохранить фракцию, можно было бы раскрутить тайную семейную драму, связанную с душевной болезнью жены партийного лидера.

О том, что Галина Дмитриевна Рязанцева трижды пыталась покончить с собой, пока не знал никто, даже официальные инстанции и вездесущие журналисты. Более того, странным образом удалось сохранить в тайне даже от ФСБ ее возвращение на родину из Венеции и помещение в маленькую частную психиатрическую клинику, всего в нескольких километрах от дома Рязанцева.

— А ведь это интересная версия, — пробормотал Григорьев, обращаясь к котенку, который застыл у него на плече и смотрел на рыбок, плавающих в мониторе компьютера, — немного литературно, однако почему нет? В каком-то старом английском романе сумасшедшая жена тайно жила в доме и бегала ночами, пытаясь кого-нибудь убить. Ты не помнишь, как называется роман?

Котенок напрягся, шерсть на загривке встала дыбом, лапа поднялась и нацелилась на движущуюся рыбку в мониторе компьютера.

* * *

Старухи у подъезда уставились на Рязанцева и раскрыли рты. Он прошел мимо быстрым шагом, низко опустив голову и стараясь не слушать громкий шепот:

— Да ты чего, не он это!

— А я грю он, точно он. Либо двойник его.

— Да ты чего, они ж без охраны не ходют, я тут читала в «Аргументах»...

Евгений Николаевич набрал код, нырнул в подъезд, кафельный, вонючий, с дребезжащей консервной банкой лифта и матерными надписями на грязных стенах. В этом было нечто бодрящее, ностальгическое. Очень давно не бывал он в таких московских подъездах, оказывается, иногда это полезно.

Дверь ему открыл Ловуд. Не самый приятный сюрприз. Рязанцев надеялся, что американец уже убрался восвояси и не придется с ним объясняться из-за сорванного ужина.

Квартира, которую сняли для Мери Григ, могла быть и получше. Впрочем, ее наверняка отыскал Ловуд, он славился своей феноменальной жадностью, даже когда платил не из собственного кармана, а из казенного. Прихожая показалась Евгению Николаевичу отличным фоном для фильма ужасов.

— Добрый вечер, — американец одарил его ледяной удивленной улыбкой.

Легкий драгоценный флер приключения испарился, оставив в душе какой-то мерзкий сладковатый привкус. В самом деле, не по чину и не по летам ему, Рязанцеву, самолично заезжать за американской соплячкой. Что он сейчас о нем думает этот хитрый Стивен Ловуд, приятель покойного Томаса Бриттена? Наверняка ведь знает, сукин сын, все подробности о проклятом любовном треугольнике.

За крепким американским рукопожатием последовала неловкая пауза, которую надо было срочно заполнить каким-нибудь легким разговором. Вика потрясающе справлялась с подобными задачами. Рязанцев стоял и не знал, что сказать. Спросить, где мисс Григ, глупо. Объяснять, что не прислал шофера, решил заехать сам, поскольку обедал в ресторане «Оноре» в пяти минутах езды, еще глупей. С какой стати он должен оправдываться перед кем бы то ни было?

Ловуд тоже молчал, разглядывал сначала багровые стены прихожей, потом носки своих ботинок, не приглашал его зайти в комнату, наверное потому, что не чувствовал себя здесь хозяином. К счастью, это взаимное неловкое молчание продолжалось всего несколько минут.

Из комнаты послышался голос с мягким акцентом:

— Евгений Николаевич, добрый вечер. Все, я уже готова.

Сначала он почувствовал свежий легкий запах, то ли травяной, то ли цветочный. Потом в дверном проеме возник темный силуэт. Узкие брючки, легкий клеш от колена, тонкие руки, высокая хрупкая шея, слегка оттопыренные уши. Она была похожа на мальчика-подростка. Ей нельзя было дать больше восемнадцати. Впрочем, приглядевшись, он увидел, что, конечно, уже давно не восемнадцать. Просто в чертах лица, в силуэте, в угловатой худобе, бледности, в короткой стрижке и трогательно оттопыренных ушках было нечто детское. Ему всегда нравился такой тип, но нравился абстрактно, на расстоянии.

Вика была другая, яркая, роскошная, роковая. На нее все пялились, на эту не будут. Эта цветочек скромный, хрупкий и приветливый. Ей не надо завоевывать Москву, как когда-то Вике. Она никогда не была провинциальной Золушкой в чужих туфлях и перелицованном платье. Она родилась в Нью-Йорке и закончила Гарвард. Ей неинтересно завоевывать мужчин. У нее есть какой-нибудь постоянный бой-френд, веселый, спортивный, некурящий. Она не хищница, как Вика. Она интеллектуалка, нежадная, слегка пресная, но чистая и свежая. А Вика была бестия.

Настоящая бестия при всей своей ослепительной красоте все-таки немного напоминает дохлую рыбу. Известно, что самые тонкие, самые соблазнительные ароматы содержат в себе непременные компоненты вони — барсучью мочу, аммиак и нафталин.

«Вот так. Ты видишь, я не пропал, не свихнулся без тебя. Я в полном порядке, рядом со мной теперь будет милая скромная американочка. Нет, никаких романов, никаких страстей, в эти игры я больше не играю. Ты накормила меня ими досыта. Остались тоска, тошнота и изжога. Никогда никому я не дам манипулировать собой, — мысленно обратился он к Вике, пожимая тонкие пальцы Мери Григ и глядя в ее спокойные ясные глаза, — я большой, все остальные маленькие. Кто я и кто они?»

* * *

— Неуч ты, невежда и хулиган, — сказал Григорьев, перехватывая котенка за шкирку на полпути к монитору, — я имею в виду роман Шарлотты Бронте «Джен Эйр». Классика, между прочим. Там сумасшедшая жена в конце концов подожгла дом и сделала своего мужа инвалидом. Могла Галина Дмитриевна выбраться из больницы, раздобыть пистолет, ключи от квартиры Кравцовой и убить? Теоретически это почти невероятно. А практически случается всякое. Душевнобольные люди бывают очень хитрыми и ловкими. Ну, давай-ка узнаем точный адрес этой клиники на всякий случай.

Он двинул мышкой, вернулся к досье на Рязанцева, пробежал глазами по мелким строчкам и вдруг застыл. Котенок вырвался и вскочил на монитор.

— Что ты на меня так уставился? — прошептал Григорьев. — Язвищи. Наверное, там когда-то вымерла деревня от эпидемии черной язвы, просто так подобные жуткие названия не возникают. Может, Машка опасается, что этот человек все еще шныряет где-то поблизости? Какой-нибудь электрик, сантехник, работавший в лесной школе. Зачем ей срочно понадобились фото-роботы? Что она предпримет, если встретит его и узнает?

Котенок сидел смирно и, не отрываясь, смотрел на Григорьева. Андрей Евгеньевич встал, прошелся по комнате, закурил. Одно с другим никак не связывалось. Все путалось в голове. Сосредоточиться мешала паника, животный страх за свое дитя. Если бы все это касалось кого-то другого, не Маши, он бы, вероятно, соображал значительно лучше.

— Вряд ли человек, напавший на Машу, сегодня представляет для нее какую-либо опасность, — рассуждал он, обращаясь к котенку. — Вряд ли Галина Дмитриевна убийца, если только никто ей не помог выбраться, достать пистолет и так далее. А уж сентиментальный дамский роман начала девятнадцатого века здесь совершенно ни при чем.

Он пошарил глазами по книжным полкам, хотя знал, что романа Шарлотты Бронте у него никогда не было и быть не могло, ни в подлиннике, ни в русском переводе. Маша проходила роман «Джен Эйр» в колледже, когда изучала английскую литературу начала девятнадцатого века, брала в библиотеке и читала через силу, с отвращением, то и дело повторяя:

— Она же на самом деле потрясающая дрянь, эта Джен, она тщеславная и жестокая. Герои делятся на плохих и хороших исключительно по одному признаку: как они относятся к главной героине, которая, разумеется, альтер эго авторши. Самостоятельно ни один из персонажей не существует. Каждый, кто ее обидел и кто ей мешает, должен платить унижением, разорением, смертью. Мужчины, если в них есть хоть что-то мужское, обязаны в нее влюбляться и страдать. Женщины, если они не старухи и не уродины, непременно дуры. Даже маленькая сирота Адель дурочка и пустышка, только потому, что хорошенькая. Вот откуда пошли телесериалы и все эти мыльные монстры, положительные героини, сладкие скромницы с потупленными лучистыми глазками и кровавым подсознанием.

— Но это же классика, — возражал Григорьев.

— Не знаю. Меня тошнит от нее. Она насквозь фальшивая, эта твоя классика. Все думают, там великая любовь, на самом деле там звериный эгоизм, желание подчинить, раздавить, размазать по стенке, а потом, заливаясь крокодильими слезами, собрать в горсточку, сложить в уголок и знать, что теперь-то уж он, миленький, никуда не денется.

Разговор о Джен Эйр был лет десять назад. Именно тогда в колледже случилась неприятная история, о которой много говорили и которую долго потом не могли забыть.

Одна из Машиных соучениц, тихая, скромная, некрасивая девочка, которую все жалели, была романтически влюблена в преподавателя, писала ему записки, караулила у дома, звонила и говорила какие-то вкрадчивые гадости его жене, а потом, когда преподаватель попытался с ней объясниться, попросил оставить его в покое, обвинила беднягу в сексуальных домогательствах и попытке изнасилования. Доказать скромнице ничего не удалось, но преподавателю пришлось уволиться.

Это надолго стало темой сплетен и дискуссий между детьми, родителями, преподавателями. Маша в этом не участвовала. Если при ней начинали спорить, кто прав, кто виноват, отмалчивалась. Зато накинулась на несчастную героиню Шарлотты Бронте.

Григорьев вдруг подумал, что его дочь никогда не позволяла себе давать жесткие оценки людям, всегда умела сдерживаться даже в самых неприятных жизненных ситуациях, но если речь заходила о книгах, о фильмах, о выдуманных героях, выплескивала наружу целую бурю эмоций.

Почему он раньше не замечал этого? И как он может прогнозировать поступки и просчитывать мотивы чужих, безразличных ему людей, если собственную дочь, самое главное, самое любимое существо на свете, так плохо знает и понимает?

— Ну ладно. Все-таки при чем здесь Джен Эйр? К чему я вдруг все это вспомнил? Жена сумасшедшая, любовница изменяет и погибает, —

произнес Григорьев, глядя на котенка, — скромница Джен выходит замуж за вожделенного героя, который стал слепым, одноруким, беспомощным. Видишь, какая у меня хорошая память? Вот, а ты говоришь.

Котенок фыркнул, выгнул спину, шерсть встала дыбом. Андрей Евгеньевич догадался, что он, как и Христофор, терпеть не может табачный дым.

***

— Куда же вы везете молодую леди в такое позднее время? — спросил Ловуд с натянутой улыбкой.

— Мне срочно нужна помощница, — ответил Рязанцев, открывая дверцу машины и жестом приглашая Машу, — я должен ввести ее в курс дела.

— Но мисс Григ только вчера прилетела, ей бы не мешало отдохнуть. Разница во времени, тяжелый перелет, — возразил Ловуд и подкинул на ладони ключи от машины.

Рязанцев в ответ оскалился и произнес, едва сдерживая раздражение:

— Ее прислали сюда работать.

— Ого, — покачал головой Ловуд, — вам, однако, повезло, мисс Григ, у вашего шефа сегодня очень воинственное настроение. Честно говоря, я впервые вижу его таким грозным. Если он вас будет мучить, пожалуйтесь мне, я приму меры.

— Интересно, какие? — спросил Рязанцев.

Он справился с раздражением, и оскал превратился в нормальную вежливую улыбку. Маша уже сидела в машине, дверца была открыта, Ловуд придерживал ее и не давал захлопнуть.

— Евгений Николаевич, вы, наверное, успели утомиться от общения с вашей доблестной милицией? — Ловуд сочувственно вздохнул и прикоснулся к плечу Рязанцева. — Беседы, допросы... И все напрасно. Измотают нервы и отнимут кучу времени, в итоге никого не найдут. А найдут, так не сумеют ничего доказать.

— А вы откуда знаете? У вас есть опыт? — огрызнулся Рязанцев.

— К счастью нет, — Ловуд рассмеялся, почти натурально, — зато у меня богатое воображение. Любопытно, у них уже имеются какие-нибудь версии? Они нашли оружие? Кого они подозревают?

«Вот почему ты здесь торчишь, — заметила про себя Маша, — любопытно тебе. Просто любопытно, и все».

— Как раз сейчас меня ждет майор милиции, и мы с ним будем беседовать о версиях, — холодно сообщил Рязанцев, — всего доброго, мистер Ловуд.

— До свидания, господин Рязанцев, до свидания, мисс Григ. Завтра вечером мы с вами ужинаем, вы помните? Надеюсь, вы не возражаете, Евгений Николаевич?

— Нет! — рявкнул Рязанцев и захлопнул дверцу машины.

...Ехали молча. В машине тихо играла музыка. Маша задремала. Рязанцев ее не беспокоил, он как будто вообще забыл о ней. Ей хотелось поесть чего-нибудь горячего и лечь спать. В последний раз она перекусила в подвальном буфете Госдумы, в компании Феликса Нечаева.

Спрашивается, зачем она понадобилась Рязанцеву именно сегодня вечером? У него дома сидит майор милиции. Вряд ли этому майору захочется беседовать об убийстве в присутствии какой-то незнакомой американки. Ее наверняка попросят выйти. Она будет сидеть где-нибудь в соседней комнате и ждать, пока они закончат беседу. Когда в итоге она попадет в свою кроваво-красную конуру? А там постельное белье воняет плесенью и нельзя принять нормальный душ. Оказывается, у человека значительно больше сил, если утром и вечером он может принять полноценный горячий душ. Но такие вещи начинаешь понимать и ценить, только когда их лишаешься.

— Мэри, вы что, спите? — донесся до нее хриплый удивленный голос.

— А? Да, извините, я задремала.

— Это вы меня извините. Я, наверное, должен был дать вам отдохнуть после перелета. Но дело в том, что у меня дома действительно сидит этот майор, и мне будет сложно беседовать с ним наедине, — он говорил по-английски, не отрывая взгляда от дороги, — возможно, со стороны это выглядит странно. Вы совершенно чужой человек, только сегодня прилетели. Но я не привык быть один. Как это ни смешно, когда я один, чувствую себя беззащитным, как будто я голый среди одетых. Вам это, наверное, непонятно.

«Почему, вполне понятно, — подумала Маша, — ты партийный лидер, деспот, потенциальный диктатор. Знаешь, как называлась одна из моих курсовых работ по психологии? «Деспотизм как осевое проявление эмоционального инфантилизма». Для тебя главный кайф в жизни — власть. Но беда в том, что чем больше у тебя власти, тем выше твоя зависимость от тех, на кого эта власть распространяется. Властвуя, руководя, подчиняя, человек постепенно теряет границу между собой и окружающим миром. Я есть партия, я есть народ, я есть империя. Между прочим, переживания такого типа в шизофрении считаются регрессией к самым ранним периодам развития, к младенчеству. Власть невозможна без абсолютной зависимости. Лидер, даже такой маленький, как ты, не может существовать без своих подчиненных, как младенец без матери».

— Обстоятельства сложились так, что никому из своего близкого окружения я больше не доверяю, — продолжал Рязанцев монотонным, напряженным голосом. — Вас мне рекомендовал Джозеф. К тому же я вас помню по Гарварду и даже помню, как вы отлично танцуете. Кроме вас мне сейчас поговорить не с кем. У вас в Америке в подобных ситуациях идут к психоаналитику, платят деньги и вываливают всю грязь, которая накопилась в душе. У нас это пока не принято.

— Да, конечно, — промямлила Маша сквозь зевоту.

— Знаете, это ужасное чувство, когда человек, которому ты верил, который был для тебя всем, в каком-то смысле даже твоим вторым «я», вдруг оказывается предателем. Я постоянно ловлю себя на том, что пытаюсь ей что-то доказать, мысленно обращаюсь к ней и все время жду от нее ответа, оправданий, объяснений. Это ведь кошмар, от этого можно с ума сойти.

Они уже пересекли Кольцевую дорогу. Стемнело. Огни выхватывали из мрака его несчастное лицо. Несколько раз он едва не выезжал на встречную полосу. Визжали тормоза, сигналили машины, он вел свой «Мерседес» так нервно и беспомощно, что Маше стало страшно.

— С вами все в порядке? — спросила она, когда он едва не задел бампером фонарный столб на повороте.

— Дурацкое выражение! — вскрикнул он, и машина вновь неприятно вильнула. — Я рассказываю, как мне худо, а вы спрашиваете, все ли со мной о'кей.

— Извините, я имела в виду другое. Просто если вы себя плохо чувствуете, я могу сесть за руль.

— Не надо извиняться. И не надо садиться за руль. Мы уже совсем близко. Если вы поведете машину, мне придется объяснять вам дорогу. Мне предстоит тяжелый, ответственный разговор с этим майором, я должен успокоиться, хорошо соображать, а для этого мне необходимо выговориться, я не могу так долго все это держать в себе.

— Да, конечно, я понимаю, — смиренно кивнула Маша и потуже затянула ремень безопасности.

— Ничего вы не понимаете, — он помотал головой и потянулся за сигаретами, — мне ужасно худо, мне даже не с кем поговорить о том, что произошло. Куча людей вокруг, и все чужие, в лучшем случае равнодушные. Знаете, нормальное отношение одного человека к другому — это плохо скрываемое безразличие. Все остальное — патология, со знаком плюс или минус. Любое излишнее внимание должно настораживать. Я постоянно попадаю в эту ловушку. Мне кажется, если ко мне относятся хорошо, то вовсе не потому, что от меня чего-то хотят получить, а потому, что я заслуживаю этого, я такой замечательный, знаменитый. Самой страшной и коварной ловушкой была Вика. Она буквально обволакивала меня собой. Как осьминог выпускает чернильное облако, так она умела выпускать мягкий, нежный туман, такой, знаете, теплый, розовый, ароматный. Она умела использовать людей. Пресс-центр она превратила в свою свиту, все, от заместителя до редактора, стали мальчиками и девочками у нее на побегушках.

— Неужели? — удивилась Маша. — Я была в пресс-центре, со всеми познакомилась. Мне сложно представить Татьяну Лысенко, Вадима

Серебрякова и тем более Феликса Нечаева в роли мальчиков и девочек на побегушках.

— Как раз Феликса она использовала без всякой меры, как будто он был ее собственностью. Впрочем, я подозреваю, это ему нравилось. Она пускала его в самые интимные сферы своей жизни.

— То есть?

— Ну, могла попросить застегнуть ей лифчик. Или отправить к себе домой за какой-нибудь мелочью. Однажды перед пресс-конференцией у нее сломался каблук, она послала Феликса за другими туфлями. Даже мне было неловко. Я предложил, чтобы поехал шофер, но она сказала, шофер обязательно перепутает и привезет не те туфли.

— А Феликс разбирался в ее гардеробе? Знал, где что лежит?

— Я же объясняю, она сделала его чем-то вроде своей дуэньи, при этом она могла не то чтобы унизить его, но у нее был такой стилек, знаете, подпустить к себе человека очень близко, а потом внезапно щелкнуть по носу, показать, что он для нее пустое место, после этого опять приласкать, подольститься. Она это так элегантно проделывала, что многие теряли голову. Я в том числе. Хотя меня, конечно, она по носу щелкать не смела. Мне казалось, она просто меня любит. На самом деле она никого не любила, кроме себя. Она всего лишь лимита, хищница. За мой счет сделала отличную карьеру, получила не только прописку, но и квартиру в Москве. У нее было все:

212

деньги, престижная работа, — из нищей провинциалки она превратилась в московскую светскую львицу, ей нравилось шляться по всем этим тусовкам, иметь кучу шмоток, красоваться перед камерами, видеть свои фотографии в глянцевых журналах, общаться со знаменитостями и, как теперь выяснилось, спать с кем хочется. Все за счет моей любви, моего доверия. Нет, я понимаю, это нормально. Это закон жизни, закон психологии, а я вот дожил до седых волос и все никак не могу избавиться от иллюзий. В итоге остался в дураках. И главное, каждый про себя радуется моему унижению. Я ведь вижу их лица, ловлю взгляды, очень нехорошие взгляды.

«Господи, помоги!» — взмолилась про себя Маша, когда он, прикуривая, съехал на обочину и успел притормозить в нескольких сантиметрах от стального основания рекламного щита.

Он вел машину, как пьяный. Так водил только ее отчим. Рязанцев вообще чем-то напоминал отчима, народного артиста. Он тоже любил произносить монологи за рулем. Конечно, Рязанцев не пил в ресторане, но жалость к себе пьянила его сильней алкоголя. Совсем некстати пришло в голову, что как раз где-то здесь, на Ленинградке, мама с отчимом попали в аварию.

— Мне пятьдесят лет. Я лидер крупнейшей оппозиционной партии, глава влиятельной думской фракции, я баллотировался в президенты и набрал солидное число голосов. Если бы мою предвыборную кампанию организовали лучше, разумней, я набрал бы больше. Нет, я понимаю, президентом России я не стану, и мне не надо этого. У меня есть своя ниша в политике. Хотя, кто знает, если я очень захочу, по-настоящему захочу, не буду отвлекаться на ерунду, на множество всяких пустяков... — он помолчал минуту, напряженно думая, и вдруг выпалил, громко и сердито: — Чем я хуже того, кто победил? Тут дело в простом везении, ну и еще в цинизме, в изворотливости, в умении перешагивать через трупы соратников и соперников. Главное, чтобы была сильная команда и толковый пиар.

«Успокойся, дорогой, президентом ты не станешь, это тебе не грозит, и сильной команды у тебя не будет, потому что ты сам слабый, — ехидно заметила про себя Маша, — и вообще, мне тебя теперь совершенно не жалко. Ты как будто забыл, что твою Вику убили. Тебя беспокоит твое уязвленное мужское самолюбие. Можно подумать, что она была всего лишь твоей любовницей и только этим заработала все, что имела. Ты забыл, как она выстраивала твой поганый имидж, как делала из тебя то, чем ты сейчас стал и чем так гордишься? Ты ведь ничего не можешь сам, тебе постоянно нужна нянька. Возможно, твоя Вика была не лучшей нянькой, она чего-то хотела и для себя тоже. Ты называешь ее лимитой. А сам ты кто? Забыл, где родился и вырос, как женился на москвичке и где она сейчас, твоя верная жена. В психушке! И диагноз у нее такой, за которым не врожденная патология, не органическая, а приобретенная. А Вику твою, коварную хищницу, убили, черт бы тебя подрал, а ты все ноешь, какая она плохая, неблагодарная, как тебя, бедного сиротку, обманула и предала».

— Мало того, что женщина, которую я любил, оказалась предательницей, — продолжал между тем Рязанцев, безобразно виляя колесами, — меня еще и шантажируют. Какая-то сволочь позвонила мне в прямой эфир. Миллионы зрителей, я один, и этот жуткий, наглый, злобный звонок. Вы можете себе представить?

— Да, ужасно.

— Ужасно... Не то слово! Шок, позор на всю страну. Теперь эти шакалы в Думе меня с удовольствием загрызут. Я стал посмешищем. Конечно, камеру тут же выключили, но нескольких секунд, которые я оставался в эфире после звонка, вполне достаточно. Мне потом дали просмотреть запись.

— Звонок удалось отследить?

— Нет. Это для всех было неожиданностью. Там у оператора стоит определитель номера, но не все номера определяются, мерзавец аноним очень быстро положил трубку.

— А голос был мужской или женский?

— Какой-то странный тембр, бесполый, для женщины слишком низкий, для мужчины слишком высокий.

— То есть звонивший изменил голос?

— Понятия не имею. Да, кстати, я хотел спросить, что вам обо мне рассказали, когда отправляли сюда?

— Ох, Евгений Николаевич, вы такой знаменитый, что о вас все можно узнать из газет и теленовостей.

— Я вас серьезно спрашиваю, — он в очередной раз съехал на обочину и вдруг остановился, — какие-то вещи мы должны прояснить с самого начала. Это важно.

— Хорошо, давайте проясним.

— Вас прислали вместо Томаса Бриттена?

— Нет. Я при всем желании не могу заменить мистера Бриттена. Просто я должна проходить здесь практику, собирать материалы для диссертации. Моя поездка планировалась давно, но когда у вас случилось несчастье, мистер Хоган попросил меня поддержать вас, быть с вами рядом и помогать по мере сил.

— Это была его личная просьба?

— Конечно. Он очень тепло к вам относится и беспокоится за вас.

— Вы согласились только потому, что он вас попросил об этом?

— Нет. Не только поэтому. Я помню ваши лекции, вы интересный, яркий человек.

«До чего же он нудный», — вздохнула про себя Маша, подавила очередной зевок и покосилась на часы. Было начало девятого. Больше всего на свете ей хотелось спать.

Несколько минут он молча курил. Машина стояла у обочины.

— Сейчас мы с вами ненадолго выйдем на воздух, — произнес он внезапно.

— Да, я как раз хотела выйти на минутку, — обрадовалась Маша.

Сразу за обочиной была канава, за ней крутой невысокий откос, дальше начинался сосновый лес. Откос оказался скользким, Рязанцев чуть не упал, Маша поддержала его за локоть. Туфли ее мгновенно промокли от вечерней росы. Когда поднялись и оказались в лесу, она попыталась отойти в сторону, подальше от Рязанцева, но он упрямо плелся за ней и продолжал говорить.

— Я больше никому не доверяю. Конечно, можно предположить, что звонил какой-то сумасшедший. Но откуда он узнал про Вику и про Бриттена? Эта пикантная подробность еще не успела просочиться в прессу, моя служба безопасности и ФСБ умудрились скрыть это даже от меня. Послушайте, куда вы так несетесь? Нам надо поговорить, а вы бежите.

«Вот болван, честное слово!» — разозлилась Маша и сказала:

— Если вы опасаетесь, что ваша машина прослушивается, советую вам вытащить из кармана мобильный телефон и оставить его в салоне. К тому же вы забыли запереть машину и включить сигнализацию.

— Но телефон и так остался там, — возразил Рязанцев, — а сигнализацию включать незачем, здесь никого нет.

— Я в любом случае хотела вас попросить отойти на пару минут, — тяжело вздохнула Маша.

— Зачем?

— Ой, мамочки, как же вы не понимаете, глава думской фракции, кандидат в президенты, умный вроде бы человек, а не понимаете. Мне пописать надо.

Он наконец смутился, наверное, впервые за этот вечер, принялся извиняться и поплелся назад к машине. Было слышно, как он опять чуть не упал, спускаясь с откоса, и тоскливо, жалобно чертыхнулся.

Не успела Маша застегнуть молнию брюк, затрещали сухие ветки.

— Мисс Григ, где вы?

— Я здесь. Осторожно, не упадите.

Он вынырнул из темноты, подошел совсем близко и, наклонившись к ее уху, спросил:

— Скажите, у вас нет русских корней? Вы так это сказали, как будто здесь родились.

— Что именно?

— Ну, что вам надо по малой нужде. И еще «ой, мамочки!». Это ведь чисто русский менталитет — скрывать свои естественные надобности. Такая знаете, гигиеническая застенчивость. Американцы и европейцы обычно называют вещи своими именами и не стесняются.

— Никакой не менталитет, — рассердилась Маша, — не надо обобщать, это сугубо индивидуально. Одни люди стесняются, другие нет, и не важно, русские они, американцы или китайцы. Это я вам говорю как профессиональный психолог.

Но на себя она рассердилась еще сильней.

«Идиотка! Профессиональный психолог! Он совершенно прав, а ты прокололась. Ты просто не ожидала от него такой наблюдательности. Ты опять думаешь по-русски. Так нельзя. Ты не должна здесь чувствовать себя дома, это не твой дом. Это чужая страна, ты родилась в Нью-Йорке. Поняла? Повтори про себя сорок раз».

— И все-таки, мне кажется, у вас должны быть русские корни, — не унимался Рязанцев, — кстати, кто ваши родители?

— Они погибли в автокатастрофе, — быстро произнесла Маша, — а насчет русских корней не знаю. Возможно, если поискать, отыщется какая-нибудь славянская прапрабабушка в позапрошлом веке. Но вообще у меня была няня русская.

— Можно вас называть Машей? Мне так проще. К тому же нам предстоит общаться на людях, при журналистах, и будет нехорошо, если пойдут слухи, что у меня новый пресс-секретарь американка.

— То есть вы хотите, чтобы я выдавала себя за русскую? — с усмешкой уточнила Маша.

— Нет. Просто не надо афишировать, что вы американка. Маша — это удобней, чем Мери.

— Да называйте как вам угодно.

— Маша, вы можете потом проверить машину, телефон, мой кабинет?

— В каком смысле? — она удивленно отстранилась.

— На предмет всяких прослушек, жучков.

— Я? — Маша заставила себя рассмеяться звонко и весело. — Вы думаете, я Джеймс Бонд?

— Нет. Я думаю, вы из ЦРУ, — произнес он чуть слышно, с легкой одышкой, — вы, разумеется, скажете, что нет. Я и не жду от вас прямого ответа. Я отлично знаю, что Томас Бриттен был офицером ЦРУ. Не надо делать круглых глаз, удивленно смеяться и отшучиваться. Ответить честно и прямо вы не можете, я понимаю. Но вы должны знать, что мне сейчас необходима именно профессиональная помощь. Я собираюсь нанять в частном порядке того майора, который сидит сейчас у меня дома, но доверить все ему одному мне страшновато. Его я совсем не знаю. Видел только один раз, в морге. У меня нет гарантии, что его не перекупят, что он не использует полученную информацию в собственных интересах. О вас мне хотя бы известно, что вы от Хогана, что вас прислал концерн «Парадиз», который вложил в мою партию много денег и заинтересован, чтобы со мной было все о'кей. К тому же вас здесь вряд ли кто-то сумеет перекупить. Разве что напугать. Ладно, времени мало, надеюсь вы меня поняли. Скажите, что вам известно о моей жене?

— Ее зовут Галина Дмитриевна, она кандидат исторических наук, вы женаты двадцать пять лет, у вас два взрослых сына.

— Перестаньте, — он поморщился и раздраженно махнул рукой, — некогда заниматься ерундой, майор заждался, он сидит у меня дома с шести часов. Вы наверняка знаете, что моя жена находится сейчас здесь, а не в Венеции, лежит в частной клинике.

— В деревне Язвищи? В нескольких километрах от вашего дома? — тихо уточнила Маша.

— Совершенно верно. Она трижды пыталась покончить с собой. Она тяжело больна, какой-то сложный психоз. Неизлечимый. Это пока все. Остальное я буду рассказывать вам и майору одновременно. Не люблю повторяться.

Оказавшись в машине, Маша не заметила, как опять задремала. Проснулась она уже у ворот гаража.

— Я понимаю, что вы очень устали, но прошу вас не спать, когда я буду разговаривать с майором милиции, — проворчал Рязанцев, открывая дверцу с ее стороны.

— Хорошо, я не буду. Извините.

———————

ГЛАВА ТРИДЦАТЬ ПЕРВАЯ

Арсеньев так и не удостоился ни чая, ни кофе. Светлана Анатольевна заявила, что страшно устала и разговаривать больше не в силах.

— Я и так рассказала вам слишком много, но вы все поняли неправильно. Теперь мне надо отдохнуть. Думаю, Евгений Николаевич должен скоро подъехать.

— Да, я дождусь его, — кивнул Арсеньев, — вы можете пойти к себе.

— Нет, я, конечно, поднимусь к себе на пару минут, но сразу вернусь. Я не могу оставить чужого человека одного здесь на веранде. Это не в моих правилах. Я отвечаю за все в этом доме, а санкции на обыск у вас пока нет.

Саня никак не отреагировал на эту ее реплику, молча достал из сумки свой потрепанный ежедневник и принялся его листать.

Лисова царственно удалилась, но вскоре вернулась, держа в руках толстую книгу в мягкой пестрой обложке, уселась в кресло. Краем глаза он заметил, что Светлана Анатольевна читает не какой-нибудь современный дамский роман или детектив, а старую английскую классику, «Джен Эйр» Шарлотты Бронте.

«Вот тебе, кстати, живая иллюстрация к твоим умным мыслям по поводу скудости чувств, — усмехнулся про себя Арсеньев, искоса поглядывая на ее внушительную фигуру в кресле, — тут все наоборот, переизбыток чувств, богатство и глубина. Потрясающая, прямо-таки лебяжья верность. Мадам Лисова, а точнее мадемуазель, двадцать пять лет любит единственного мужчину, причем без всякой надежды на взаимность. Неужели ей не надоело, ни разу за эти годы не стало обидно или хотя бы просто скучно?»

Светлана Анатольевна лизнула пальцы, перевернула страницу. Нитка жемчуга, покоившаяся на ее мощной груди, медленно поднималась и опускалась в ритме ровного дыхания. Она успела стереть разводы туши, причесаться, подкрасить губы и в полной боевой готовности ждала своего лысеющего идола.

В голове у Сани гудело, как в печной трубе. После разговоров с Лисовой все предыдущие события, сегодняшние и вчерашние, затуманились, потемнели, словно огненные страсти мадам слегка закоптили ему мозги.

— «Фольксваген-гольф», — повторял он про себя, пролистывая страницы ежедневника и еще не понимая, почему так упорно вертится на языке марка машины, которую вроде бы купила перед смертью Вика Кравцова и которая исчезла странным образом. Теоретически в багажнике мог лежать пистолет «ИЖ-77». Но вовсе не обязательно, что обезумевший Ворона сунул его именно туда. А если сунул, то Вика вполне могла его там десять раз обнаружить. Как в таком случае она поступила, неизвестно. Ясно только одно — в милицию она его не понесла.

«Фольксваген-гольф» цвета мокрого асфальта упрямо маячил перед глазами, причем не просто так, не сам по себе. За пару минут он успел обрасти вполне ясным пейзажным фоном: кусок черного ночного шоссе, рекламный щит. Рядом с автомобилем, как по команде, выросли из асфальта два хилых несчастных цветочка, две бесхозные проститутки, темненькая с короткой стрижкой и беленькая с длинными волосами, в красном трикотажном платье, на великанских платформах.

— «Фольксваген-гольф» цвета мокрого асфальта, — медленно пробормотал Арсеньев и не заметил, что говорит вслух.

— Что, простите? — кашлянув, спросила Лисова.

— Нет, ничего! — Арсеньев захлопнул свою тетрадочку.

За стеклом веранды он увидел два силуэта. Через секунду дверь открылась.

Наконец явился Рязанцев, и не один, а с каким-то белобрысым лопоухим мальчишкой, который при ближайшем рассмотрении оказался девушкой.

* * *

«Он обещал — повторял про себя Григорьев, пробегая мимо ограды муниципальной школы, — зачем ему Машка? Зачем?»

Кумарин много лет назад дал честное слово никогда, ни при каких обстоятельствах не трогать его дочь, не привлекать ее к сотрудничеству с УГП ни прямо, ни косвенно.

— Он обещал! — шепотом твердил Андрей Евгеньевич в ритме своего небыстрого тяжелого бега. — Он еще ни разу не давал повода усомниться в своем честном слове. Конечно, глупо надеяться на его совесть, но есть еще здравый смысл, прагматизм, элементарная логика. Ему невыгодно. Он должен понимать.

Собственные доводы звучали совершенно неубедительно.

До зоомагазина на Фокс-стрит было полчаса пути пешком и минут двадцать мелкой трусцой. Григорьев бежал, придерживая локтем сумку на плече и чувствуя, как там внутри возмущенно брыкается котенок.

— Сиди смирно! — скомандовал он, когда белая мордочка с розовым носом протаранила застежку и ткнулась в его руку. — Будешь хулиганить, назову тебя Севой!

Котенок тут же затих, как будто понял, о чем

речь, и не захотел стать тезкой Всеволода Сергеевича Кумарина.

— То-то, обормот. И запомни, имя Христофор кому попало не дают, оно ко многому обязывает.

Накануне к половине пятого утра, почти ослепнув от компьютера, выкурив полторы пачки сигарет, очумев от милых шалостей котенка, он решил заранее найти подходящую сумку, чтобы утром взять зверёныша с собой в зоомагазин. Оставлять такую шпану дома без присмотра опасно. Пришлось перерыть всю кладовку. Наконец он откопал мягкий стеганый мешок, в котором Маша носила спортивную форму, когда училась в колледже. Потом пришлось искать нитку с иголкой, чтобы пришить оторванную ручку. При этом Григорьев злился и ворчал, а котенок носился за ним по дому и все пытался влезть на голову.

Они оба уснули только в шесть. Проснулся Григорьев в начале двенадцатого, совершенно разбитый, с тревожной, сосущей болью в желудке. Несколько минут он лежал, глядя в потолок, и пытался уговорить себя, что эта боль — всего лишь следствие скверного ужина, перекура и ночных бдений и никак не связана с дурными предчувствиями.

Белый бандит мирно урчал рядом с ним на подушке, уткнувшись мордой ему в ухо. В комнате было довольно холодно. Перед тем как лечь спать, он оставил окно открытым, чтобы выветрился табачный дым. И хотя в начале мая в Нью-Йорке

ночи совсем теплые, эта выдалась какая-то ледяная, почти зимняя. Григорьев даже испугался
за свою японскую яблоню, если были заморозки,
ей конец.

Он неохотно вылез из-под одеяла, босиком, в
пижаме, поеживаясь, спустился на первый этаж
в гостиную и выглянул в свой маленький дворик,
посмотрел на деревце. Оно было пронизано солнцем и как будто улыбалось ему сотнями бело-
розовых распустившихся бутонов.

Потом он долго стоял под душем, побрился,
глядя на себя в зеркало, обнаружил несколько
тонких царапин на виске, следы кошачьей ночной акробатики.

Обычно он завтракал йогуртом, овсянкой с
обезжиренными сливками, консервированным
фруктовым салатом. Маша многие годы приуча-
ла его правильно питаться, относилась к этому
чрезвычайно серьезно. И он слушался, больше
для ее спокойствия, чем ради собственного здоровья, хотя, конечно, чувствовал, что она права.
Чем меньше холестерина и всяких жареных жи-
ров, тем меньше проблем с давлением, одышкой,
и брюхо не растет. Но на этот раз он решил поба-
ловать себя яичницей с беконом и настоящим
крепким кофе с кофеином. Для котенка он заранее приготовил блюдечко с молоком.

Когда зашипела сковородка, котенок, до этой
минуты спокойно спавший, кубарем скатился со
второго этажа, потянулся, зевнул, мурлыча, по-
терся об ногу своего хозяина, вскочил на стул,

оттуда на кухонный стол, начал потихоньку, бочком, подбираться к плите и тут же отпрыгнул с обиженным мяуканьем, потому что брызнуло масло.

— Во-первых, доброе утро, — обратился к нему Григорьев, — во-вторых, не лезь на стол, тем более на кухонный. А в-третьих, о беконе можешь даже не мечтать. У Христофора от жареного бекона бывал понос. Вот твое молоко.

Котенок понюхал, фыркнул, немного подумал и, к удивлению и радости Григорьева, принялся лакать. На закуску он получил кусочек вареной колбасы, наелся и занялся утренним туалетом. Умывался он так долго и вдохновенно, что Григорьев успел спокойно съесть свою яичницу, выпить кофе и выкурить сигарету.

В начале третьего он запихнул котенка в сумку и побежал к Фокс-стрит так, словно это была его обычная оздоровительная пробежка.

По дороге к Фокс-стрит Андрей Евгеньевич пытался привести в порядок тот информационный хаос, которым всю ночь жадно, без разбора, забивал себе голову, как обжора забивает брюхо.

Осенью восемьдесят третьего Кумарин подсунул Григорьеву письмо, написанное офицером ЦРУ и переданное через охрану посольства. Подсунул как бы случайно и очень внимательно наблюдал за реакцией. Еще тогда, почти двадцать лет назад, Андрей Евгеньевич отнесся к этому как к очередному этапу проверки. Он не исключал, что письмо поддельное. Если о Колоколе узнают американцы и начнут его искать, значит Григорьев предатель. Единственное, что рождало сомнение — банальность хода.

Один из секретов кумаринской непобедимости и успешности заключался в том, что он не считал других глупей себя. А «утка» с письмом была рассчитана на дурака.

Григорьев рассказал Макмерфи о Колоколе, лишь когда получил на это санкцию Кумарина. Любопытно, что вскоре был разоблачен «крот», некто Джордан Слонимски. Высококлассный програмист, он работал в самом сердце ЦРУ и продавал русским стратегическую информацию.

При обыске среди его бумаг обнаружили листочек, на котором отпечатались фрагменты текста письма в советское посольство с предложением о сотрудничестве. Графологическая экспертиза подтвердила, что писал Слонимски.

С помощью Григорьева до сведения руководства ЦРУ были доведены некоторые детали, позволявшие судить о том, какая именно информация уходила к русским через Слонимски. Это и навело Андрея Евгеньевича на мысль, что Слонимски никакой не Колокол и вообще никакой не «крот». Бумага с отпечатками текста письма ему подброшена, почерк подделан специалистами.

Зачем Кумарину понадобился этот розыгрыш, Григорьев понял чуть позже, когда Слонимски признался, что русские действительно пытались его завербовать, он сделал вид, будто согласился, и потребовал деньги вперед. Ему предложили аванс, полторы тысячи долларов наличными. Деньги он взял, поскольку в тот момент очень в них нуждался и не считал большим грехом обмануть русских. От него ждали некой весьма срочной и важной информации. Она касалась применения нового усовершенствованного метода перехвата советских микроволновых передач, оборудования для перегона перехваченных сообщений на компьютеры и моментального их анализа.

Он трижды не вышел на связь. Позже, на суде, клялся, что хотел доложить начальству, назвать подробные приметы сотрудника, который его вербовал и дал деньги. Вначале он даже чувствовал себя героем, гордился, как замечательно надул русских, но потом остыл, испугался, понял двусмысленность ситуации и решил погодить докладывать. Чего ждал, сам не знал, стал пить, бездумно тратил деньги, чем и привлек в себе внимание сослуживцев.

Григорьев не сомневался, что на самом деле все так и было, человек слаб и не всегда может устоять перед соблазном денег, даже опасных денег.

Судебное разбирательство длилось почти полгода. Слонимскому не поверили. Факты говорили против него. Русские действительно получили полную информацию о новых методах радиоперехвата и приняли соответственные защитные меры. Слонимского приговорили к десяти годам заключения. В тюрьме он умер от инсульта.

Через два месяца после его похорон, как раз к

Рождеству, Макмерфи получил элегантный подарок. У себя дома в почтовом ящике он обнаружил конверт. Внутри оказалось несколько старых поздравительных открыток. Некто Джо, любящий племянник, поздравлял свою дорогую тетю Бетти с днем рождения, с Днем матери и с Рождеством. Также в конверте лежал какой-то тоненький бланк с печатями, явно русского происхождения, заполненный неразборчивыми каракулями.

Без всякого расследования Макмерфи довольно быстро догадался, что любящий племянник Джо не кто иной, как покойный Джозеф Слонимски. Разобраться во всем остальном ему помог Григорьев. Он высказал резонное предположение, что открытки были каким-то образом украдены из дома тетушки Слонимски. Их использовали в качестве образцов для подделки почерка Слонимски. А квитанция — всего лишь бухгалтерская платежка на сумму триста пятьдесят четыре доллара двадцать восемь центов, и, судя по оформлению, этот документ фиксирует внеочередную выплату какому-нибудь агенту за небольшую услугу. Вероятно, деньги эти получила женщина, которую иногда приглашали в дом Слонимски в качестве беби-ситтера и которая исчезла куда-то незадолго до того, как в бумагах несчастного был обнаружен листок с отпечатками письма в советское посольство.

Макмерфи был в ярости. Единственным реальным фактом оставалась крупная утечка информации, но через кого она происходила, если не через Слонимски, вычислить не могли.

С тех пор прошло много лет, вспыхнуло и погасло не меньше дюжины шпионских скандалов. Русские разоблачали американских шпионов, американцы русских. Каждого очередного «крота» Макмерфи принимал за Колокола, и Кумарин находил способы сначала косвенно подтвердить это, а потом опровергнуть.

Колокол был даже не фантомом, а пространством для маневра. В разное время под этой кличкой играли и проигрывали разные люди, и потому казалось, что он вездесущ, неуловим и почти бессмертен.

Однажды Билл заподозрил подвох и поделился своими мыслями с Григорьевым. Андрей Евгеньевич доложил об этом Кумарину и спросил: может, оно к лучшему? Может, и правда, убедить его, что это именно так? Он хотя бы успокоится.

— А зачем ему успокаиваться? — спросил в ответ Кумарин. — Пусть бесится. Колоколу это не повредит.

Андрей Евгеньевич почти не сомневался, что убитый Томас Бриттен никем никогда завербован не был. Он изменял только жене. Специфика его работы не давала ему доступа к серьезной секретной информации, которая могла бы заинтересовать противника. К тому же по рождению и по убеждениям он был настоящим техасским янки. Америку считал самой лучшей и самой главной страной в мире, боготворил своего старшего брата, погибшего во Вьетнаме, продолжал искренне верить, что Россия навсегда останется империей зла, что крушение режима — всего лишь смена вывески. Для него не было разницы между коммунистической заразой, которую сеял по миру Советский Союз, и заразой криминальной, которую стало распространять уродливое новообразование, именуемое СНГ. Работа в пресс-центре Рязанцева еще больше убеждала его в этом.

«Бриттену я верю почти как самому себе», — сказал однажды Макмерфи. И хотя Андрей Евгеньевич этих его слов Кумарину не передавал, они могли дойти главы УГП через кого-то другого. Возможно, Кумарин решил в очередной раз позлить беднягу Билли.

Да, Билли Макмерфи, конечно, постарел, устал, но не настолько, чтобы безропотно принять грубую наглую ложь про Бриттена. Для очередной злой шутки это слишком рискованно. Билли в любом случае спросит: откуда вы знаете?

Григорьеву довольно часто приходилось отвечать на этот вопрос, передавая очередную дозу вранья от Кумарина. Иногда Макмерфи съедал, иногда выплевывал, но источник информации требовал назвать в любом случае.

Обычно Григорьев ссылался на свою тайную платную агентуру с Брайтона и на свое пресловутое умение анализировать, делать выводы и выстраивать прогнозы, используя открытые, общедоступные источники. Конечно, чтобы сохранить профессиональную ценность, не выглядеть идиотом, не вызвать подозрений, следовало тщательно соблюдать дозировку правды и лжи.

Версия «Бриттен — Колокол» являлась такой ложью, которую невозможно подсластить ни каплей правды. И все-таки Кумарин решил предложить ее Макмерфи. Зачем?

— Затем, что ему надо срочно прикрыть очередного «крота»! — прошептал Григорьев и почувствовал, как футболка под свитером стала влажной.

Последние три года Бриттен жил и работал в Москве, домой приезжал только в отпуск. Если именно Бриттен используется для прикрытия «крота», значит сам он тоже сейчас в Москве. И не просто в Москве, а в посольстве США, поскольку именно оттуда можно воровать информацию, которая интересует Кумарина. Тогда появляется еще одна версия, возможно, самая правдоподобная. Бриттена убили потому, что он стал кого-то подозревать в работе на русских.

Но чтобы подозревать, надо знать человека, общаться с ним. Конечно, Бриттен встречался со многими сотрудниками посольства, однако лучше всех он знал Стивена Ловуда. Они вместе учились в колледже, они почти дружили.

Ловуд сейчас помощник атташе по культуре. Он знаком с Рязанцевым. Он встретил Машу в аэропорту. Именно от него Кумарин мог так быстро узнать, что она в Москве. Именно от него, от кого же еще?

Андрей Евгеньевич остановился, чтобы перевести дыхание. Сердце отбивало гулкие быстрые удары, каждый отдавался тупой болью в левом плече. Григорьев испугался, что сейчас случится приступ. Не было с собой никаких лекарств. Он заставил себя медленно досчитать до десяти, зажмурился, приложил пальцы правой руки к запястью левой, отыскал свой неровный быстрый пульс и попытался дышать в его ритме. Иногда, в самых крайних ситуациях, это помогало.

— Сэр, с вами все в порядке? — услышал он рядом мужской голос.

— Да, да, все хорошо, — пробормотал он и открыл глаза.

Он стоял прямо перед входом в зоомагазин на Фокс-стрит. Рядом возвышалась двухметровая фигура черного полицейского. Полицейский смотрел на него сверху вниз, внимательно и сочувственно.

— Сэр, вы уверены, что вам не нужна помощь?

— Спасибо, офицер. Все в порядке, — Григорьев заставил себя улыбнуться, достал платок, вытер вспотевшее лицо, — просто в моем возрасте нельзя бегать с такой скоростью и на такие дистанции.

— Зачем же вы это делаете?

— По глупости.

— Посмотрите, это случайно не ваш? — гигантская черная рука протянул ему белого котенка.

— О Господи, мой, конечно мой, как же он выбрался?

— Вероятно, выскользнул из сумки. Я чуть не наступил на него, хорошо, вовремя заметил. Совсем маленький и такой белый. Как его зовут?

— Христофор.

Запихнув перепуганного котенка в сумку, Григорьев медленно, как сквозь вату, двинулся вперед по Фокс-стрит, мимо зоомагазина.

— Сэр! — окликнул его полицейский. — Вы ничего не забыли?

Григорьев застыл, чувствуя, что шея костенеет и обернуться невозможно. Вот сейчас этот черный гигантский офицер скажет: «Вы, вероятно, собирались зайти в зоомагазин, чтобы купить что-то для своего котенка». И тогда останется только тихо умереть.

***

Рязанцев холодно извинился за опоздание, пожал Арсеньеву руку, плюхнулся в кресло и прикурил от зажигалки-пистолета. На жаркое радостное приветствие Лисовой ответил сквозь зубы:

— Привет, Светка. Свари нам, пожалуйста, крепкого кофе.

Спутницу свою, худенькую, стриженную под мальчика блондинку, представил коротко и ясно:

— Мой новый пресс-секретарь. Маша.

Она была совсем молоденькая, очень красивая, правда, такая бледная и усталая, что Арсеньеву показалось, она сейчас заснет в кресле.

Светлана Анатольевна подскочила к Рязанцеву, мимоходом поправила воротник его пиджака, склонилась к самому его уху, залопотала удивлённо и испуганно:

— Как это? Где ты ее взял, Женя, нельзя доверять такую серьезную работу первой встречной...

Она говорила шепотом, но таким громким, что Арсеньев все слышал. И сонная девушка Маша, безусловно, слышала.

Рязанцев в ответ только отмахнулся и, поморщившись, произнес:

— Света, я просил кофе!

Лисова послушно закивала, попятилась к двери, ведущей внутрь дома, но в проеме вдруг застыла и уставилась на незваную гостью испепеляющим взглядом.

— Прежде всего, я хочу спросить вас, майор, — обратился Рязанцев к Арсеньеву, — вы там уже разобрались с царапинами на лице у Вики? Известно, что произошло? Почему у нее распух нос? Почему такие воспаленные кровавые губы? Кто и зачем содрал ей кожу вокруг рта и на руках?

— Сейчас проводится повторная экспертиза, — неопределенно промямлил Арсеньев, — пока можно достоверно утверждать, что Кравцова и Бриттен получили пулевые ранения, которые вызвали повреждения, несовместимые с жизнью.

— Перестаньте, — поморщился Рязанцев и махнул рукой, — это я и без вас знаю. Но я также знаю, что Вика сильно изменилась. Могли ее пытать, насиловать перед смертью? Могли надругаться над трупом? Или Бриттен был тайным садистом? Что там произошло?

— Евгений Николаевич, я не могу вам точно ответить, — признался Арсеньев, — во-первых, не имею права, во-вторых, просто пока неизвестно.

— Замечательно, — кивнул Рязанцев и презрительно фыркнул, — отлично вы работаете, господа, поздравляю вас. Ладно, я буду говорить об этом со следователем. Ее, кажется, зовут Зинаида Петровна?

— Зинаида Ивановна, — поправил Арсеньев и покраснел.

— Ясно. А ваше имя-отчество?

— Александр Юрьевич.

— Очень приятно. Итак, Александр Юрьевич, у вас есть ко мне какие-то конкретные и срочные вопросы?

— Евгений Николаевич, скажите, в начале марта Кравцова покупала машину «Фольксваген-гольф» цвета мокрого асфальта?

— Вроде бы, — Рязанцев несколько сбавил тон, успокоился, видно почувствовал, что перегнул палку, все-таки здесь не митинг и не прямой эфир, — мы говорили об этом, она просила у меня денег, она буквально заболела этой машиной, именно «Фольксвагеном-гольф», но я считал, что одного автомобиля вполне достаточно.

— И денег не дали? — уточнил Арсеньев.

— Разумеется, нет. Сегодня очередная шуба, завтра машина, послезавтра браслет из платины с бриллиантами, потом костюм от Шанель. Так же невозможно, я все-таки политик, а не бандит.

— Но машину она купила?

— Заказала перегонщику из Гамбурга, именно «Фольксваген-гольф». Потом ей захотелось норковую шубу, она ее купила, это я знаю точно. А вот про машину ничего определенного вам сказать не могу. Почему вас это вдруг так заинтересовало?

Саня не успел ответить.

— Женя, можно тебя на минуту? — громко и обиженно произнесла Лисова, которая все еще стояла в дверном проеме.

— Да, Света, я тебя слушаю.

— Нет, я могу сказать только наедине. Это очень важно.

— О Господи, — простонал Рязанцев, неохотно поднялся и вышел в коридор. Лисова закрыла дверь.

На веранде воцарилась тишина. Арсеньев встретился взглядом с Машей, она ему улыбнулась.

— Меня зовут Александр Юрьевич Арсеньев, — представился он.

— Да, я уже знаю. Очень приятно, — она провела рукой по своим светлым стриженым волосам, Саня вдруг подумал, что она подстриглась так коротко совсем недавно и все не может привыкнуть, — Мери Григ.

— Мери? А почему Евгений Николаевич называет вас Машей?

— Для конспирации. На самом деле ему так проще, — она опять улыбнулась, мягко, сонно, и повертела головой, разминая затекшую шею. — Вы тоже можете меня так называть. А еще лучше по имени-отчеству. Моего папу звали Эндрю, по-русски это Андрей. Вот, пусть я буду Мария Андреевна. Мне нравятся ваши отчества, ни у кого больше их нет.

— Вы из Америки? — догадался Арсеньев.

— Я вчера прилетела из Нью-Йорка. Думала, буду здесь спокойно собирать материал для диссертации, но сразу удостоилась чести стать пресс-секретарем Машей, — она опять улыбнулась и зевнула, прикрыв рот ладошкой, — не знаю, что из этого выйдет.

Тут только Арсеньев уловил легкий акцент и спросил:

— Вы давно знакомы с Евгением Николаевичем?

— Не очень. Четыре года назад я слушала его лекции в Гарварде, но после этого мы не виделись.

— Как же вам удалось удостоиться такой чести, сразу стать пресс-секретарем?

— Повезло, — она развела руками, — я вообще везучая. На самом деле это вышло почти случайно. Меня пригласили на работу в один крупный медиаконцерн. Не здесь, конечно. Дома, в Америке. Концерн оплатил мою поездку, им надо, чтобы я повышала квалификацию. Мой будущий шеф — приятель Рязанцева. Когда стало известно о несчастье с Викторией Кравцовой, шеф попросил меня временно заменить ее. С одной стороны, это довольно странно, я ведь впервые в России, у Евгения Николаевича целый штат людей, более компетентных, чем я, но, как мне объяснили, есть некоторые психологические нюансы. Лучше, если рядом с ним будет человек со стороны, никак не связанный с его привычным окружением.

— Ну да, это можно понять, — кивнул Арсеньев, — значит, вы учитесь в Гарвардском университете?

— Заканчиваю аспирантуру.

— Кто вы по образованию?

— Психолог. Училась на факультете психологии, но постоянно бегала слушать лекции на факультет славистики. В итоге тема моей диссертации звучит так: «Средства массовой информации и влияние новых политических технологий на самосознание людей в разных слоях общества посттоталитарной России».

— Очень интересно, — важно кивнул Арсеньев.

— Ага. Главное, красиво и туманно. Кстати, Александр Юрьевич, если не возражаете, я потом вам задам несколько вопросов для своей диссертации. Вдруг больше не будет оказии познакомиться с майором милиции.

— Да, конечно, — выпалил Саня и смутился, с удивлением обнаружив, как ему приятно, что появился повод встретиться с ней еще раз, — давайте я напишу вам мой телефон.

— Спасибо. Лучше сразу в записную книжку мобильного, бумажки я постоянно теряю, — она потянулась к сумке, достала маленький аппарат.

Когда они обменялись телефонными номерами, повисла неловкая пауза. Арсеньев наткнулся взглядом на ее глаза, припухшие, сонные, но все равно красивые, главное, живые. Довольно редко встречаются живые ясные глаза, в которые хочется смотреть. Он все не мог решить, как лучше ее называть. Мери — ее настоящее имя, но почему-то оно совсем ей не идет, звучит по-русски как-то манерно. Маша — слишком панибратски, Мария Андреевна — чересчур официально и громоздко. Ну какая она Мария Андреевна со своей тонкой шейкой, с этими смешными оттопыренными ушками? Вообще, она чем-то похожа на его бывшую одноклассницу, тоже Машу, такую же беленькую, худенькую. Они дружили с первого по десятый класс, и только когда она в семнадцать лет, на первом курсе института, выскочила замуж за какого-то хмыря, оказалось, что примерно с восьмого класса Саня был в нее влюблен. Да, американка удивительно напоминала ту Машу. Может, именно поэтому ему было с ней так легко и одновременно неловко, словно они очень давно знакомы и их многое связывает?

— Значит, вам нравятся наши русские отчества? — уточнил он, принужденно кашлянув. — Мария Андреевна, вы отлично говорите по-русски. У вас какие-то русские корни?

— Спасибо, Александр Юрьевич, вы мне льстите, — она улыбнулась и покачала головой, — да, отчество — это приятно. В этом есть... как лучше сказать по-русски? Дистанция, почтение и одновременно теплота. У вас вообще много всяких эмоциональных нюансов в языке, чего стоят только эти ваши суффиксы, которые передают оттенки отношения. Кот, котище, котик, котяра, — она сощурилась, было видно, с каким удовольствием она произносит русские слова, словно перекатывает на языке что-то очень нежное и вкусное.

И вдруг послышалось тихое отчетливое мяуканье. Арсеньев чуть не подпрыгнул от удивления.

* * *

— Сэр, вы слышите меня? — еще раз позвал полицейский.

«Если я обернусь, я упаду замертво», — подумал Андрей Евгеньевич.

Впрочем, он отлично понимал, что не умрет. Это глупости, ипохондрическое кокетство. Он просто улыбнется и ответит: «Да, конечно, но сначала я все-таки хочу заглянуть в аптеку».

Он заставил себя медленно повернуть голову. Суставы затрещали, как старое сухое дерево под топором. Полицейский держал в руке нечто плоское, черное, размером с небольшую книжку. Его широкое лицо все расплылось в лукавой, укоризненной улыбке. Сверкали зубы и белки глаз. Григорьев подошел ближе и узнал свой бумажник. Полицейский помахивал им, как веером.

— Нельзя быть таким рассеянным, сэр, — укоризненно покачал головой полицейский, — смотрите, сумка порвалась. На вашем месте я бы выбросил этот старый мешок.

Раз десять поблагодарив чернокожего гиганта, Григорьев нырнул в зоомагазин. Мешок действительно разлезался по швам. Надо быть полнейшим кретином, чтобы посадить в одно отделение котенка, в другое сунуть бумажник с водительскими правами, кредитками и наличными деньгами. И главное, кроме мобильного телефона в чехле, пристегнутом к ремню джинсов, больше ничего с собой нет. В карман бумажник никак не влезал. А тут еще котенок принялся толкать изнутри молнию и выбираться наружу. Главное в такой ситуации — не впадать в панику, ничего не ронять. Бумажник сунуть за пояс, под свитер. Белого бандита взять в руки. Мешок выкинуть к чертовой матери в урну у входа.

— Добрый день, могу я вам чем-нибудь помочь? — обратилась к Григорьеву молоденькая продавщица-китаянка.

Большие квадратные часы над прилавком показывал без десяти три. Значит в Москве сейчас без десяти одиннадцать вечера.

Андрей Евгеньевич огляделся. В магазине было пусто, только он и продавщица.

— Подержите, пожалуйста, моего кота, — попросил Григорьев, — мне нужно срочно позвонить, а потом вы поможете мне подобрать для него все необходимое.

— О, да, конечно, — продавщица осторожно взяла котенка своими крошечными детскими ручками и тут же ласково заворковала с ним по-китайски.

«Если Машка спит, телефон все равно выключен, и я ее не разбужу, — утешал себя Григорьев, набирая код России и Москвы, — это, конечно, безумие, то, что я сейчас делаю, но я не могу больше. Я должен услышать ее голос. Я заслужил. Я, кажется, вычислил Колокола, впервые за эти годы я его вычислил. Более того, я теперь почти знаю, кто и почему мог убить Бриттена и Кравцову. В общем, я молодец. Остается только определить, насколько верны мои догадки и как я могу все это использовать, чтобы защитить Машку».

В трубке поскрипывала, посвистывала живая межконтинентальная тишина. Григорьев тревожно косился на часы, на стеклянную дверь и уже собирался нажать отбой, когда тишину прорвали ясные долгие гудки.

* * *

— Это мой телефон, — объяснила Маша. — Господи, какое у вас сейчас смешное лицо! Это всего лишь телефон, а не кошка. Да, слушаю, — ответила она в трубку по-русски.

245

Потом тут же перешла на английский, заговорила быстро и тихо. Арсеньев понимал только отдельные слова.

— Нет... Я в порядке... Это почти центр... еще нет... неплохо, но все красное и отвратительный душ... Пока ничего определенного, я просто попросила, и все, не надо делать никаких ужасных выводов... да, обещаю... что у вас с голосом? Вы не спали всю ночь и много курили... нет, я отлично слышу...

Саня подумал, что наверное, универсальное английское «you» в данном случае все-таки обозначало «ты», а не «вы». Она говорила с кем-то очень близким. Ему стало интересно, с кем именно, но он ни за что не решился бы спросить. Он слушал и чувствовал себя неловко. Он ведь не предупредил ее, что понимает по-английски. Вдруг она скажет что-то, не предназначенное для чужих ушей?

— Как раз сейчас я у него дома... трудно, но возможно... что? Точно такой? Ты шутишь! Белый, с голубыми глазами? Это судьба. Я тебя поздравляю... Твой Христофор в детстве был тоже настоящий бандит. Ты сам мне рассказывал... нет, просто устала и хочу спать... да, хорошо, обещаю... Я поняла, не волнуйся, я все поняла.... Нет, я не одна сейчас... не могу... Целую тебя, я сама позвоню, — она отложила телефон и улыбнулась Арсеньеву.

— Неужели у вас в Америке еще кто-то курит? — спросил он.

— Есть такие мерзавцы, — она весело подмигнула. — Но с ними будет скоро покончено. А вы, Александр Юрьевич, оказывается, знаете английский.

— Понимаю совсем немного, но говорить почти не могу. Учил в школе, потом в университете.

— Вы закончили юридический?

— Да. Скажите, а Христофор — это человек или животное?

— Это белый котенок с голубыми глазами.

— Ваш?

— Почти.

У Сани с языка чуть не сорвался следующий вопрос, он сам не понимал, почему ему так важно знать, с кем она сейчас говорила, и почему так не хочется, чтобы этот кто-то оказался ее бойфрендом или вообще мужем. Он решил больше не спрашивать о телефонном разговоре, тем более она немного напряглась. Или просто слишком устала.

— Нет, вы все-таки замечательно говорите по-русски. Совсем легкий акцент, очень приятный. Если бы вы не сказали, что прилетели из Нью-Йорка, я бы решил, что вы из Прибалтики.

— Я слышала, в Прибалтике люди моего поколения по-русски уже не говорят, даже если знают язык, — она опять зевнула.

— Устали? — сочувственно спросил Саня.

— Ужасно, — она потерла глаза и оглядела веранду. Взгляд ее упал на книжку, оставленную Лисовой на журнальном столе.

— «Джен Эйр». Неужели вы это читали, пока ждали Евгения Николаевича? Никогда не думала, что современному русскому сыщику могут нравятся такие сентиментальные романы.

— Нет, конечно.

— А, это, вероятно, читает полная дама в красивой шали, — догадалась Маша. — Она родственница Евгения Николаевича?

— Почти. Она помощница по хозяйству, — они оба перешли на шепот, подвинулись друг к другу поближе и сами не заметили этого.

Дверь открылась, вернулся Рязанцев, катя перед собой сервировочный столик, на котором стоял большой медный кофейник, три чашки, вазочка с печеньем.

— Я вижу, вы уже нашли общий язык, — хмуро заметил Евгений Николаевич, — вот и отлично, потому что одна голова хорошо, а две лучше. Светка предупредила меня, что вам нельзя доверять, — обратился он к Арсеньеву с кривой усмешкой, — что вы очень черствый, бесчувственный и хитрый человек. А что касается вас, — он посмотрел на Машу, — вы авантюристка, вертихвостка, а заодно типичный энергетический вампир. Так что кофе мне пришлось варить самому. Свету я отправил спать.

— Спасибо, — хором ответили Арсеньев и Маша, переглянулись и рассмеялись.

То ли Арсеньев так сильно устал от Лисовой, то ли давно не общался с милыми молодыми женщинами, но эта американка нравилась ему все больше. Во всяком случае, с ней было приятно иметь дело, болтать ни о чем и даже просто молчать.

— Думаю, она еще вернется, — сказала Маша, — она забыла здесь свою книжку.

— Она непременно вернется, — подтвердил Арсеньев, — книжка будет только предлогом. Ей очень интересно, о чем мы здесь собираемся беседовать.

— Да? — густые брови Рязанцева медленно поползли вверх, потом вниз. Он смерил Саню задумчивым взглядом и спросил: — Как вы вообще с ней поговорили? Успешно?

Арсеньев замялся, покосился на Машу и, принужденно кашлянув, произнес:

— Ну, в определенном смысле успешно. У меня в связи с этим возникло несколько вопросов к вам, Евгений Николаевич. Они очень личные, эти вопросы.

— Можете спрашивать при Маше, — разрешил Рязанцев и стал разливать кофе по чашкам.

— Хорошо, как скажете. Это прежде всего касается вашей жены. Какие у них со Светланой Анатольевной отношения?

— Замечательные отношения, они же ближайшие подруги, еще с университета. А что?

— Знаете, мне показалось, это не совсем так.

— Очень интересно. И почему же вам это показалось? — на лице Рязанцева было написано искреннее удивление.

— Ну, долго объяснять. Честно говоря, я неправильно выразился. Мне даже не показалось, я почти уверен, что отношения между ними были весьма напряженными. Во всяком случае, со стороны Лисовой. Впрочем, мне бы хотелось побеседовать с вашей женой, я понимаю, это сложно, она ведь сейчас в Венеции?

— Вы с ней непременно встретитесь и побеседуете, — выпалил Рязанцев, — именно об этом я и хотел с вами поговорить. Но прежде чем я продолжу, я попрошу вас гарантировать, что никому никогда вы ничего не расскажете.

— Да, конечно. У меня работа такая — никому ничего не рассказывать, — улыбнулся Арсеньев, — обещаю, все останется между нами.

— Работа ваша здесь совершенно ни при чем. Обещания мне не нужны. Я хочу попросить вас заняться чем-то вроде частного расследования. Для меня лично. Я нанимаю вас в качестве частного детектива.

— Это невозможно, — покачал головой Арсеньев.

— Аванс в три тысячи долларов вас устроит?

— Евгений Николаевич, у вас ведь есть своя служба безопасности, — мягко напомнил Арсеньев и поймал сочувственный взгляд Маши.

— Я им не доверяю, — Рязанцев помотал головой и залпом допил свой кофе, — мне будет удобней и спокойней, если этим займетесь вы. Вам ведь в любом случае приходится расследовать убийство Кравцовой и Бриттена. Так почему бы заодно не провести небольшое дополнительное расследование, возможно, косвенно связанное с этим убийством? Объясните, что вам мешает?

— Прежде всего деньги, которые вы мне предлагаете.

— Вы боитесь, что об этом узнают и вас обвинят во взяточничестве? Гарантирую, что нет. Никогда никто не узнает.

— Вы гарантируете? — Саня улыбнулся и покачал головой. — А почему я должен верить вашему честному слову, если вы не верите моему?

Рязанцев вспыхнул, открыл рот, чтобы ответить, но не нашел слов, схватил сигарету и принялся нервно щелкать зажигалкой. Арсеньев взял у него из рук злосчастную китайскую игрушку, дал прикурить ему, прикурил сам и продолжил:

— Понимаете, Евгений Николаевич, я, конечно, с удовольствием взял бы у вас эти деньги. Но в таком случае мне тоже придется заплатить вам.

— Мне? Вы собираетесь платить мне? — Рязанцев даже задохнулся от изумления и возмущения.

— Именно так, — кивнул Арсеньев. — Обстоятельства могут сложиться по-разному. Вдруг вас не устроят результаты моего расследования, и вы доложите моему начальству, что заплатили мне? Я тоже хочу иметь гарантии.

— Но я обещаю! Вы что, мне не верите?

— Если для вас честное слово становится надежным, только когда оно оплачено, как я могу вам верить?

Рязанцев вскочил, прошелся по веранде, на секунду застыл, глядя в темноту, вдруг резко развернулся и спросил нарочито спокойным голосом, в котором уже дрожала тихая истерика: — Вам что, деньги не нужны?

— Нужны.

— Ну вот, я вам даю! Слушайте, а может, три тысячи просто мало? Но это ведь только аванс, потом вы получите значительно больше. Я не знаю расценок, скажите, сколько?

— Евгений Николаевич, почему бы вам не обратиться в частное детективное агентство? — печально предложил Саня.

— Потому что я слишком известный человек. Мне придется раскрыть им весьма конфиденциальную информацию о себе, о своей семье. Где гарантия, что они потом не станут торговать этой информацией? — Рязанцев говорил быстро и все время смотрел куда-то в сторону, то в окно, то на кофейную гущу в своей чашке. Ни разу еще он не взглянул Сане в глаза, а о Маше как будто вообще позабыл. Когда зазвучал ее голос, он поморщился и вздрогнул.

— Вы так никогда не договоритесь, — сказала она тихо, но решительно, — я могу предложить компромиссный вариант. Вы платите Александру Юрьевичу три тысячи долларов. Так вам спокойней. Это вполне понятно. Он у вас эти деньги берет и в свою очередь платит вам. Тоже три тысячи. Тоже за свое спокойствие. Очень удобно. Вам даже не придется пересчитывать купюры, — она в очередной раз зевнула и налила себе еще кофе.

Рязанцев уставился на нее воспаленными, почти безумными глазами.

— Это справедливо, — кивнул Арсеньев, давясь смехом и изо всех сил стараясь сохранить серьезное выражение лица.

———————

ГЛАВА ТРИДЦАТЬ ВТОРАЯ

Андрей Евгеньевич спрятал телефон. Сердце стало биться спокойно и ровно. Одышка прошла. Часы показывали без пяти три. Он забрал у продавщицы Христофора. Теперь он точно знал, что котенок будет носить это почетное имя.

— Прежде всего, ему нужна специальная сумка, надежная, прочная. Вернее, нечто среднее между сумкой и детским автомобильным стульчиком. Только что по дороге сюда он выскочил и чуть не погиб.

— Да, я понимаю, — улыбнулась китаянка, — сейчас мы что-нибудь подберем.

Ровно в три стеклянная дверь открылась и в магазин вошел высокий сгорбленный старик с тростью. Григорьев разглядывал очередную кошачью сумку и осторожно скосил глаза на посетителя.

Старик показался ему элегантным и надменным. От него за версту пахло дорогим одеколоном. Он был в летнем пальто мышиного цвета, в молочно-белой фетровой шляпе. Белый шелковый шарф красиво перекинут через плечо. Из-под пальто виднелись светло-серые широкие брюки и темно-серые замшевые ботинки.

Лицо старика Григорьев разглядеть не сумел, мешали большие дымчатые очки в серебряной оправе, пышные седые усы и круглая аккуратная бородка, переходящая в широкие бакенбарды вдоль щек, белоснежные и кудрявые, как свежая мыльная пена.

Пока продавщица подбирала сумку, рассказывала о преимуществах и недостатках разных видов кормов для котят, показывала развивающие и успокаивающие игрушки, рекомендовала шампуни, ополаскиватели, щетки, гребенки, витамины, средства от глистов, поносов и запоров, старик уселся в кресло в углу и лениво листал подборку журналов о домашних животных. Григорьев то и дело украдкой поглядывал на него, но ни разу не удостоился ответного взгляда. Старик погрузился в чтение какой-то статьи в журнале. Очки опустились на кончик носа. Шляпу свою он так и не снял, половина лица тонула в тени.

Андрею Евгеньевичу почудилось нечто знакомое в том, как он сидел, закинув ногу на ногу, как переворачивал страницы, как почесал подбородок. Этот жест, случайный и мгновенный, насторожил Андрея Евгеньевича еще больше. Мужчины, привыкшие носить бороду, совсем иначе прикасаются к лицу.

Между тем на прилавке росла гора Христофорового приданого. Продавщица явно вошла в раж и не могла остановиться, предлагала все новые и новые штуки, жизненно необходимые котенку: подстилки с антиблошиной пропиткой, обувь и верхнюю одежду, на сегодня и на вырост, мягкий разноцветный домик, который можно стирать в машине, антиаллергический стиральный порошок и ополаскиватель для кошачьих вещей, корзинку-кроватку с пологом и без, десять видов лотков и наполнителей для кошачьего туалета...

Григорьев опомнился, когда она перешла к бантикам, заколкам и бижутерии. Он отобрал сумку, три баночки паштета для котят, пару прыгающих игрушек и пакет с туалетным наполнителем.

Китаянка обиделась, улыбка увяла на ее лице, ласковый щебет затих. Она холодно приняла кредитку, сложила покупки в мешок и тут же занялась другим покупателем — стариком. Тут ее ждало еще большее разочарование. Старику нужен был только поводок для собаки среднего размера, причем совершенно конкретный поводок, полтора метра, черный, кожаный со стальным карабином. Пока он делал свою покупку, Григорьев не спеша усаживал Христофора в новую сумку, вполне универсальную, с несколькими отдельными большими карманами на молнии. В один из них он положил бумажник.

Из магазина они вышли вместе. Старик, не глядя на Григорьева, прошел мимо, обогнал его и направился вперед, по Флетбуш-авеню, к Проспект-парку, большому зеленому парку с озером и множеством укромных скамеек. Рядом были Бруклинский музей и Бруклинский ботанический сад, неплохие места для конспиративной встречи, как и сам Проспект парк.

Старик миновал поворот к музею, прошел мимо главного входа в парк, взял чуть правее и зашагал по Оушен-авеню. Григорьев притормозил у табачной лавки, чтобы купить сигарет. Старик тоже притормозил и сердито оглянулся. Дальше двинулись быстрей. Ритм задавал старик. Походка у него была совсем не стариковская, легкая, стремительная, спина распрямилась. Трость явно мешала, впрочем, это стало заметно не сразу. Пока они шли по людным улицам, он очень натурально сутулился, прихрамывал и опирался на трость.

Григорьев послушно следовал за ним.

В парк свернули у самого озера. Там по лужайке носились дети, запускали разноцветных воздушных змеев. Компания пожилых леди раскладывала корзинки для пикника, рядом прямо на траве спала, обнявшись, влюбленная парочка мужского пола в одинаковых клетчатых брюках и белых блузонах.

Старик замедлил шаг. Он придирчиво и незаметно оглядывал публику. Григорьев в свою очередь уже успел несколько раз провериться на предмет «хвоста».

Парк был пешеходным, следить из машины за ними не могли. Оставались прохожие. За все время пути никто не показался подозрительным.

Наконец старик остановился у скамейки, подальше от озера и гуляющей публики. Он сначала внимательно оглядел сиденье, провел по нему рукой и, только убедившись, что не запачкает свои светлые брюки, уселся. Григорьев садиться не стал. Он выпустил котенка из сумки, чтобы тот побегал по лужайке, опустился на корточки, достал игрушечную пушистую мышь на резинке и стал играть со своим Христофором всего в паре метров от старика. Тот молчал несколько минут, вероятно ждал, что Григорьев заговорит первым. Но, не дождавшись, произнес:

— Очень трогательно. Мне кажется, вы немного впадаете в детство. Смотрите, это первый признак старческого маразма.

В магазине, когда он говорил с продавщицей, голос его звучал совсем иначе, хрипло, высоко и капризно. Теперь это был мягкий глубокий баритон.

— Ничего, — откликнулся Григорьев, — маразм маразму рознь. Лучше впадать в детство и веселиться, чем превращаться в мрачного брюзгу с манией величия.

— И то и другое одинаково противно.

— Не спорю, вам видней, — Григорьев распрямился, улыбнулся, впервые открыто взглянул на старика.

Он узнал его давно, еще в магазине. Но все не верил своим глазам.

— Почему это, интересно, мне видней? Вы моложе всего на три года, — обиженно заявил Всеволод Сергеевич Кумарин и похлопал по скамейке, приглашая Григорьева сесть рядом.

* * *

— Так вот, кто-то проник в больницу, передал ей украденный у меня мобильный телефон, сообщил заранее о моем эфире. Она не должна была смотреть телевизор в это время, но она его включила.

Рязанцев говорил глухо, монотонно, курил одну сигарету за другой. Маша уже не боролась со сном. То ли крепкий кофе помог, то ли организм сам себя пересилил и приспособился к новому ритму. Пока что они оба, она и Арсеньев, молча слушали, не задавали вопросов.

Рассказ Евгения Николаевича прервался только однажды, когда на веранду явилась Лисова за своей книжкой. Между ними вышла небольшая напряженная перепалка. Она желала остаться, Рязанцев гнал ее прочь. Она не стеснялась при посторонних умолять его, он не стеснялся говорить с ней грубо. Ушла она только минут через десять, захлебываясь рыданиями, и книжку опять оставила. Но тут уж Арсеньев не поленился встать, догнал ее в коридоре, вручил роман и вежливо пожелал спокойной ночи.

— Да, так на чем я остановился? — спросил Рязанцев, когда дверь закрылась и стало тихо.

— Кто-то проник в больницу и оставил вашей жене мобильный, — напомнила Маша.

— Мой мобильный. Мой. То есть украденный кем-то из моего близкого окружения, — Евгений Николаевич выложил на стол маленький черный аппарат. — Я уже проверял входящие — исходящие номера, их нет. Перед тем как передать телефон Галине, функцию памяти отключили. После эфира у нее случился кошмарный приступ. Таких давно не бывало. Доктор говорит, это странно, поскольку перед сном она получила обычную дозу успокоительных лекарств.

— Ей делают уколы или она пьет таблетки? — уточнила Маша.

— Понятия не имею, об этом вы спросите у врача. Пожалуйста, не надо меня перебивать. После приступа в палате у Гали осталась сестра. Она услышала телефонный звонок, сначала даже не поняла, что происходит, но довольно быстро нашла телефон. Он был спрятан в тапочке у кровати. Сестра решила ответить. Звонивший не сразу сообразил, кто взял трубку, думал, что Галина, и произнес какой-то жуткий текст, мол, видишь, что ты натворила, как ты можешь жить после этого, расплачиваться будут твои дети.

— То есть вашей психически больной жене угрожали? — спросил Арсеньев.

— Получается, что да.

— Как вы думаете, зачем?

— Вероятно, чтобы я узнал об этом и понял, что кому-то известна моя неприятная тайна. Возможно, кто-то собирается меня шантажировать.

— Слишком громоздко, — пробормотала Маша и покачала головой, — для шантажа достаточно было просто поговорить с вами, назвать адрес клиники и диагноз жены. Зачем воровать телефон, передавать его Галине Дмитриевне? Зачем сообщать ей о вашем эфире? Скорее всего, в эфир и ей в больницу звонил один и тот же человек.

— Ну да, сестра еще сказала, голос был странный, не мужской, не женский. Нечто среднее, как будто бесполое. Это безусловно тот же человек.

— И ему было известно, что вам к моменту эфира еще не рассказали о Томасе Бриттене, — заключила Маша, — то есть он постоянно здесь, рядом с вами, совсем близко и в курсе всех ваших дел.

Рязанцев схватился за виски и высоко, хрипло простонал:

— В том-то и ужас...

— Вы часто навещаете жену? — спросил Арсеньев.

— По-разному. Стараюсь чаще, но не всегда получается. В последний раз я был у нее всего три дня назад, она чувствовала себя неплохо, не то чтобы стала идти на поправку, но была сравнительно спокойной, с адекватными реакциями.

— Кто, кроме вас, к ней ходит?

— Никто. О том, где она, и вообще о ее болезни знают только пять человек: я, наши дети, начальник моей службы безопасности и Виктория Кравцова. Она уже не в счет. Вот, собственно, все. Пока все. Я хочу, чтобы вы разобрались в ситуации.

— Вы забыли назвать еще одного человека, — напомнил Арсеньев.

— Кого же?

— Лисову Светлану Анатольевну.

— Ах, ну да, конечно, — Рязанцев поморщился, — это само собой. Светка довольно часто навещает Галю. Я же объяснял, они очень близкие подруги. Когда Галя заболела, Светка сидела с ней сутками, кормила с ложечки, даже читала ей вслух.

— «Джен Эйр»? — быстро спросила Маша.

— Ну я не знаю, — рассердился Рязанцев, — какая разница? Или вы опять шутите? В таком случае, извините, но это не смешно.

— Евгений Николаевич, я не шучу. Тут вообще ничего смешного нет и быть не может. Все очень печально, однако...

— Скажите, как Галина Дмитриевна относится к воде? — перебив ее, внезапно выпалил Арсеньев.

Рязанцев ошалело уставился на него.

— При чем здесь вода? Послушайте, вы оба можете выражаться яснее? Я не в состоянии отвечать на вопросы, сути которых не понимаю.

— Но вы уже ответили, Евгений Николаевич, — вздохнул Арсеньев.

— То есть? — Рязанцев потряс головой и потянулся за очередной сигаретой.

— Погодите. Я чуть позже объясню. Только сначала, с вашего позволения, задам еще пару непонятных вопросов.

— Валяйте, — Рязанцев безнадежно махнул рукой.

— Вы знаете, почему году в шестьдесят четвертом семья вашей жены поменяла квартиру, переехала в другой район, и Галина Дмитриевна, которой было тогда около двенадцати, перешла в другую школу?

— Впервые слышу! — Рязанцев раздраженно повысил голос. — Какое отношение это имеет...

— Мы же договорились, Евгений Николаевич, — мягко напомнил Арсеньев, — если я правильно понял, вы не знаете, что произошло с Галиной Дмитриевной, когда ей было двенадцать лет?

— Погодите, погодите. Там какая-то мрачная история, кажется, погибла девочка, ее одноклассница, Лена, Люда, Лида... — он прикрыл глаза и защелкал пальцами.

— Люба, — подсказал Арсеньев.

— Да, кажется, но я не понимаю, к чему вы...

— Вам об этом кто рассказывал? Жена?

— Нет. Теща.

— Вы точно помните?

— О да, тещу свою покойную я никогда не забуду, — он усмехнулся, — каждое ее слово врезалось в память навечно, так сказать, отпечатано в мозгу каленым железом.

— Ну если каленым железом, я бы хотел услышать подробности. Что именно вам рассказала теща про девочку Любу? Когда, почему и при каких обстоятельствах она вам это рассказывала?

— Обстоятельства были самые неприятные. Это связано с первой попыткой самоубийства. Галя наглоталась таблеток. Впрочем, тут вам лучше поговорить с врачом. Я как тогда ничего не понял, так до сих пор не понимаю. Три раза она пыталась покончить с собой. Сначала таблетки, потом петля, потом окно на десятом этаже. После таблеток, то есть после первой попытки, ее мать рассказала мне историю про погибшую одноклассницу.

— Можно немного подробней? — попросил Арсеньев.

— Да что подробней? Какая-то девочка утонула у Гали на глазах. Кстати, а вы откуда знаете, как ее звали?

— От Светланы Анатольевны. Она считает, что ваша жена убила свою подругу девочку Любу. Нарочно утопила.

— Что? — Рязанцев засмеялся. — Послушайте, ну вы же взрослый человек, и у нас серьезный разговор. Светка не могла вам сказать такую глупость, я даже не желаю это обсуждать, — он фыркнул и потянулся за очередной сигаретой. — так вот, после первой Галиной попытки самоубийства теща, разумеется, во всем обвинила меня. И знаете, в чем конкретно я был виноват? —

он сделал торжественную паузу и с кривой улыбкой произнес: — В том, что уговорил Галю съездить на море. Вы понимаете эту логику? Я нет. До сих пор не понимаю.

— Я не случайно спросил вас, боится ли Галина Дмитриевна воды, — напомнил Арсеньев.

— Да совершенно не боится, чушь это. Все дело в эгоизме тещи и в том, что она всю жизнь пыталась меня уязвить, сделать назло, настраивала Галю против меня. Каждый раз, когда возникала возможность съездить на море всем вместе, теща срочно заболевала, и Галя оставалась в Москве. Но в тот раз я настоял на своем. Вы представить не можете, сколько потребовалось сил и времени, чтобы убедить Галю отправиться всей семьей в Ниццу, на Лазурный берег. Мой друг, Джозеф Хоган, которого вы, Маша, хорошо знаете, пригласил меня с семьей погостить на его вилле. Отказаться значило обидеть Джозефа. Он не хотел слушать никаких возражений. Это было правда замечательно. Только представьте: начало июня, Лазурный берег. Но с Галей с самого начала творилось нечто ужасное. Она вообще не выходила на улицу, сидела в комнате с закрытыми окнами и задернутыми шторами и вела себя совершенно невыносимо. На третий вечер мы собирались пойти ужинать с Джозефом. Он заказал столик в лучшем ресторане на набережной, у самого моря. И можете себе представить, посреди ужина Галя вскочила и убежала, ничего не объясняя. Разумеется, вечер был испорчен. А ночью она заявила, что ей надо срочно лететь в Москву, будто бы она что-то там почувствовала, из ресторана побежала звонить матери, и оказалось, что мать заболела. Знаете, я уже так устал, что не возражал, отвез ее утром в аэропорт и остался с детьми еще на неделю, — он закрыл глаза и принялся массировать виски. — Сколько мне пришлось пережить, какой это был ужас.

— А вам не пришло в голову, что Галина Дмитриевна действительно страдает водобоязнью? — осторожно спросила Маша.

— Ерунда, — он раздраженно махнул рукой, — она бы мне сказала. И потом, ее ведь обследовали врачи, и ни о какой водобоязни речи не было. Все фантазии покойной тещи, и хватит об этом. Когда мы вернулись, я узнал, что Галя пыталась покончить с собой, выпила таблеток десять снотворного. К счастью, с ней рядом была Света. Она вовремя почуяла неладное и сделала все, что нужно.

— Вызвала «скорую»?

— А? Нет, она справилась сама.

— Как это?

— Промыла Гале желудок, и все. Если сделать это сразу, то ничего страшного. Нет, вы поймите, я очень известный человек, тогда шла предвыборная кампания, и если бы стало известно, что моя жена пыталась покончить с собой...

— Да-да, это понятно, — кивнула Маша, — скажите, Галина Дмитриевна как-то потом объяснила свой поступок?

— Нет. Она все отрицала. То есть она сказала, что ничего не помнит, ей казалось, будто она просто приняла перед сном несколько таблеток валерьянки. А вообще, знаете, все, что касается Галиной болезни, вам может рассказать ее лечащий врач. Мне тяжело это вспоминать, учитывая мое состояние...

— Погодите, получается, что единственным свидетелем первой попытки была Лисова? — перебил его Арсеньев. — А вторая попытка? Вы сказали, это была петля?

— Ну да, примерно через полгода после случая с таблетками она пыталась повеситься здесь, на чердаке.

— Кто же ей помешал на этот раз? — спросил Арсеньев. — Опять Светлана Анатольевна?

— Да. Откуда вы знаете?

— Я просто предположил. Можно немного подробней? Как это произошло?

— Мы переезжали в этот дом, я с детьми оставался в московской квартире, Галя со Светой отправились сюда разбирать вещи, наводить порядок. На чердаке стояли коробки с книгами, еще не распакованные. Ночью Гале якобы понадобилась какая-то книга, она отправилась на чердак. Света забеспокоилась, поднялась к ней и увидела, что она стоит на табуретке и пытается привязать веревку к крюку, на котором висит лампочка.

— Опять Галина Дмитриевна все отрицала? — спросила Маша, и по лицу ее скользнула грустная улыбка. — Она, вероятно, сказала, что хотела просто вкрутить лампочку?

— А веревка была от ящика с книгами, — задумчиво добавил Арсеньев.

— Да, все именно так, — раздраженно крикнул Рязанцев, — я не понимаю, куда вы клоните?

— Пока никуда, — пожала плечами Маша, — мы просто слушаем вас и задаем вопросы, когда что-то неясно. Расскажите, пожалуйста, о третьей попытке. Там вроде было окно?

— Она пыталась выброситься, и опять рядом оказалась Лисова, которая ее спасла, и опять ваша жена все отрицала?

— Нет! — рявкнул Рязанцев. — Я снял ее с подоконника, я спас ее, и она ничего не отрицала.

***

— Все натуральное: и борода, и бакенбарды. У меня волосы на лице растут со страшной скоростью. Вернусь в Москву, сбрею, — Всеволод Сергеевич Кумарин наклонился и поднял с земли Христофора, посадил его к себе на ладонь. — Вы даже спасибо не сказали, — заметил он и почесал котенка за ухом.

— Спасибо, — усмехнулся Григорьев, — это было мило и остроумно. Я оценил вашу заботу. А борода вам идет. Бакенбарды — это, конечно, чересчур, а бороду, может, стоит сохранить.

— В ваших советах не нуждаюсь, — проворчал Кумарин, — у нас очень мало времени. Эта наша встреча — глупость, бессмысленный риск, и чем скорей мы разойдемся, тем лучше для нас обоих.

— Да, я понимаю, — смиренно кивнул Григорьев, — но зачем же было самому беспокоиться, рисковать? Есть же люди...

— Затем, что на этот раз все чрезвычайно серьезно, — перебил Кумарин, — чем меньше будет привлечено людей, тем лучше. Цепочка должна быть короткой, самой короткой. Я, вы, ваша дочь. Все.

— При чем здесь моя дочь? Вы обещали, что никогда ее не тронете, — Григорьев взял у него Христофора и пустил на травку.

— Да, обещал, — Кумарин снял несколько белых шерстинок со своего серого летнего пальто, — но сейчас нет другого выхода ни у меня, ни у вас. И у нее, кстати, тоже. Для того чтобы решить проблему, надо совсем немного, надо только доказать, что покойный Бриттен был Колокол. Я нарочно сообщил вам заранее, чтобы у вас было время подумать.

— Это невозможно. Никто не поверит. Бриттен не имел доступа к секретной информации. Ни к стратегической, ни к агентурной, ни к какой, — Григорьев достал сигареты.

— Не вздумайте здесь курить, — прошипел Кумарин и вырвал у него пачку. — Вы что, с ума сошли? Здесь запрещено, это привлечет внимание.

— Хорошо, не буду.

Никогда еще Андрей Евгеньевич не видел его в таком состоянии. За семнадцать лет они встречались всего дважды. Кумарин вернулся в Москву из Вашингтона в восемьдесят четвертом, когда стало ясно, что Григорьев сбежал к американцам. После такого скандала он не мог оставаться на посту резидента. На некоторое время ему пришлось уйти на преподавательскую работу, он читал лекции в Академии КГБ. Потом, после смерти Андропова, стал потихоньку расправлять крылья. В кадровой чехарде поменял несколько руководящих должностей, возглавлял какие-то комиссии, комитеты, подкомитеты, немного поиграл в публичную политику, к девяносто второму легко просочился в финансовые структуры и окончательно растворился там. Международный институт гуманитарных инициатив, который он возглавил в девяносто пятом, был пустой формальностью, потому что на самом деле Кумарин руководил Управлением Глубокого Погружения.

Первый раз после побега они встретились в июне девяносто первого, в Египте. Григорьев купил недельный тур по Нилу на теплоходе для себя и Маши. Во время поездки на джипах в пустыню к бедуинам они познакомились с милейшим пожилым поляком, профессором, который преподавал философию в Варшавском университете. Его приятную профессорскую внешность несколько портило лиловое родимое пятно на скуле размером с небольшую сливу. Узнав в нем

Всеволода Сергеевича, Григорьев испытал легкий шок, но вскоре успокоился. Даже если кто-то из группы следил за ними, вряд ли можно было найти в этом случайном знакомстве нечто подозрительное. К тому же оба перед прямым контактом хорошо проверились и убедились, что никаких «хвостов» рядом нет.

После ужина в просторной, увешанной пыльными пестрыми коврами палатке Маша вместе с остальными туристами увлеченно разучивала бедуинские танцы, Григорьев тихо беседовал с польским профессором в уголке. Они сидели очень близко, голова к голове, и говорить приходилось на ухо, поскольку звучала громкая музыка.

Повод был действительно важный. В конце июля планировалась встреча на высшем уровне. Президент США Джордж Буш и президент СССР Михаил Горбачев должны были подписать Договор о взаимном сокращении стратегических вооружений. С обеих сторон велась лихорадочная подготовка, заседали комиссии, подкомиссии, рабочие комитеты, готовились горы аналитических справок и прочих документов. С обеих сторон в силовых структурах были люди, для которых подписание договора стало бы глобальным, оскорбительным поражением.

Кумарин был заинтересован в успехе переговоров прежде всего потому, что хотел добить и уничтожить старую советскую номенклатуру, верхушку КГБ, МИДа, Министерства обороны, всех этих инфантильных маразматиков, генералов, членов Политбюро, которые никак не могли наиграться в свою ядерную «Зарницу». Это был редкий случай, когда его интересы полностью совпадали с интересами Билла Макмерфи, который, в свою очередь, тоже устал от таких же маразматиков в ЦРУ. Оставалось только помочь друг другу.

Сидя на пестрых циновках в уголке бедуинской палатки, посреди ночной пустыни, под треньканье арабской музыки, двое пожилых благообразных туристов, двое случайных знакомых, по документам один американец, другой поляк, почти неслышно шептались по-английски, улыбались, хмурились. Разговор их длился всего минут тридцать.

Когда танцы кончились и пора было рассаживаться по джипам, экскурсовод-араб крикнул, что перед дорогой советует разойтись на несколько минут — леди в одну сторону, джентльмены в другую.

Кумарин и Григорьев перелезли через пологий зыбучий холм, отошли от остальных метров на двадцать.

— Правда, если договор будет подписан, они взбесятся и пустят в Москву танки, им терять нечего, — задумчиво произнес Кумарин, поливая песок звонкой струйкой, — а, как вы думаете?

— Вот тут они себя и прикончат, — ответил Григорьев, пуская свою струйку значительно выше и дальше.

— Почему? — недоверчиво нахмурился Кумарин и стал застегивать ширинку. — Танки-то пока у них, армия их, это главное.

— Главное не это, — покачал головой Григорьев и поморщился, пытаясь справиться с застрявшей молнией, — главное — умение драться и рисковать. А они воспитаны в страхе, они умеют интриговать, строить козни, льстить, лгать, добивать лежачего. Для открытой драки они слишком изнежены и трусливы. Если они решатся на серьезную заваруху с танками, то сами же первые испугаются до смерти, — Григорьев застегнул, наконец, штаны и посмотрел в черное небо, усыпанное гигантскими выпуклыми звездами. — Да, все забываю спросить, что у вас с лицом?

— Ссадина, — объяснил Кумарин. — Нырял без маски, ободрался о кораллы. Доктор в отеле замазал какой-то лиловой гадостью. Получилось очень похоже на родимое пятно. Отличная «особая примета», сразу бросается в глаза. Ваша дочь, например, запомнит меня как польского профессора с большим родимым пятном на скуле. Если вообще запомнит.

— Папа, ты где? — донесся тревожный крик Маши. — С тобой все в порядке?

— Да, дорогая, сейчас иду!

— Красивая у вас выросла девочка, — заметил Кумарин чуть слышно, по-русски.

— Никогда ее не трогайте, — ответил Григорьев еще тише, тоже по-русски.

— Не буду, — Кумарин улыбнулся, сверкнув

в темноте зубами, — даю вам честное слово, не буду.

Через пять минут они расселись по джипам и расстались еще на семь лет.

31 июля 1991 года президент США Джордж Буш и президент СССР Михаил Горбачев подписали Договор о сокращении стратегических вооружений, согласно которому в обеих странах арсеналы ракет большой дальности должны были уменьшиться на одну треть.

19 августа 1991 года произошел знаменитый августовский путч. В Москву вошли танки. У главы путчистов тряслись руки, когда он произносил свою эпохальную речь перед телекамерами. Через два дня все было кончено. Остались только кадры хроники, разговоры, анекдоты, воспоминания, в основном приятные, поскольку с 19 по 22 августа в Москве было интересно, как никогда.

Один путчист повесился, другой застрелился, остальные затихли в ужасе, но потом успокоились, встряхнулись и стали жить дальше.

В течение следующих семи лет Григорьев и Кумарин общались исключительно через связников, обменивались информацией по своим тайным наработанным каналам.

Встреча произошла в сентябре 1998-го. Она была короче и прозаичнее предыдущей. В Нью-Йорке стояла страшная жара. Андрей Евгеньевич отправился на неделю отдохнуть на Гавайи, на этот раз один, без Маши. Кумарин просто однажды оказался в соседнем шезлонге на пляже.

Их разговор длился не более десяти минут и касался последствий августовского экономического кризиса.

Григорьев назвал Кумарину имена нескольких крупных чиновников, которые, по его сведениям, успели перекачать крупные суммы на свои счета в американские банки. Он знал это потому, что каждого чиновника фиксировало ЦРУ, и Макмерфи, составляя справки для своего руководства, иногда консультировался с Григорьевым, уточнял детали биографий, просил дополнить психологические портреты, начертить схему прошлых номенклатурных связей, дать прогноз возможных будущих взлетов и падений этих людей.

— Да, а как поживает ваша дочь? — спросил на прощание Кумарин.

— Спасибо, отлично, — натянуто улыбнулся Григорьев.

На сем они расстались. Дальше опять были связники, и вот теперь Проспект парк, лужайка, скамейка и паника в глазах Кумарина.

————

ГЛАВА ТРИДЦАТЬ ТРЕТЬЯ

В половине первого ночи Рязанцев отпустил, наконец, своих гостей, но не потому, что пожалел их, а просто сам устал и не мог больше говорить из-за зевоты, сводившей челюсти.

— Я разбужу шофера, он отвезет вас домой, — любезно предложил он Маше, — а если хотите, можете остаться здесь. На третьем этаже полно свободных комнат. Я разбужу Светку, она вам даст чистое белье и все, что нужно.

— Не надо никого будить, я на машине, — сказал Арсеньев.

— Да, спасибо, лучше меня Александр Юрьевич отвезет, — поспешно заявила Маша.

Рязанцев проводил их до ворот, поеживаясь от влажного ветра, попросил отправиться в больницу прямо завтра утром и обещал позвонить, предупредить врача.

Маша забралась на заднее сидение, сразу скинула туфли, потянулась и произнесла сквозь зевоту:

— Мне казалось, мы просидим у него до утра.

— Вы можете поспать, — Арсеньев выдвинул сиденье, опустил спинку.

— Правда, я подремлю немножко, если не возражаете.

— Спите на здоровье. Только скажите, куда ехать.

Маша назвала адрес и, помолчав, спросила:

— А вы в машине курите?

— Вообще-то да.

— Конечно, это же ваша машина.

— Да уж ладно, я потерплю.

— Ненавижу табачный дым. Но если очень сильно захочется, можете открыть окно. Я тоже потерплю.

— Не буду, не буду я курить, спите спокойно, — принужденно засмеялся Арсеньев.

— Спасибо, — Маша потянулась и зевнула, — это очень любезно с вашей стороны. Я особенно ненавижу спать в дыму.

Они оба замолчали, и пока ехали до ворот закрытого поселка, не произнесли ни слова. Арсеньев старался не смотреть в зеркало, чтобы не встретиться глазами с Машей. В салоне было темно, он чувствовал ее запах, свежий и легкий, слышал, как она там возится, устраиваясь поудобней, и у него горели уши. Ему хотелось, чтобы она поскорей заговорила. Сам он первым почему-то не мог заговорить, слова вылетели из головы. Молчание с ней наедине в темной машине было каким-то странным, от него пересыхало во рту и сердце билось чуть быстрей.

Но она так и не заговорила. Она уснула. Саня сначала просто не увидел ее в зеркале, а потом, обернувшись, обнаружил, что она улеглась на сиденье, поджала коленки, положила руки под щеку и свернулась калачиком.

Саня перевел дыхание, он боялся, что не выдержит и ляпнет какую-нибудь глупость, отвесит пошлейший пудовый комплимент или спросит, с кем она беседовала по телефону, — а собственно, почему это должно его интересовать? Какое ему дело?

Он съехал на обочину, вышел, достал из багажника плед и маленькую подушку, которые всегда возил с собой на всякий случай. Когда он накрыл Машу и осторожно подсунул ей подушку под голову, она не проснулась, только пробормотала чуть слышно: «Thank you very much!»

Арсеньев поправил одеяло и, распрямившись, больно стукнулся затылком о раму дверцы, но даже не охнул, наоборот, повторил про себя ее слова: «Thank you very much!» Боль привела его в чувство. Мгновение назад он чуть не поцеловал ее, спящую. Аккуратно прикрыв дверцу, он постоял у машины, выкурил сигарету, успокоился.

Прямо перед ним был указатель поворота на Волоколамку. Оттуда рукой подать до Лыковской улицы, до рекламного щита, под которым стояли две бесхозные несчастные проститутки.

В кармане у него лежал конверт с фотографиями одной из них, в красном трикотажном платье, с длинными обесцвеченными патлами. Той, которую подобрал «Фольксваген-гольф». Потом ее выловили из озера Бездонка.

Фотографии были очень четкие, качественные, цветные. Все видно — накрашенные губы, царапины на ноздрях, следы от пластыря. Гера Масюнин снимал лицо целиком и отдельные детали с небольшим увеличением.

Конечно, это другой округ, это совсем другая история, и никакого отношения к убийству Бриттена и Кравцовой несчастная проститутка не имеет, но для того чтобы окончательно убедиться, чтобы потом не кусать локти, как это получилось с пистолетом «ИЖ-77», лучше все-таки попытаться хоть немного прояснить картину.

Если бы сейчас у Сани в машине не спала Маша, он непременно сделал бы небольшой крюк, посмотрел, стоит ли на прежнем месте подруга утонувшей проститутки.

— А может, и не стоит. А может, и не подруга, — пробормотал он, затаптывая окурок и усаживаясь в машину. — Я просто посмотрю, я слегка приторможу и даже не буду останавливаться. Маша спит очень крепко. Она ничего не заметит. Это ведь совсем небольшой крюк. Сейчас ночь, дороги свободны.

Проститутку он увидел и узнал сразу. Она стояла на том же месте, под рекламным щитом, в полном одиночестве, что при ее профессии было почти невероятно.

— Ну дает! — удивился Арсеньев и оглянулся на Машу.

Она спала очень спокойно и крепко. Соблазн оказался слишком велик. Он съехал на обочину и остановился.

Проститутка направилась к машине, сунула голову в окно, но тут же заметила милицейскую форму и с матерным возгласом отпрянула назад.

— Погоди, не бойся, надо поговорить, — крикнул Арсеньев, еще раз испуганно взглянул на Машу, но она даже не шелохнулась.

Он выскочил из машины и кинулся за проституткой. Высоченные шпильки не дали ей удрать далеко, она попыталась исчезнуть в темных кустах, на мгновение Саня потерял ее из виду, но тут из темноты, совсем близко, послышался стон и жалобный матерный комментарий по поводу сломанного каблука и ушибленной ноги.

Слабые фонарные отблески не позволяли разглядеть ее лицо. Саня увидел только силуэт. Она сидела на траве и бормотала:

— Мусор, мусор, уйди, прошу как человека, блин, ну что я тебе сделала, мусор?

Саня присел на корточки с ней рядом, дождался паузы и тихо спросил:

— Подруга твоя где?

— Какая подруга? Ну какая на хрен подруга? Я тут одна, я ваще, блин, на трассе не работаю, я голосовала просто, мне ехать надо в больницу, ты понял, блин? Вон, из-за тебя каблук сломала, туфли пятьдесят баксов, ты мне новые купишь или кто?

— А тебе не объясняли, что опасно девушке

одной ночью голосовать на трассе? — вкрадчиво спросил Саня. — Видишь, ты каблук сломала, а подружке твоей, блондинке крашеной с длинными волосами, в красном трикотажном платье, повезло меньше. Ее из озера выловили. Знаешь, тут недалеко, в Серебряном Бору есть озеро Бездонка? Оттуда ее и выловили вчера на рассвете. Помнишь, ее еще «Фольксваген-гольф» подобрал, черный или цвета мокрого асфальта, и увез в сторону Серебряного Бора?

Девушка затихла и уставилась на Арсеньева. В темноте было видно, как блестят ее шальные глаза.

— Ага, конечно, — она шмыгнула носом и нервно захихикала, — ври больше. Может, там какую и выловили из Бездонки, но только не Катьку.

«Сейчас она заявит, что видела свою подругу Катьку два часа назад или сегодня днем, — подумал Арсеньев, — и тогда я спокойно вернусь в машину, отвезу домой американку Машу, а Гере скажу, что пить надо меньше».

Девушка между тем успела снять вторую туфлю, встала на ноги, отряхнулась. Арсеньев тоже поднялся.

— Чтоб ты знал, мусор, Катьку нормальный мужчинка снял, культурный, на двое суток снял. Ты понял? Так что с Катькой все нормально, и ты мне тут лапшу на уши не вешай, и ваще, блин, линял бы ты отсюда по-хорошему, ща пацаны подъедут, а ты, вроде как один, а, мусор? — она говорила вполне спокойно и даже рассудительно, но голос слегка дрожал. А главное, она не пыталась убежать, словно ждала продолжения разговора.

— Так когда ты в последний раз видела Катьку? — уточнил Арсеньев.

— Я ж грю, вчера или позавчера, ну че ты привязался? Не помню. Ее снял мужчинка культурный, она с ним уехала, и все. Катька умная, она лишь бы с кем не поедет. Если б их там двое было, тогда да.

— Там — это в «Фольксвагене»?

— Ну да, я ж грю, ты глухой, что ли?

Обычно такие девки орут, пытаются убежать, а если видят, что деться некуда, начинают истерить, канючить, предлагать себя в качестве взятки, чтобы отпустили, пугать своими сутенерами, знакомой братвой, которая противным козлам-мусорам все кишки выпустит, или рассказывают, что дома двое деток малолетних, мама парализованная. Эта лишь пугнула мифическими «пацанами», но как-то совсем неохотно, неубедительно, по инерции. Могла запросто удрать, Арсеньев не держал ее, однако стояла.

Саня успел привыкнуть к темноте, и его поразило выражение, застывшее на ее размалеванном отечном лице: абсолютное мертвое безразличие. Словно ей все равно и ничего не страшно. Словно она уже умерла, стала неуязвима и смотрит на себя, на черную ночную трассу, на проезжающие машины, на разных мужчинок и пацанов в этих машинах, на него, майора милиции, откуда-то из безопасного далека.

— Хочешь, покажу фотографии той, которую нашли в Бездонке? — тихо предложил Саня.

— А че это мне на нее смотреть? Я, что ли, дохлых девок не видела? Не люблю я на это смотреть, — забормотала она, вяло перебирая босыми ногами, как загнанная лошадь, — да и темно здесь, ни хрена не видно, думаешь, под это дело в машину меня заманить, нашел дуру, я в ментовскую ни за что не поеду, я знаю, какие вы там субботники устраиваете для девчонок.

Продолжая ворчать, она полезла в свою сумку и вытащила маленький карманный фонарик. Вспыхнул тонкий яркий луч и тут же погас.

— Зачем тебе фонарик? — удивился Саня.

— Я ночами работаю, — огрызнулась девка. — Ну давай, че резину тянешь, показывай свои фотки, холодно, блин. Нет, погоди, дай сначала сигаретку.

Саня угостил ее, закурил сам, вытащил из кармана конверт.

— На-ка, свети мне, — девушка протянула ему фонарик и взяла снимки.

Через мгновение послышался какой-то странный тонкий звук, и Сане сначала показалась, что где-то вдали воет побитая собака, маленькая собачонка, бездомная и беспомощная. Только когда проститутка стала медленно оседать на землю, он понял, что это она воет и звук исходит откуда-то из глубины, из живота.

— Катька, сволочь, что ж ты такое сделала, а? — спросила она, обращаясь к стопке снимков, которые тряслись в ее руке. — Что ж ты такое натворила, гадина, паскуда, Катюха моя, Катенька, у-уу... — невнятное бормотание опять вылилось в тихий жалобный вой.

Саня быстро посветил фонариком в ее сумку, надеясь найти там паспорт, но ничего, кроме пудреницы, смятой пачки сигарет «Магна» и упаковки презервативов, не обнаружил, выключил фонарик, попытался поднять девку, она была тяжелая и вялая. Она тихо, безнадежно выла и как будто перестала что-либо видеть и слышать.

— Ну-ну, успокойся, скажи, как тебя зовут? — Арсеньев опустился с ней рядом, забрал фотографии, заглянул в лицо, но она никак не отреагировала, продолжала выть и покачиваться из стороны в сторону.

— Помощь нужна? — услышал он рядом тихий голос и вздрогнул.

Над ними стояла Маша.

— Я проснулась, вас нет. Не волнуйтесь, машину я закрыла, вот ключи. Кто она? Что с ней случилось?

— Она возможный свидетель, — прошептал в ответ Саня. — Я только что показал ей снимки убитой девушки, и она узнала свою подругу.

— Сестра она мне, слышь, мусор, Катька сестренка моя родная, единственная, младшенькая, уу-у, не могу я, не могу жить, не хочу-у! — подала голос несчастная девка. — Чего вам от меня надо, мусорки, ну чего, не видите, горе у меня?

Один был родной человек на всем свете, Катька, стервоза такая!

Судя по внятности речи, по бегающим в полумраке глазам, она уже пришла в себя после первого шока.

— Ты помнишь, как он выглядел, этот культурный мужчинка в «Фольксвагене»? — спросил Арсеньев.

— Лысый в кепке, — девка судорожно всхлипнула.

— Хотя бы молодой, старый? Давай, быстренько, рассказывай все, что помнишь.

— Ничего я не помню, что ты привязался, блин? Темно было, я выпила, — голос ее окреп, она даже сделала попытку подняться на ноги, но Арсеньев схватил ее за плечо.

— А фамилию свою помнишь?

— Зачем тебе? — окрысилась девка. — Будешь привлекать как свидетельницу? Тогда вообще ни хрена не скажу, понял? Мне терять нечего.

— Ну терять, положим, всегда есть чего, — грозно заметил Арсеньев. — Что мне с тобой делать? Придется вызывать группу, везти тебя к нам, авось вспомнишь, хотя бы свою фамилию.

— А будешь наезжать, у меня припадок случится. Я, чтоб ты знал, припадочная, блин, эпилептическая я, понял? — предупредила проститутка и тут же от слов перешла к делу: выпучила глаза, высунула язык и задрожала, задергалась.

Арсеньев растерялся и вопросительно взглянул на Машу.

Она опустилась на корточки рядом с девкой и тихо, ласково сказала:

— Еще должна течь пена изо рта, и обязательно непроизвольное мочеиспускание.

— Это че, обоссаться, что ли? — уточнила девка, затихнув на миг, и тут же опять затряслась.

— Вообще да, — кивнула Маша, — я понимаю, что противно, но без этого нельзя. Смотри, ты не очень старайся, припадок все равно ненатуральный, а вот язык можешь прикусить запросто. Как тебя зовут?

— Ира, — представилась проститутка и прекратила свой спектакль так же внезапно, как начала.

— Замечательно. А я Маша. Скажи пожалуйста, Ира, откуда ты знаешь, что он лысый, если он был в кепке?

— По опыту. Ночью в машине только лысые в кепках ездят. Чтоб голова не мерзла, — всхлипнула проститутка и окончательно успокоилась.

— Логично, — кивнула Маша, — но под кепкой волос не видно, они могли быть у него любые: короткие, длинные, темные, светлые.

— Ага, — кивнула Ира, — волос не было видно. Могли быть любые. Но в кепках обычно лысые.

— Ты не помнишь, он торговался?

— Не-а, — проститутка уверенно помотала головой, — я ж грю, культурный мужчинка.

— Как тебе показалось, ему было все равно, кого из вас взять, или он выбирал?

— Он сразу сказал, что ему надо беленькую и

286

потоньше. Катька на самом деле русая, как я, но красится в блондинку. И худей меня. У меня сорок шестой, а у нее сорок второй, блин. А ваще, это, все, мусорки, мне выпить охота, очень срочно и пожрать чего-нибудь. Хотите узнать про лысого, купите мне шашлыка и водки, посидим, поговорим как люди. Катьку надо помянуть? Надо!

— Слушай, дорогая, а шнурки тебе не погладить? — разозлился Саня. — Этот лысый, между прочим, сестру твою зверски убил, родную, единственную, а ты торгуешься, как на базаре: шашлыку ей, водочки. Совесть есть у тебя?

— При чем здесь совесть? Я жрать хочу. Из-за вас ничего не заработала. И ваще, блин, ты, мусор, лучше молчи. Не умеешь ты с людьми разговаривать.

— Правда, не умею. Был бы на моем месте другой, он бы с тобой, сама знаешь, как поговорил. А я цацкаюсь, — разозлился Саня.

— Да на, бей, хоть совсем замочи, ну? — рявкнула проститутка и надменно отвернулась. — Ничего больше не скажу, понял?

— Почему бы нам правда не угостить девушку? — тихо предложила Маша. — Здесь темно, холодно. Давайте доедем до какого-нибудь ближайшего ларька, купим шашлыку, посидим в машине и поговорим.

Саня поразился, как легко и быстро вписалась американка в странную для нее ситуацию, сумела найти общий язык с шальной подмосковной девкой, не выразила ни ужаса, ни удивления, вела себя настолько естественно, словно это для нее было обычным делом — допрашивать российскую шалаву ночью на трассе.

Пока шли к машине и ехали до ближайшего круглосуточного шашлычного ларька, Маша спокойно, без всяких угроз и хитростей, умудрилась выяснить, что проститутка Ира жила со своей сестрой Катей на улице Немчинова, сразу за Кольцевой дорогой, в угловой панельке, на первом этаже. Квартиру они снимают уже год, а до этого жили с матерью в деревянном доме в поселке Передовик, в двадцати километрах от Москвы, но мать померла, дом развалился от старости. Ира закончила восьмилетку четыре года назад, пошла учиться на парикмахера, но надоело жить без денег, знакомые девки однажды взяли с собой на трассу, один раз, другой. Деньги легкие, отпахала ночь, днем спи, сколько хочешь. Сестра Катя была младше на два года и после восьмилетки пошла на трассу сразу, даже не пыталась учиться дальше. Они работали под местными пацанами, сутенерами, отдавали ровно половину денег, это было плохо, но сейчас на их пацанов наехали другие пацаны, начался передел сфер влияния, пока они там между собой разбираются, девкам лафа, никто не контролирует, сколько заработала — все твое.

Про мужчину в «Фольксвагене-гольф» она вспомнила, что зубы у него были крупные и очень белые, в темноте блестели. Лицо добродушное, и вообще выглядел он совсем безобидно, даже немного смешно, совсем не похож на маньяка, шутил, смеялся. Ире выдал на прощанье сто рублей, чтоб не так обидно было оставаться.

Когда Ира умяла две порции свиного шашлыка и выпила триста грамм водки за упокой души своей сестры Кати, она вспомнила, что две последние буквы в номере «Фольксвагена» были «МЮ». И еще: в машине заедала передняя дверца, с пассажирской стороны, а перед ветровым стеклом болтался брелок, пластмассовый скелетик, довольно большой, в кружевной юбочке.

Арсеньев еще раз показал ей фотографии. Заливаясь слезами, Ира спросила:

— Чего у нее лицо такое исцарапанное? Вот тут, на носу, и вокруг рта.

— Ты уверена, что, когда видела ее в последний раз, у нее не было никаких похожих царапин? — уточнил Арсеньев.

— Нет, у Катьки личико чистенькое, гладенькое, ни прыщей, ничего. И губы она такой помадой никогда не красила.

— Можно? — Маша взяла у нее снимки и долго, молча их рассматривала, потом взглянула на Арсеньева, хотела что-то сказать, но сдержалась, промолчала.

— Так чего он с ней сделал-то, с Катькой с моей? — всхлипнула Ира. — Вы хоть скажите, сильно она мучилась?

— Изнасиловал, задушил, — быстро проговорил Арсеньев.

— И все?

— Разве мало?

Ира задумалась и вдруг выпалила:

— Так он вообще никакой не маньяк. Изнасиловал! Зачем, когда и так... Ой, Господи помилуй... А душат девчонок вообще постоянно, меня четыре раза душили, многим нравится, чтоб партнерша сильней дергалась и хрипела. Нет, мусорки, он не маньяк, это у него нечаянно так вышло, — она помотала головой и застыла в глубокой задумчивости.

* * *

Всеволод Сергеевич стиснул кулаки так, что костяшки побелели, и постучал ими по колену. Он никак не мог успокоить свои руки, они постоянно двигались, дергались, суетились, и Андрею Евгеньевичу стало казаться, что он сейчас начнет отламывать себе пальцы, как Сахар в «Синей птице».

Григорьев догадался, что дело совсем плохо. В распоряжении Кумарина была мощная структура, УГП, но сейчас она со всеми своими гигантскими возможностями, деньгами, компроматами, связями, способами давления оказывалась для него бесполезной. Она была всего лишь машиной. Для того чтобы машина заработала, в нее следовало заложить определенную программу, сформулировать задачу, а он не мог. Он проигрывал в своей личной игре. Он сделал ставку не на того человека, и ему было больно признать свою ошибку, он не умел, не привык проигрывать.

— Нет, я понимаю, это трудно. Но ведь возможно! — повторял он так, будто слова могли что-то изменить. — Если начать с того, что Бриттен искажал реальную финансовую картину, брал взятки у Хавченко и работал в его интересах, давал неверную информацию?

— Бриттен делал все наоборот, — напомнил Григорьев, — он бил тревогу, требовал отстранить Хавченко как можно быстрей.

— Ну да... А если его перекупили конкуренты, противники Рязанцева, и он... Думайте, думайте, не сидите как истукан!

— Всеволод Сергеевич, а почему именно Бриттен? — спросил Григорьев, пытаясь поймать сквозь дымчатые очки его ускользающий взгляд. — Неужели у вас нет других кандидатур?

— Нет!

— Почему?

— Потому!

— Вы хотите, чтобы я думал, придумывал, искал варианты вслепую? Пока вы не объясните мне, зачем вам нужен в качестве прикрытия именно Томас Бриттен, я не могу...

— Бриттен почти раскрыл его, — пробормотал Кумарин чуть слышно и поправил очки, — это произошло случайно, но он успел посеять подозрение. Мне срочно нужен компромат на него, очень жесткий.

— То есть вам нужно, чтобы покойному Бриттену на какое-то время перестали доверять? — уточнил Григорьев.

— Да. Именно так. Если дать жесткий компромат на Бриттена, они хотя бы слегка запутаются, — произнес он совсем уж безнадежно, явно самому себе не веря.

Григорьев в ответ молча помотал головой.

— Хорошо. Что вы предлагаете? — Кумарин наклонился, очки слетели, он поймал их, но не стал надевать, положил в карман пальто, сорвал травинку и принялся накручивать ее на палец.

— Сначала я должен понять, чего вы хотите: сохранить вашего «крота» как действующего агента или вывести его из игры?

Кумарин в очередной раз намотал травинку на палец и вдруг охнул, болезненно сморщился, поднял руку. На мизинце, на самом нежном месте, в складке между фалангами проступила тонкая красная полоска.

— Вы порезались травой, — сочувственно заметил Григорьев.

Всеволод Сергеевич поднес мизинец к губам и посмотрел на Григорьева исподлобья. Взгляд у него был злой и затравленный.

— Сохранить его как агента уже невозможно, — произнес он медленно, хрипло и достал носовой платок, — вывести из игры тоже нельзя. Он подстраховался, самым банальным и самым надежным способом.

— То есть если с ним что-то случится, вся известная ему информация об агентурной сети всплывет на поверхность?

Кумарин молча кивнул и приложил бумажный

платок к порезу. Тут же проступило кровавое пятно, слишком большое для такой царапины. Андрей Евгеньевич вдруг вспомнил, как много лет назад, сидя в кабинете Кумарина-резидента, Кумарина хитрого, опасного, сильного, содрал себе заусенец. И тоже было почему-то слишком много крови. Он попросил одеколон или что-нибудь, но Кумарин-хитрый предложил водки, и они выпили. А кровь все не останавливалась. Кумарин-опасный видел это и понимал, что человек, который поранился, всегда слегка растерян, хотя бы в первые минуты, пока идет кровь.

— Он постоянно требует денег, — пробормотал Всеволод Сергеевич, — он тянет их из меня любыми способами. Ему все мало.

— Ну, денег много не бывает. Простите, я сейчас, — Григорьев встал, чтобы взять Христофора, который отбежал слишком далеко и почти затерялся в траве. Пока он ловил котенка, успел подумать, что Кумарин-сильный никогда не стал бы так откровенно жаловаться.

Христофор мяукал и терся о ладони. Он хотел есть. Григорьев вернулся к скамейке, достал из сумки баночку паштета и открыл ее.

— Он запросил у своего руководства статус неприкосновенности. Вы понимаете, что это такое? — тоскливо продолжал Всеволод Сергеевич. Статус неприкосновенности — это действительно было серьезно. Его присваивали высшим чинам, элите силовых структур и госаппарата. Он давал массу привилегий и гарантий, но чтобы его получить, следовало пройти сквозь слои таких изощренных проверок, что даже кристально честные люди иногда опасались ввязываться в это.

— Иными словами, он вышел из-под контроля, не только вашего, но и собственного тоже? Он паникует, потихоньку сходит с ума, и вы не знаете, что теперь с ним делать?

— Да. Именно так.

— Но тогда все просто, — улыбнулся Григорьев и почесал за ушком Христофора, который все не мог оторваться от паштета, — если не знаешь, что делать, не делай ничего.

— Перестаньте, — вскрикнул Кумарин, — я так не могу. Я должен действовать. У меня есть гигантские возможности, а я не могу ими воспользоваться, чтобы решить проблему. Это как иметь миллионные счета и ночевать под мостом.

— Но надо сначала думать, а потом действовать, не наоборот.

— Именно поэтому я и сижу здесь с вами. Чтобы вы думали.

— Хорошо, — вздохнул Григорьев и убрал банку с паштетом у Христофора из-под носа. Котенок съел больше половины, это было слишком много. — Тогда давайте называть вещи своими именами. Вас волнуют не деньги, которые требует ваш агент, и даже не статус неприкосновенности. Вы испугались и растерялись потому, что он заказал Бриттена?

Кумарин застыл со своим несчастным порезанным мизинцем у рта. Ранка все еще кровоточила.

— Откуда вы знаете? — спросил он глухо.

— Я это вычислил.

— Кто он такой, тоже вычислили?

— А как же! — Григорьев позволил себе усмехнуться. — Стивен Ловуд, заместитель атташе по культуре. Они с Бриттеном вместе учились в колледже, дружили. Именно поэтому Бриттен сначала решил поговорить с ним откровенно, а потом уж передал информацию Макмерфи. Кстати, на чем он его подловил?

— На физике Терентьеве, — вздохнул Кумарин, — когда Бриттен узнал об аресте, решил, что это работа Ловуда.

— Ясно. Кстати, как там у него дела, у физика?

— Отпустили. Он чуть не умер от инфаркта, искренне раскаялся и теперь близко не подойдет ни к одному иностранцу до конца своих дней.

— Ну и славно... Слушайте, Всеволод Сергеевич, если Ловуд действительно заказчик убийства, в ваших силах помочь следствию доказать либо его вину, либо его невиновность. Свобода — неплохая цена за ту агентурную информацию, которую он держит в качестве своей страховки. Выбор между российской тюрьмой и американским электрическим стулом не слишком его обрадует. Думаю, он предпочтет тихую обеспеченную старость у себя дома, в кругу семьи.

— А если нет? Где гарантия, что он не продолжит беситься?

— Поймите, он бесится от страха, от усталости, — покачал головой Григорьев, — все его поступки продиктованы желанием не победить, а уцелеть. Если он действительно заказал Бриттена, а заодно Кравцову, ему сейчас очень страшно, возможно, как никогда в жизни. Он в тупике. Так предложите ему выход. И не забывайте, чтобы воспользоваться своей страховкой, сдать агентурную сеть, он должен либо умереть, либо явиться с повинной. Вряд ли он этого хочет.

Кумарин резко поднялся и посмотрел на Григорьева сверху вниз.

— А вы молодец, как всегда. Остается последний вопрос. Кто возьмется передать ему это разумное предложение?

— Ну тут у вас большой выбор, — Григорьев улыбнулся и развел руками, — тут я пас.

— Мне кажется, лучше всего с этой задачей справится ваша дочь, — нервная улыбка задрожала где-то внутри бороды, и тут же исчезла, — я же сказал с самого начала: цепочка должна быть самой короткой — я, вы, Маша. То есть мисс Григ.

Григорьев медленно поднялся со скамейки и встал напротив Кумарина. Он был готов к такому повороту и потому ответил вполне спокойно:

— Нет. Она этого делать не будет.

— Он знает о вас, и если его не остановить, он сдаст всех, вас в первую очередь, — сказал Кумарин.

— М-м, — помотал головой Григорьев и широко улыбнулся, — обо мне он ничего не знает. Сейчас вы блефуете, Всеволод Сергеевич. Это не ваш стиль. Никакой связи с Машей я вам не обеспечу. А без меня вы к ней не подберетесь, поскольку она не поверит и воспримет это как провокацию. Моя дочь вам нужна не потому, что цепочка должна быть короткой. Просто вы хотите получить дополнительные гарантии моей преданности. Все вам мало. У вас за многие годы руководящей работы развилась колоссальная мания величия. Вы создали гигантскую, мощную структуру, которая сожрала не только все ваши силы, но и разум. Вы правда похожи на человека, который, имея миллионы, вынужден ночевать под мостом, поскольку опасается, что в собственной постели его зарежут. Но это все лирика. Если я вас правильно понял, Ловуд как агент вас больше не интересует. Вы хотите от него избавиться, но не знаете, как это сделать, поскольку он подстраховался, верно?

— Да! — вскрикнул Кумарин. — Сколько можно повторять одно и то же? Допустим, вы правы. О вас он не знает. Но другие...

— Не кричите, Всеволод Сергеевич, — Григорьев приложил палец губам, — мы все-таки здесь не одни, — он наклонился к уху Кумарина и прошептал чуть слышно: — Есть решение более радикальное. Надо просто аннулировать его страховку.

— Как это? — Кумарин отстранился и уставился на него несчастными больными глазами.

— Вы многие годы морочили голову бедняге Билли, подставляя в качестве маленьких фальшивых «колокольчиков» невинных, честных людей. Вы посеяли смуту в его душе, теперь пора снимать урожай. Если вы не будете мне мешать, я сделаю это. Я попробую убедить Макмерфи, что информация об агентурной сети, которую использует для своей страховки Стивен Ловуд, — очередная «деза». Все агенты на самом деле честные сотрудники, которых вы хотите подставить оптом. Правда, это станет концом многолетней игры, и Макмерфи будет считать, что вышел из нее победителем. Вас это, как, не огорчит?

— Думаете, получится? — Кумарин встряхнулся, глаза живо заблестели. — Но каким образом вы собираетесь это сделать?

— Потом отчитаюсь, очень подробно, — усмехнулся Григорьев, — но хочу вас предупредить, Всеволод Сергеевич. Если еще раз вы попытаетесь нарушить ваше бесценное честное слово, я просто явлюсь к Биллу Макмерфи с повинной. И тогда вы проиграете в многолетнем поединке, потому что на самом деле мы оба знаем, что настоящий и единственный ваш Колокол — это я. Остальные лишь статисты. Колокольчики.

Григорьев посадил в сумку своего Христофора и зашагал по лужайке мимо озера, к выходу из парка, не оглядываясь.

———————

ГЛАВА ТРИДЦАТЬ ЧЕТВЕРТАЯ

«Опель» Арсеньева медленно ехал по пустынной Москве. Светало. Маша пересела на переднее сиденье, закуталась в одеяло. Ее знобило, она продолжала разговор на автопилоте, почти ничего не соображая от усталости, но остановиться не могла. В руках у нее был конверт с фотографиями. Ссадины на лице убитой девушки напоминали следы от содранного пластыря.

Маша спросила об этом у Арсеньева, он сказал: да, действительно, эксперт уверяет, что рот ей залепили пластырем, а губы накрашены уже после убийства, очень стойкой помадой.

— Не исключено, что это серия? — осторожно уточнила Маша.

— Наверное, — кивнул он, — если, конечно, не белая горячка.

— То есть?

— Эксперт сильно пьет и любит пофантазировать. Слушайте, а откуда вы столько всего знаете? — спросил он, как будто проснувшись, — Как вам удалось раскрутить несчастную проститутку? Почему вы сразу решили, что если убийца заклеил жертве рот лейкопластырем, значит это серия?

— Ну, я все-таки Гарвард закончила, — засмеялась Маша, — причем факультет психологии. У нас была куча спецкурсов по судебной психиатрии, криминалистике и криминологии, и практика была в тюремном госпитале для душевнобольных преступников. Еще мне приходилось ездить с полицейскими на патрульной машине, тоже, кстати, по злачному району, и общаться с проститутками, правда нью-йоркскими. Но вообще, сейчас это не важно, вы лучше мне скажите, неужели вам кроме убийства Кравцовой и Бриттена приходится заниматься какими-то еще делами, тем более такими серьезными? Не понимаю, как это можно совмещать? Или есть что-то общее?

— Что, например? — спросил Арсеньев и напряженно улыбнулся.

Они как раз стояли на светофоре, лицо его было ярко освещено близким фонарем.

— «Фольксваген-гольф», черный или цвета мокрого асфальта, — тихо произнесла Маша и увидела, как он нахмурился.

— Почему вам это вдруг пришло в голову?

— Сначала вы долго пытались выяснить у Рязанцева, не покупала ли Кравцова такую машину, но четкого ответа так и не добились. Потом оказалось, что именно «Фольксваген-гольф» увез несчастную проститутку Катю. А теперь, если позволите, я задам вам совсем абсурдный вопрос. Кто работал с трупами Кравцовой и Бриттена? Не тот ли эксперт, который сильно пьет и любит фантазировать?

— Почему вы спрашиваете? — Арсеньев напрягся еще сильней. Вспыхнул зеленый, но он как будто не заметил этого, продолжал стоять.

— Я же предупредила, что вопрос абсурдный. Только скажите: да или нет.

— Да.

— Так я и думала! — Маша на несколько минут совсем проснулась и даже хлопнула в ладоши. — Нет, я не сумасшедшая, поверьте. Я просто помню начало вашей беседы с Рязанцевым. Он говорил о ссадинах на лице Кравцовой, точнее, вокруг рта. И губы были воспаленными. То есть ему показалось, что они воспалены, а на самом деле это водостойкая губная помада, нанесенная уже после убийства. Очень все похоже на картину с убитой проституткой, верно? А тут еще «Фольксваген-гольф», черный либо цвета мокрого асфальта.

— У проститутки нет пулевых ранений, — мрачно заметил Арсеньев и наконец тронулся с места, — про нее вообще ничего не ясно. Там возможен суицид.

— Не возможен, — Маша помотала головой, — нет, нет, я понимаю, удобней было бы считать это суицидом, и, скорее всего, ваше начальство, в том числе следователь Зинаида Ивановна, не желает видеть никакой связи между двумя, а вернее тремя убийствами. В самом деле, с одной стороны, Кравцова и Бриттен, с другой — несчастная девка с подмосковной трассы. К тому же эксперт пьет, и в проститутку не стреляли. Но вы не можете отделаться от дурацкого, вроде бы совершенно лишнего и ненужного чувства, что связь есть. Я права, Александр Юрьевич? Ладно, не напрягайтесь, не отвечайте. Я и так знаю, что права. Просто вы не хотите обсуждать это со мной. Тайна следствия, я американка, и все такое. О'кей, давайте пока оставим эту тему. Завтра с утра мы оба должны посетить Галину Дмитриевну Рязанцеву в больнице. Тоже не простая ситуация.

— Да уж, — кивнул Арсеньев, слегка расслабляясь.

— Так что там за история с утонувшей девочкой? Если я правильно поняла, жена Рязанцева з двенадцать лет пережила тяжелую душевную травму и с тех пор страдает патологической водобоязнью.

— На самом деле история ужасная. Девочка утонула не просто у нее на глазах. Они купались вместе, и потом Галину Дмитриевну обвиняли в том, что она ее утопила.

— Ой, мамочки, — вырвалось у Маши, и она тут же прикрыла ладонью рот, смущенно кашлянула, — что, было расследование, какое-то уголовное дело?

— Да нет, вовсе нет. Просто несчастный случай. Но мать погибшей девочки кричала, что она утопила ее дочь, бросилась на нее на похоронах с воплями, называла убийцей. Потом на нее показывали пальцами, шептались за спиной, это обсуждал весь двор, вся школа, до тех пор пока семья не поменяла квартиру.

— От такого можно правда сойти с ума, особенно в двенадцать лет. Вам это рассказала Лисова?

— Конечно, кто же еще? Мадам с удовольствием поведала мне, что Галина Дмитриевна убийца. Я почти уверен, что вся эта история со звонками — ее работа. Никак не может успокоиться, добивает и добивает свою соперницу.

— «Джен Эйр», — пробормотала Маша.

— Не понял...

— Ну получается, все как в романе. Жена сумасшедшая, любовница изменяет легкомысленно и вероломно, потом тоже погибает, в итоге скромная крошка остается наедине с героем своих тихих девичьих грез, кстати, тоже чуть не погибшим. Там был пожар, и мистер Рочестер стал инвалидом, ослеп, потерял руку. Вот тут-то и наступил хеппи-энд, для главной героини, конечно. И только для нее. С остальными персонажами все значительно сложней. Возможно, нас ждет еще много интересного. Нам до хеппи-энда далеко.

— Все равно не понял, — помотал головой Арсеньев, — я, честно говоря, романа этого никогда не читал.

— И не надо. Поверьте мне на слово, вам вряд ли понравится, — усмехнулась Маша, — знаете, это вроде современной мыльной оперы и дешевых дамских романов, где единственная цель героини — завоевать любимого мужчину, и цель оправдывает любые средства, и обстоятельства всегда на ее стороне.

— Но ведь классика, — удивился Саня, — старая английская классика, и до сих пор читают во всем мире.

— Да, наверное, я не права, — легко согласилась Маша, — в самом деле, что это я вдруг набросилась на бедную Шарлотту Бронте и ее бессмертную суперположительную героиню? Многие читают, любят, находят в этом утешение. Вот Лисова, например. Она ассоциирует себя с героиней. И если реальность не совпадает с сюжетом, пытается это исправить.

— То есть вы думаете, что она действительно свела с ума Галину Дмитриевну? В принципе такое возможно?

— Конечно. В психиатрии существует понятие «индуцированное помешательство». Правда, отдельную личность сложнее свести с ума, чем толпу, коллектив. Но тоже бывает. Особенно если учесть тяжелую душевную травму, пережитую в детстве, — вздохнула Маша, — и еще есть уголовная статья «Доведение до самоубийства». Если можно довести до самоубийства, то свести с ума — тем более.

— Нет, все-таки не понимаю, не могу поверить. Известно, что в начале карьеры Рязанцева его жена была постоянно рядом, активно участвовала в создании его партии, политического имиджа, появлялась с ним на всяких митингах. Мне всегда казалось, что такими вещами могут заниматься только сильные, жесткие люди. Но если она сильная и жесткая, как же позволила с собой все это вытворять?

— Во-первых, не такая уж сильная и жесткая женщина Галина Дмитриевна. Он же ее всю сожрал, все соки из нее высосал, наш прелестный политик, большое дитя, капризное, избалованное и наглое. Она все делала для него, и на себя сил уже не осталось.

— Почему? — тихо спросил Арсеньев.

— Как почему? Любила.

— А Лисова?

— Тоже любила, — Маша улыбнулась, — и до сих пор любит. Обожает. Обидно, да?

— Еще бы, — вздохнул Арсеньев, — меня, например, так никто никогда не любил и не обожал. Почему одному все, а другому фиг с маслом? Но я все-таки не понимаю, в чем была конечная цель Лисовой? Вот она добилась, чего хотела, потратила на это лучшую половину жизни, свела с ума жену Рязанцева, что само по себе почти невероятно. Но что она за это получила? Должность горничной у его любовницы?

— Для нее это вовсе не финал. Тем более любовницы тоже теперь нет. Правда, в данном случае Лисова ни при чем. Тут поработал кто-то дру-

305

гой. Ох, ладно, — Маша спохватилась и легонько шлепнула себя по губам, — мы об этом пока говорить не будем.

— Да, не стоит, — согласился Арсеньев, — значит, вы считаете, что Лисова звонила в прямой эфир и в больницу. Зачем?

— Ну как же! Ее божество должно было срочно узнать правду о вероломной любовнице, правду, снабженную неопровержимыми доказательствами. Ее так распирало, бедную! А что касается звонка в больницу, он, вероятно, стал всего лишь продолжением долгой, многолетней игры. Чтобы свести человека с ума, надо как-то действовать. Мы уже знаем, что ей удалось инсценировать две попытки самоубийства Галины Дмитриевны, и примерно представляем, каким образом. Думаю, остальные подробности сможем узнать завтра, в больнице.

— С таблетками и с веревкой на чердаке — да, — согласно кивнул Саня, — это могло быть инсценировкой. А с попыткой выброситься из окна?

— Тут много разных вариантов. Мы же с вами не присутствовали при этом. Они серьезно поссорились, кричали друг на друга. Перед этим уже две попытки произошли, и он подсознательно ждал следующей. Она могла встать на подоконник, чтобы поправить штору, да мало ли зачем? Он ведь сказал, что окно было закрыто, и она только дергала ручку.

— Но потом она не отрицала... — напомнил Арсеньев.

— Она устала отрицать. Она самой себе уже не верила. Вот, кажется, мы приехали, — Маша огляделась, — здесь, направо, второй подъезд.

— Завтра в девять я за вами заеду, — сказал Арсеньев, — у вас есть будильник?

— Спасибо, я могу добраться сама, вон моя машина. А будильник есть в телефоне.

— Можно, я все-таки заеду? Вы плохо знаете Москву, заблудитесь, тем более спать осталось совсем мало, вы еще не привыкли к разнице во времени, — у Арсеньева опять запылали уши, он прирос к ступеньке крыльца и старался на Машу не смотреть.

— Конечно, будет лучше, если вы за мной заедете утром, — улыбнулась Маша, — я, честно говоря, сама хотела вас об этом попросить, но не решалась. Вам ведь придется вставать на полчаса раньше. Ну спокойной ночи? — она стала набирать код на домофоне. — Да, мы договорились пока не касаться этой темы, но все-таки я должна вам сказать. Просто не смогу уснуть, если не скажу, потому что буду все время об этом думать.

— О чем же?

— О «Фольксвагене-гольф» цвета мокрого асфальта. Перед ветровым стеклом брелок, скелет в кружевной юбочке. Передняя левая дверца заедает, номер кончается на «МЮ». Я видела эту машину сегодня, на стоянке возле здания Госдумы. Это машина Феликса Нечаева.

***

Григорьев свернул на свою улицу и сразу увидел, что на его высоком крыльце, на верхней ступеньке, перед дверью кто-то сидит. Подойдя ближе, он узнал Макмерфи. Это было почти невероятно. Билл сидел и читал газету.

«Вот и все, — отрешенно подумал Григорьев, — значит, «хвост» был, а мы с Кумариным и не заметили. Стареем. Ну ладно, рано или поздно это должно было случиться.

Почему-то свой провал он представлял именно так. Макмерфи на пороге его дома. Вроде бы все спокойно, а в доме уже обыск. Первые несколько слов, приветливых, с улыбкой, потом чуть более серьезно: нам надо поговорить, Эндрю.

Андрей Евгеньевич оглядел улицу. Никаких чужих машин, ничего подозрительного. Только Билл в потертых голубых джинсах и мятой застиранной футболке цвета хаки с крупной надписью «ГАРВАРД» на спине и на груди.

— Привет, Эндрю, — Макмерфи заметил его, помахал рукой и отложил газету. Ветер тут же подхватил ее и понес через низкую оградку, на тротуар.

— Привет, Билли. Что-нибудь случилось? — Григорьев скользнул глазами по двери, по окнам. Дом выглядел пустым и спокойным.

— Ты где был? — спросил Макмерфи.

— В зоомагазине, — Григорьев улыбнулся

широко, простодушно и счастливо, — вот, смотри!

Он уселся на ступеньку рядом с Макмерфи, поставил на колени сумку, приоткрыл ее. Внутри, свернувшись калачиком, спал белый котенок.

— Ого, ты все-таки решился? — тихо присвистнул Билли. — Неужели точно такой? И глаза голубые?

— Голубые, — кивнул Григорьев, продолжая улыбаться.

— Как же ты нашел его?

— Это он меня нашел, через газету, по объявлению. А в магазин я ходил, чтобы купить для него все необходимое. Я уж успел забыть, как много всего нужно маленькому котенку.

— Да, — кивнул Макмерфи, — сумка отличная. И вообще, я тебя поздравляю. Как назвал?

— Конечно, Христофором, — Григорьев прикрыл сумку, достал сигареты, — знаешь, он бандит ужасный. Сейчас я его выгулял хорошо в Проспект-парке, он наигрался, наелся, теперь, надеюсь, поспит, даст нам поговорить спокойно. Так что случилось, Билли?

— Это я у тебя хотел спросить, Эндрю, — криво усмехнулся Макмерфи, отворачиваясь от дыма.

— Спрашивай, — кивнул Григорьев.

— Зачем ты ездил к Маше домой?

— Она позвонила, попросила найти кое-что в ее столе и прислать по факсу в посольство.

Макмерфи порылся в своей спортивной сумке, вытащил несколько листков с фотороботами и протянул Григорьеву.

— Вот это?

— Зачем спрашиваешь, если сам знаешь? — пожал плечами Григорьев.

— Знаю, но не все, — Макмерфи показал бумажку с одной строчкой: «Внимание! Брови, ресницы, зубы», — объясни, пожалуйста, кто этот человек и что это значит?

— Долгая история, — вздохнул Григорьев, — может, зайдем в дом? Я кофе сварю.

В доме действительно было пусто и спокойно. Никаких следов обыска, ничего. Григорьев усадил Макмерфи в маленьком внутреннем дворике, под японской яблоней и стал варить кофе, отвратительный, жидкий, без кофеина. Котенок проснулся, вылез из сумки, выскреб оттуда лапой свою игрушечную мышь и занялся ею. Григорьев с подносом отправился во дворик, сел напротив Макмерфи и рассказал о лысом ублюдке, который когда-то напал на Машу.

— Неужели она молчала столько лет, — покачал головой Макмерфи, дослушав его до конца, — а знаешь, в каком-то смысле мне даже легче. Я ведь считал, что ее прыжок из окна в тринадцатилетнем возрасте был попыткой суицида. Это в принципе нехорошо. А оказывается, она просто спасалась от насилия. Ну а зачем ей вдруг срочно понадобились эти фотороботы в Москве?

— Она не стала объяснять. Думаю, все дело в том, что школа находилась в Язвищах, в той же деревне и в том же здании, где сейчас лечится жена Рязанцева.

— Погоди, но это же в двух шагах от его дома, — нахмурился Макмерфи.

— Да, конечно.

— Думаешь, она боится, что он все еще там и может ее узнать? — нахмурился Макмерфи.

— Не исключено, — кивнул Григорьев, — правда, лично я не вижу в этом серьезной опасности. Наверняка этот человек либо спился, либо окончательно сошел с ума, если вообще жив. У меня другое не выходит из головы.

— Что именно?

— В Москве ее встретил Стивен Ловуд, верно?

— Ну да, он заранее снял для нее квартиру, арендовал машину, мобильный телефон.

— Надо же, сколько хлопот, — покачал головой Григорьев. — кого же я должен благодарить за это? Его или тебя? Ты попросил его встретить и устроить Машу в Москве, или он сам предложил?

— Я не просил его лично, просто посоветовался, кому можно это поручить. Он взялся я с охотой.

— Конечно. Ему было интересно поближе познакомиться с человеком, которого ты присылаешь к Рязанцеву, — кивнул Григорьев и с отвращением отхлебнул жидкий кофе.

— Что ты хочешь этим сказать?

— Ничего. Ты же знаешь, какой я сумасшедший папаша. С того момента, как Машка улетела, я почти не отлипаю от компьютера, от телевизора, роюсь в российской прессе и даже не поленился встретиться с одним из своих старых информаторов. Отвратительный тип с богатым уголовным прошлым, жадный до ужаса. Берет только наличные и не меньше трехсот за встречу, — Андрей Евгеньевич замолчал, прислушиваясь к странному треску в гостиной.

— Что же ты, продолжай! — нетерпеливо заерзал Макмерфи.

— Подожди, — прошептал Григорьев, помотал головой и приложил палец к губам. Треск стал громче. Андрей Евгеньевич вскочил и кинулся в дом. Христофор висел на шторе и медленно съезжал вниз. Тонкий капрон под его коготками с треском рвался.

— Ну ты, братец, даешь, — проворчал Григорьев, аккуратно отцепляя котенка от шторы, — тебя ни на минуту нельзя оставить без присмотра.

Он вернулся во дворик, уселся напротив Макмерфи, пытаясь удержать Христофора на коленях, но тот стал упорно лезть к нему на голову.

— Так вот, — продолжал Григорьев, снимая зверя со своего плеча, — я узнал несколько любопытных фактов, на первый взгляд никакой связи между ними нет. В середине марта в Москве был арестован некто Терентьев Эдуард Валентинович, доктор наук, сотрудник закрытого НИИ, связанного с оборонной промышленностью. Я обратил на это внимание потому, что ты, Билли, еще лет пять назад очень интересовался этим физиком и спрашивал меня, с какой стороны к нему удобней подобраться. Тогда я не сумел тебе помочь, Терентьев оказался неуязвим для нас, он был человеком честным, осторожным и до денег не жадным. Между тем стратегическая информация, которой он владел, а также его мозги за пять лет только выросли в цене. И еще, у него подрос сын, оболтус. Сейчас работает курьером в думском пресс-центре Рязанцева. Терентьев Константин Эдуардович, семьдесят восьмого года рождения. Полагаю, это не случайное совпадение, верно? Кто-то помог мальчишке пристроиться в приличное место.

Макмерфи в ответ только хмыкнул, пожал плечами, скинул кроссовки и положил ноги в белоснежных теннисных носках на соседний стул. Григорьев воспользовался тем, что котенок успел влезть ему на голову, и сделал небольшую паузу.

Прежде чем продолжить, следовало немного подумать. Проблема заключалась в том, что это он, Андрей Евгеньевич Григорьев, с самого начала, еще пять лет назад, предупредил Кумарина, что Макмерфи интересуется Эдуардом Терентьевым и пытается подъехать к нему через свою агентуру. Это он обратил внимание ФСБ на оболтуса Костика Терентьева, который провалил экзамены в институт, закосил от армии и удачно устроился курьером в пресс-центр думской фракции «Свобода выбора». А когда юный легкомысленный Костик умудрился в каком-то баре проиграть в карты бандитам две тысячи долларов, которых у него, естественно, не было, Григорьев забил тревогу.

Костик был поздним единственным ребенком, ради его спасения отец мог согласиться на заманчивые предложения американцев. Так оно и вышло.

Эдуард Терентьев довольно часто приезжал за своим сыном в конце рабочего дня к зданию Госдумы, и однажды потрепанный «жигуленок» доктора наук остановился прямо возле шикарного «БМВ» Тома Бриттена. Физик увидел желтые дипломатические номера, звездно-полосатый флажок, услышал американский английский. В «БМВ» как раз сидели Бриттен с Ловудом и о чем-то беседовали. Терентьев не нашел ничего лучшего, как сунуть в приоткрытое окно письмо с предложением о сотрудничестве, которое написал за неделю до этого и таскал в кармане куртки.

Дальнейшие события развивались очень стремительно. За Терентьевым уже было установлено наблюдение, факт передачи письма наружка зафиксировала, но брать физика решили чуть позже, когда последует реакция американцев и произойдет первый контакт. Это случилось буквально через пару дней. Взять Терентьева тихо и интеллигентно не получилось. У него сдали нервы, он попытался удрать, устроил скандал, когда его запихивали в машину.

В результате сообщение об аресте все-таки просочилось в прессу, промелькнуло в маленькой желтой газетке, в разделе криминальных новостей.

Бриттен и раньше замечал разные странности в поведении и контактах своего однокашника Стивена Ловуда, но после ареста Терентьева стал всерьез подозревать его и имел глупость пойти с ним на прямой, откровенный разговор, припереть к стенке.

Физика через неделю тихо отпустили. После первого же допроса стало ясно, что впредь он вряд ли предпримет подобные попытки и полученный урок запомнит на всю жизнь. А что касается долга Костика, кредиторов арестовала милиция при облаве, и как-то все само рассосалось.

Григорьеву надо было четко определить, что ему может быть известно, а что нет. Он понимал, что, выдавая Макмерфи свою гениальную версию, серьезно рискует, и решил взять тайм-аут, заявил, что Христофор голоден и его пора кормить.

* * *

Следователь Лиховцева Зинаида Ивановна долго зевала, ворчала и отказывалась дать санкцию на обыск.

— Шура, сначала изволь объяснить, почему ты так уверен?

— Объяснять придется сутки, просто поверьте мне, один раз в жизни, поверьте на слово!

— Ага, я тебе поверю, а потом меня с работы

вышибут, вся моя выстраданная кристальная репутация пойдет коту под хвост.

— О! Зинаида Ивановна, я вам кота подарю, из горного хрусталя, у вас ведь нет хрустального кота?

— Прекрати, Шура, половина третьего ночи, я в конце концов пожилая женщина, я спать хочу!

В половине четвертого майор Арсеньев, старший лейтенант Остапчук и старший следователь по особо важным делам Лиховцева, подобрав во дворе в качестве понятых молодую парочку, которая выгуливала ирландского сеттера, вломились самым беспардонным образом в маленькую однокомнатную квартирку на Беговой, в которой проживал Феликс Нечаев. Просто позвонили в дверь и сказали:

— Милиция! Извините за беспокойство, откройте, пожалуйста. В соседней квартире произошло ограбление, нам нужны понятые.

Феликс поверил и открыл.

В его доме царил идеальный порядок. На полках аккуратными рядами стояли кассеты с порнографией, триллерами, документальными фильмами о маньяках, казнях, сексуальных извращениях. Отдельно, на почетном месте, выстроились кассеты с записями ток-шоу, в которых он участвовал. В красивой шкатулке, отделанной перламутром, лежал рулон широкого лейкопластыря, ножницы и три тюбика губной помады, суперстойкой, разных оттенков, от алого до темно-вишневого.

Пистолет «ИЖ-77» нашли почти сразу. Феликс не отличался богатой фантазией и спрятал его в ящике с нижним бельем.

Он держался удивительно спокойно.

— Как вы догадались? — спросил он Арсеньева, когда увидел у него в руках пистолет.

— По скелету в юбочке, — ответил Саня.

Когда его усадили в машину, он потребовал, чтобы на допросах, следственных экспериментах непременно присутствовали съемочные группы популярных криминальных программ.

ГЛАВА ТРИДЦАТЬ ПЯТАЯ

Доктор Сацевич Валентин Филиппович, лечащий врач Галины Дмитриевны, встретил Арсеньева и Машу у ворот больницы. Было ясное прохладное утро, начало одиннадцатого.

— Евгений Николаевич звонил полчаса назад, предупредил, что вы приедете, но не сказал, что так рано.

— Интересно, как он сам умудрился проснуться после вчерашней бурной ночи? — прошептала Маша Арсеньеву на ухо, пока они шли по пустым больничным коридорам.

— Будильник поставил, — хмыкнул Арсеньев, — я же предупредил его, что весь день буду занят и могу подъехать в больницу только с утра, вот он и расстарался.

— Что, простите? — доктор оглянулся. Он шел впереди и услышал их шепот.

— Ничего, это мы так, между собой, — улыбнулась ему Маша.

Они поднялись на третий этаж. На последней ступеньке Маша споткнулась о складку ковра и машинально схватила Арсеньева за руку. Пальцы у нее были ледяные, и ему даже показалось, что они слегка дрожат.

— Вам холодно? — спросил он, наклонившись к ее уху.

— Да, немножко. Знобит от недосыпа, — прошептала она, все не отпуская его руку.

Лицо ее казалось страшно бледным, возможно, из-за мертвенного света люминесцентных ламп в коридоре.

— К сожалению, пока я не могу позволить вам поговорить с самой Галиной Дмитриевной. У нее совсем недавно был тяжелый приступ, и я не знаю, как она отреагирует на незнакомых людей, — сказал доктор.

— Она вот в этой палате? — спросила Маша, кивнув на закрытую широкую дверь.

— Да, а что?

— Ничего. Просто так... На этаже есть другие больные?

— Сейчас нет. Тут у нас только две палаты для VIP-больных, вторая пустует. Милости прошу ко мне в кабинет.

В кабинете у Сацевича было очень уютно. Маша упала в широкое мягкое кресло, закрыла глаза и потрясла головой. Доктор вызвал сестру и попросил принести кофе.

— Совершенно темная и загадочная история с телефоном, — произнес он, глядя то на Арсеньева, то на Машу, — никогда ничего подобного в моей клинике не случалось. Я очень буду вам признателен, если вы выясните, каким образом это могло произойти.

— Галина Дмитриевна выходит на прогулки? — спросил Арсеньев.

— Да, конечно, каждый день, обязательно в сопровождении сестры или няни. Вы думаете, кто-то мог ей передать телефон во время прогулки? Сразу скажу: это совершенно исключено. У нас серьезная охрана, посторонний человек не может проникнуть на территорию, к тому же кто-то всегда рядом.

— У нее диагноз — инволюционный психоз? — спросила Маша.

— Да, депрессивная форма, почти классический случай. Тоска, тревога, бред Котара.

Сестра вкатила столик, накрытый салфеткой. В кабинете вкусно запахло свежим кофе.

— Что такое бред Котара? — прошептал Арсеньев Маше на ухо.

— Бред собственной отрицательной исключительности, самообвинения, — тихо ответила Маша.

От первых глотков кофе щеки ее слегка порозовели. Она с удовольствием съела шоколадное печенье, окончательно пришла в себя и обратилась к Сацевичу:

— Скажите, Валентин Филиппович, течение непрерывное или приступообразное, с рецидивами?

— Вы, простите, врач? — удивился и почему-то слегка обиделся Сацевич.

— Нет. Я психолог, — Маша ласково улыбнулась ему. — Кофе у вас действительно отличный.

— Да... Понятно... — он принужденно откашлялся, — я думал, вы тоже из милиции. Ну ладно. Течение приступообразное. Приступы случаются нечасто, но достаточно бурно.

— А вылечить ее в принципе можно? — подал голос Арсеньев.

— Как вам сказать? Я боюсь, что на изначальный диагноз у нас накладываются элементы раннего сенильного слабоумия. Это серьезно усложняет картину.

— Простите, а какие именно вы наблюдали симптомы слабоумия? — спросила Маша.

— Ну иногда она притаскивает всякий мусор в палату из парка. Однажды это была старая открытка с какой-то актрисой, потом кукла.

— Кукла? — хором переспросили Арсеньев и Маша.

— Да, старая пластмассовая кукла, образца шестидесятых. Сейчас, по-моему, таких не делают. Она валялась под лавочкой, на которой обычно Галина Дмитриевна сидит во время прогулок.

— Она что, нянчилась с ней? Играла? — спросила Маша.

— Нет. Просто принесла с собой и положила в тумбочку. Потом был тяжелый приступ.

— После того как у нее забрали куклу?

— Да. Но не потому, что ее забрали.

— Еще какие предметы она находила под лавочкой? — спросил Арсеньев.

— Ну я не знаю, всякую ерунду, — поморщился доктор, — например, вот, книжку, старую, промокшую. Кажется, она у меня где-то здесь валяется.

— Можно посмотреть? — спросила Маша.

— Пожалуйста, если, конечно, найду, хотя, честно говоря, я не понимаю, какое отношение это имеет к мобильному телефону Евгения Николаевича, — доктор долго рылся в ящиках своего стола, ворчал и наконец достал маленький потрепанный томик стихов Есенина.

— «Гале от Любы, с надеждой на скорую встречу, 7 июня 1964», — Маша прочитала вслух дарственную надпись и посмотрела на Арсеньева. Он в ответ едва заметно кивнул и обратился к доктору:

— А где остальные вещи? Открытка, кукла?

— Выкинули, — пожал плечами доктор, — зачем хранить мусор? Книжка — совсем другое дело. Я, знаете, книголюб, не могу выкидывать книги, рука не поднимается.

— Валентин Филиппович, вы не дадите нам это с собой на несколько дней?

— Конечно. Правда, не понимаю зачем.

— Мы потом вам объясним, — пообещала Маша. — А скажите, в чем конкретно содержание бреда Галины Дмитриевны? В чем именно она себя обвиняет?

— Такие больные каются во всех смертных грехах сразу, — вздохнул доктор, — называют себя убийцами, утверждают, что заслуживают смерти, что приносят несчастье окружающим, что воздух вокруг них отравлен, самое неприятное, в момент приступа могут нанести себе серьезные ранения. У Галины Дмитриевны было три суицидальных попытки.

— Мы знаем, — кивнула Маша, — сейчас она в каком состоянии?

— Средней тяжести, — пожал плечами доктор, — вам беседовать с ней пока не стоит.

— Да это мы уже поняли. Евгений Николаевич говорил, у вас в палатах видеокамеры. Можно посмотреть пару кассет?

— Разумеется. Но учтите, вы там не увидите, как передали телефон. Я сам смотрел несколько раз, очень внимательно. Ладно, что же вам показать? Может, приступ? — доктор достал несколько кассет с полки.

— Приступ не надо. Какой-нибудь обычный день.

Через минуту на экране телевизора возникла палата, белая мебель, окно, забранное решеткой и задернутое дымчатой шторой. На высокой кровати полусидела худая, бледная женщина. Лицо было туго обтянуто кожей и казалось странно молодым на фоне седых волос. На лбу белела марлевая повязка.

— Это она себе лоб разбила о раковину, — пояснил доктор, — все никак не заживает.

— Да, она жутко изменилась, я видела ее фотографии, — прошептала Маша.

В палате сначала было тихо. Потом послышалась какая-то возня, звук льющейся воды. Через

323

минуту в кадре мелькнул силуэт с ведром и шваброй и тут же исчез.

— Так вот, представляете это безобразие? Завхоз торговала самогоном, и здесь постоянно крутились солдаты с генеральской дачи, пьяные, грязные, а начальство смотрело сквозь пальцы, — сообщил резкий каркающий голос, который явно принадлежал не Галине Дмитриевне.

— Это нянечка, — пояснил доктор, — давайте я промотаю, тут ничего интересного, она просто лежит и молчит, — он взялся за пульт и нажал быструю перемотку.

— Нет, погодите, еще немного, — прошептала Маша.

— Пожалуйста.

Мелькание кадров прекратилось, опять зазвучал каркающий голос, сопровождавшийся кряхтением и шлепаньем тряпки.

— Я и в РОНО обращалась, и в министерство, и в санэпидемстанцию, официальные письма писала. Здесь все-таки дети, а солдаты, помимо всего прочего, это еще и инфекция. Ну никому же ничего не надо!

Нянька за кадром мыла пол и говорила. В кадре молчала Галина Дмитриевна, глядя перед собой круглыми, непомерно большими глазами.

— Она все время так молчит? — шепотом спросил Арсеньев.

— Нет, просто такой кусок попался, давайте я все-таки промотаю, — сказал доктор.

На этот раз Маша не возражала.

За кадром зазвучали голоса. Работал телевизор, шло какое-то дневное ток-шоу. Экрана видно не было и няньки тоже. Камера была направлена на больную.

— Ах да, извините, я психолог и привык пользоваться профессиональными терминами, фигурально выражаясь, они не хотят и не могут, — заявил низкий раскатистый мужской голос.

— Что именно? — спросил другой голос, тоже мужской, высокий и ехидный.

— Иметь полноценные сексуальные сношения с мужчиной, — ответил бас.

— Вы бы лучше поспали, чем эту пакость смотреть. Давайте я переключу на «Дикую Розу». Можно? — прокаркала за кадром нянька.

И тут наконец заговорила сама Галина Дмитриевна. Ее голос звучал ровно, спокойно, очень тихо, даже пришлось увеличить звук.

— Феликс Нечаев не психолог. Зачем он говорит неправду? — произнесла она, ни к кому конкретно не обращаясь.

— Это вы о ком? — удивилась нянечка.

— Итак, подведем некоторые итоги, — затараторил тенор, вероятно, принадлежавший ведущему, — наша сегодняшняя тема «Принципиальный холостяк». Наш герой утверждает, что изучил разные типы женщин и не хочет жениться, поскольку ни один из этих типов его не удовлетворяет. Что скажут наши зрители? Пожалуйста! Вот вы, девушка!

— Если ему никто не нравится, зачем он вообще лезет? — звонко заявила невидимая девушка.

Последовал общий смех.

— Знаете что, милая девушка, — обиженно пропел бас, — я вам могу сказать как профессиональный психолог, что у вас очень серьезные комплексы.

— Феликс не психолог, — повторила Галина Дмитриевна чуть громче, — он закончил заочное отделение областного педагогического института. А до этого служил в армии, строил генеральские дачи под Москвой.

— Что вы говорите? Я не поняла... — удивленно переспросила нянька.

— Сначала мы взяли его на договор, курьером. Потом он стал младшим редактором. Он пунктуален, аккуратен, никогда ничего не забывает, умеет наводить порядок в бумагах и документах.

— Галина Дмитриевна! Вам нехорошо? — испугалась нянька. — Может, доктора позвать?

— Нет, Рая, не волнуйтесь, — больная глубоко вздохнула и закрыла глаза, — можете переключать на свою «Дикую Розу» или вообще выключить. И пожалуйста, опустите мою койку, я посплю.

— Ну что, достаточно? — спросил доктор и, не дождавшись ответа, выключил телевизор. — Видите, иногда она вспоминает какие-то детали из прошлой жизни, я специально узнавал, этот герой ток-шоу, Феликс Нечаев, действительно работает в пресс-центре Евгения Николаевича. Она ни в чем не ошиблась, даже в подробностях его биографии.

— Да, — кивнул Арсеньев, — мы уже успели с ним познакомиться, — он покосился на Машу. Она застыла, подавшись вперед, вцепившись в подлокотники, не моргая, глядела в погасший экран. Лицо ее в это мгновение показалось Арсеньеву каким-то замороженным, ледяным, даже губы стали белыми.

— Маша, с вами все в порядке? — он осторожно тронул ее пальцы.

— Да, — она крепко зажмурилась, с трудом оторвала руки от подлокотников, провела ладонями по лицу, посмотрела на доктора, собираясь спросить о чем-то, но в этот момент в дверь постучали и заглянула пожилая полная женщина в халате, шапочке и марлевой маске.

— Галине Дмитриевне пора завтракать, а ей еще не давали лекарства, — надменно сообщила она, не обращая внимания на посетителей.

— Найдите Наташу, — хмуро приказал доктор.

— Искала. Ее нигде нет.

— Хорошо, я сейчас подойду.

Женщина, наконец, взглянула на Арсеньева, потом на Машу, и вдруг громко, строго произнесла:

— Григорьева? Та-ак, а ты здесь что делаешь?

* * *

Христофор не успел проголодаться, он отворачивался от паштета и упрямо рвался назад, во внутренний дворик. Пришлось вернуться и опять сесть напротив Макмерфи.

— Долго молчишь, — язвительно заметил тот.

— Думаю, как сформулировать яснее и короче, чтобы не утомить тебя, Билли, — улыбнулся Григорьев, — все так сложно, так запутанно, я не всегда понимаю, где кончаются факты и начинаются мои домыслы. Видишь ли, мне кажется, что физик Терентьев вероятней всего обратился со своими предложениями к кому-то из знакомых американцев, ведь не мог же он броситься к первому встречному? А потом его арестовали.

— Ты хочешь сказать, что он был знаком с Ловудом или Бриттеном? Ты думаешь, кто-то из них подрабатывает в ФСБ?

— Уж во всяком случае не Томас, — покачал головой Григорьев, — и вообще, это ты сказал. А я просто размышляю вслух. Но дело даже не в этом. Ты все никак не даешь мне перейти к главному, постоянно перебиваешь.

— Ну, валяй, переходи, — ухмыльнулся Макмерфи.

— Хорошо, попробую. У моего противного информатора есть привычка торговать с довесками, как когда-то в советских гастрономах. Я пришел к нему за сведениями о Хавченко, поскольку мне казалось, что это уголовное животное представляет наибольшую опасность для Машки, и я почти не сомневался, что убийство Тома и Виктории — его работа. Так вот, о Хавченко мой торговец ничего не знал, за то подсунул мне гору всякого информационного барахла. Мне пришлось выложить триста долларов, я сначала очень огорчился, но порывшись в барахле, я нашел настоящее сокровище. Видишь ли, мой старичок общается с несколькими сомнительными фирмочками на Брайтоне. И вот совсем недавно в одну из них пришел конфиденциальный заказ от американского дипломата, работающего в Москве, в посольстве. Не хочу утомлять тебя деталями, речь идет о заказном убийстве. Имен мой торговец не знает, однако ему известно, что заказан был американец, который тоже живет в Москве.

— Почему так сложно? Почему через Брайтон? — рявкнул Макмерфи и принялся крутить зажигалку Григорьева.

— О Господи, Билли, — вздохнул Андрей Евгеньевич, — потому что дипломату, сотруднику посольства, довольно сложно бродить по Москве в поисках фирмы, предоставляющей подобные услуги. А так ему ничего не надо делать. Ему просто высылается телефонный номер, по которому он должен позвонить и назначить встречу. Русские вовсю пользуются такими посредническими услугами, через океан проще сохранить анонимность и концы найти значительно трудней.

Макмерфи несколько раз щелкнул зажигалкой, пламя вспыхнуло так сильно, что он чуть не опалил себе лицо.

— Ты считаешь, Тома заказал Ловуд?

По тому, как он это произнес, Григорьев понял, что сам он почти уверен в этом.

— Знаешь, Билли, мне было бы значительно

спокойней, если бы я ошибался, ибо если я прав, моя Машка сейчас в Москве общается с убийцей.

Макмерфи оставил в покое зажигалку, взял сухой крекер из коробки, принялся ломать и крошить его прямо на стол.

— Ладно. Допустим, ты прав. Ловуд работает на русских и заказал Тома. Но почему он не мог обратиться за помощью к русским? Зачем так рисковать?

— Вероятно, он чувствует, что они им не особенно дорожат, и не мог надеяться на их помощь, — покачал головой Григорьев, — к тому же он сильно нервничал, хотел устроить все быстро и тихо, пока информация от Бриттена не ушла сюда. Впрочем, я не исключаю и более тонкие варианты. Мой информатор мог намеренно подкинуть мне это, чтобы я передал тебе. Ты помнишь историю с несчастным Слонимски, которого подставили? Слонимски был не совсем чист, но после него подставляли других, и сколько раз мы ловились на эту удочку? Мне не нравится история с Ловудом. И тебе она не нравится, верно?

— Да уж, хорошего мало. Слушай, а ты не мог бы дать мне этого своего информатора?

— А толку? Надеешься заполучить текст заказа, сделанного сотрудником американского посольства из Москвы? Ты сам понимаешь, что это смешно. Никакого текста давно не существует, посредническая фирмочка на законных основаниях торгует соевыми батончиками.

Ловуд недавно запросил статус неприкосновенности, — задумчиво пробормотал Макмерфи, — сейчас его проверяют. Всплывает много всяких неприятных вещей. Он не мог не догадываться о том, что они всплывут в процессе проверки, он ведь не идиот, как тебе кажется?

— Я знаю, что он патологически жаден. Если он работает на русских, то наверняка тянет из них деньги и хочет продаваться значительно дороже реальной себестоимости. Также я знаю, что он чем-то серьезно болен. Я видел несколько его последних фотографий, он очень изменился, как будто весь распух. Не растолстел, а именно распух. Похоже, это что-то гормональное.

— Да, действительно, — кивнул Макмерфи, — я сам обратил внимание, и даже наводил справки, обращался ли он к врачу. Пока не обращался.

— Не удивлюсь, если завтра русские тебе его подсунут в качестве очередного суперагента Колокола, — грустно улыбнулся Григорьев, — а послезавтра он начнет давать показания и ты получишь новенькую, свеженькую и совершенно фальшивую информацию о русской агентуре. Мы опять останемся в дураках. Впрочем, это только мои домыслы.

— Домыслы, домыслы, — эхом отозвался Макмерфи.

Почти сутки назад он получил от Маши сообщение по электронной почте. В принципе они должны были общаться через посольство, по спецсвязи. Но в экстренных случаях она могла воспользоваться электронной почтой, произвольно шифруя текст таким образом, чтобы послание не выглядело зашифрованным.

«Ты, старый зануда, как всегда, оказался прав. Меня встретили вполне приветливо, человек, который показал мне город, был очень любезен, отложил ради меня все свои сложные дела и проблемы. Правда, города он совсем не знает и путался, вез меня из аэропорта ровно 345 минут. В машине было жарко, он взмок как мышь. У него здесь много друзей, некоторые ждут от него невозможного, просят денег, он устает и нервничает, но сам ни к кому не обращается за помощью и умеет скрывать свои чувства. Однако хвост у него дрожит, потрепанный, темно-синий хвостик, очень противный.

Искренне твой, Молодой Ковбой Ауди».

Текст был напечатан по-русски. Таким образом Макмерфи стало известно, что за Ловудом тащится хвост, старый темно-синий «Ауди» 345 МК, что его кто-то преследует и шантажирует, вероятней всего, бандиты.

Через три часа Макмерфи знал, на чье имя зарегистрирована машина. Еще через пять часов получил подробную информацию о людях, которые на ней ездят. Люди эти действительно оказались банальными бандитами, и было странно, почему мистер Ловуд, солидный человек, дипломат, профессионал, до сих пор не сообщил о происходящем ни своему американскому руководству, ни своим тайным покровителям в российских силовых структурах и не попытался с их помощью прекратить это безобразие.

В тот момент, когда Стивен Ловуд, прощаясь во дворе с Рязанцевым и с Машей, напомнил ей про завтрашний ужин, его неприятный знакомый, тощий бандит с дегенеративным лицом, сидел совсем недалеко, буквально в двух шагах, в Миусском сквере, в отличном настроении. Он был доволен собой, ему удалось сломать американца. Тот позвонил, просипел своим смешным, срывающимся голосом, что готов заплатить требуемую сумму и назначил встречу на Миусах, у Дома пионеров.

Пока тощий бандит ждал Ловуда на условленной укромной скамейке в глубине сквера, к нему подсела молодая парочка, вероятно студенты Гуманитарного университета, который находился тут же, на улице Чаянова. Не обращая ни на кого внимания, парочка принялась целоваться, дурачиться, хихикать, девушка слегка толкнула юношу, тот свалился на бандита, как-то неудачно задел его, и бандит потерял сознание.

Через пять минут он оказался на заднем сиденье шоколадного «Мерседеса» с затемненными стеклами, между юношей и девушкой, и вполне внятно отвечал на все их вопросы. Бесстрастным голосом он поведал удивительную историю о том, как американский дипломат пять дней назад заказал убийство своего соотечественника по имени Томас Бриттен, но заказ сорвался, потому что клиента успел прикончить кто-то другой. Беседа длилась около двадцати минут. Затем тощий был возвращен на место, на лавочку.

Все это время двое его помощников, таких же бандитов, ждали его в темно-синем «Ауди», на улице Чаянова, пили пиво, наконец спохватились, что тощего долго нет и его мобильный не отвечает. Побежали к лавочке и обнаружили своего шефа мирно спящим под сенью голых лип. Он ничего не понимал и не помнил. Свежий след от иглы на его локтевом сгибе затерялся среди других следов. Тощий не был серьезным наркоманом, но иногда баловался морфием.

Глубокой ночью, когда Маша и Арсеньев беседовали с проституткой на Кольцевой дороге, в квартиру Стивена Ловуда на Кутузовском проспекте приехали врач и медсестра из американского посольства. Первым же утренним рейсом Ловуд был отправлен в Нью-Йорк в сопровождении двух медиков. Состояние его здоровья резко ухудшилось, ему срочно требовалась квалифицированная помощь. Любой нормальный американец предпочтет лечиться у себя дома, а не в чужой стране.

Григорьев не мог знать всего этого, и Макмерфи не собирался ничего ему рассказывать. Билли, как всегда, оказался самым умным, не потому, что таким родился, а потому, что умел использовать чужие мозги как свои собственные. Благодаря Григорьеву он теперь был почти уверен, что русская агентурная сеть, которую обещает сдать Стивен Ловуд в обмен на существенное смягчение приговора, скорее всего окажется «дезой» от первого до последнего имени, наглой провокацией. Предателями будут названы самые лучшие, самые честные сотрудники. Но Билли Макмерфи в такую ловушку больше не попадется. Хрен вам, генерал Кумарин!

Макмерфи молча допил свой остывший кофе, с хрустом потянулся, скинул ноги со стула, нащупал под столом кроссовки и вдруг хрипло, громко вскрикнул.

— Что такое? — испугался Григорьев.

Билли взял кроссовок, поднес его к лицу, понюхал, сморщился и проворчал по-русски:

— Твой Христофор, кажется, насрал мне в башмак.

* * *

— Да, извините, я, конечно, обозналась, — растерянно пробормотала Франкенштейн, поправляя длинную серую прядь, которая выбилась из-под шапочки и трепалась на ветру, как мышиный хвост.

Ветер поднялся такой сильный, что старая яблоня тихо поскрипывала, а прошлогодние истлевшие листья под скамейкой у забора шевелились, словно под ними кто-то прятался.

— Вот здесь мы обычно сидим, — прокашлявшись в кулак, сообщила Раиса Федоровна.

— Значит, старую куклу, книжку, открытку

Галина Дмитриевна нашла именно здесь? — уточнил Арсеньев, заглядывая в широкую щель между секциями забора.

— Я очень внимательно слежу за Галиной Дмитриевной на прогулках, — заявила Франкенштейн и покосилась на Машу, — все-таки вы удивительно похожи на ту девочку, прямо одно лицо. А сколько вам лет, извините?

— Двадцать пять, — Маша вежливо ей улыбнулась.

— Ну да, Григорьевой должно быть сейчас больше, лет двадцать восемь, еще раз прошу прощения. Я не помню, как звали эту девочку, помню только фамилию. В ноябре восемьдесят шестого она выпрыгнула из окна третьего этажа, ночью, в одной рубашке, к счастью, все обошлось, я оказалась рядом и спасла ее...

— Раиса Федоровна, вы рассказываете это уже в третий раз, — укоризненно покачал головой доктор и посмотрел на часы, — есть еще ко мне вопросы?

— Нет, все. Спасибо. Нам пора, — сказал Арсеньев.

— Не смею задерживать. Да, какие-нибудь версии насчет телефона возникли? — спросил доктор.

— Кое-что прояснилось, — кивнула Маша.

— Думаю, вам стоит сменить замок на этой калитке и заделать дыру в заборе, — посоветовал Арсеньев, — и еще, не надо никого пускать к Галине Дмитриевне, кроме мужа.

— Так никто, кроме Евгения Николаевича, не приходит.

— Ну как же! — подала голос Франкенштейн, — а эта, подруга ее, полная такая, приятная, Светлана Анатольевна.

— Ах да, конечно, — поморщился доктор, — я о ней слышал, но никогда ее здесь не видел. Эта та, которая постоянно покупает и проносит ей зеленые тетрадки?

— Именно, — закивала Франкенштейн, — она очень хорошая, внимательная женщина.

— Какие тетрадки? — хором спросили Маша и Арсеньев.

— Это один из элементов бреда, — объяснил доктор, — Галина Дмитриевна постоянно просит найти у нее дома, в ее комнате, какую-то общую тетрадь в клеточку, в зеленой обложке, исписанную лиловыми чернилами.

— Может, это ее дневник? — осторожно предположила Маша.

— Я уже спрашивал Евгения Николаевича, никакого дневника его жена никогда не вела.

— Да, а Светлана Анатольевна купила несколько разных тетрадок, зеленых, в клеточку, — закивала Франкенштейн, — но ничего не помогает. Галина Дмитриевна просит свою тетрадь, к другим не прикасается, говорит, они чужие, пустые.

— Погодите, я не понял, эту подругу, Светлану Анатольевну, пускать, или нет? — спросил доктор и опять нетерпеливо взглянул на часы.

— Ни в коем случае, — сказала Маша.

— Вы думаете... — Франкенштейн охнула и покачала головой. — Этого не может быть, она так заботится о Галине Дмитриевне, они дружат с юности, Галина Дмитриевна к ней очень привязана, всегда ее ждет, нельзя же совсем лишать ее общения с близкими, ее муж слишком занят, чтобы навещать ее часто.

— Пожалуйста, никого, кроме мужа, — сказал Арсеньев, — и гуляйте теперь где-нибудь в другом месте, подальше от забора, поближе к охране.

Перед тем как покинуть больничный парк, Маша все-таки решилась подойти к старой яблоне, притронулась ладонью к шершавому стволу, взглянула вверх. За открытым окном палаты, на третьем этаже, сквозь решетку маячил зыбкий силуэт.

— Нет статьи, — пробормотал Арсеньев, когда они сели в машину, — нет никакой статьи. Конечно, графологическая экспертиза подтвердит, что дарственная надпись на книжке сделана Лисовой. Но это ничего не даст. В принципе можно попробовать сто двенадцатую «умышленное причинение вреда здоровью»... — он закурил и взглянул на Машу. — Почему вы молчите?

— Думаю.

— О чем?

— О зеленой тетради в клеточку. Там, наверное, были подробные воспоминания об утонувшей

338

девочке Любе. Описывались ее любимые вещи: томик Есенина, кукла, открытка. Конечно, невозможно было достать именно эти предметы, но серый сборник Есенина пятьдесят девятого года издания наверняка выходил огромным тиражом, точно такой был даже у нас, в университетской библиотеке. Она могла купить в букинистическом магазине. Куклу и открытку, конечно, достать сложнее.

— Старые открытки тоже продаются в букинистических магазинах, — задумчиво кивнул Арсеньев, — а кукол образца шестидесятых я видел у старушек на окраинных барахолках. Да в общем, и наборы открыток, и старые книги можно купить на барахолках. Выбор огромный. Ладно, поехали к Рязанцеву, спросим, что за зеленая тетрадь и куда она подевалась.

— Это надо у Лисовой спрашивать. Но она не скажет. Скорее всего, она уничтожила дневник Галины Дмитриевны, предварительно выучив его наизусть.

Ступив на крыльцо веранды, они услышали низкий вкрадчивый голос:

— Женя, ну еще ложечку, за мальчиков, сначала за Димочку, чтобы прошла его аллергия...

Рязанцев сидел в кресле, всклокоченный, сонный, с опухшими красными глазами. Перед ним стояла Лисова, с фарфоровой миской и ложкой.

— Ты же знаешь, я не люблю сметану, отстань, — он отворачивался, брезгливо морщась.

— Доброе утро, — сказал Арсеньев, — Светлана Анатольевна, объясните, пожалуйста, куда делась зеленая общая тетрадь в клеточку?

— Какая тетрадь? — сердито рявкнула Лисова. — Вы не видите, Евгений Николаевич завтракает?

— Приятного аппетита, — сказала Маша, — Евгений Николаевич, вы должны знать, что ваша жена не пыталась покончить с собой. Таблетки, которые она пила, были действительно экстрактом валерьянки. А на чердаке просто перегорела лампочка, и Галина Дмитриевна встала на табуретку, чтобы вкрутить новую. Вешаться она не собиралась.

— Погодите, погодите, что за бред! — помотал головой Рязанцев, отстраняя ложку со сметаной.

— В прямой эфир вам звонила Светлана Анатольевна, — сказал Арсеньев, — она же подкинула мобильный телефон в больницу Галине Дмитриевне.

— Женя! — крикнула Лисова дурным голосом. — Это провокация! Надо вызвать охрану!

— Так, я не понял, что происходит? — откашлявшись в кулак, глухо спросил Рязанцев. — Светка, это ты звонила мне в прямой эфир? Ты?

— Женечка, ты же сам всегда боролся за справедливость и говорил, что лучше горькая правда, чем сладкая ложь! — Лисова выразительно взмахнула ложкой, и брызги сметаны полетели Рязанцеву в лицо, но он как будто не заметил этого и бесстрастно повторил:

— Ты звонила мне в эфир?

340

— Кто-то должен был сказать тебе правду, и не просто сказать, а так, чтобы ты осознал. — Она поставила на стол миску, положила в нее ложку, достала из кармана фартука бумажную салфетку, серую и мятую, и принялась вытирать ему лицо.

Рязанцев резко оттолкнул ее руку, схватил телефон и набрал номер.

— Егорыч?! — крикнул он в трубку — Где ты, мать твою? Да, срочно! — он отбросил аппарат.

— Евгений Николаевич, вы поняли, что ваша жена Галина Дмитриевна не пыталась покончить с собой? — тихо обратилась к нему Маша. — Эта женщина, — она кивнула на Лисову, — выкрала ее дневник, зеленую общую тетрадь в клеточку, прочитала историю про утонувшую подругу...

— Про убитую подругу! — закричала Лисова. — Женя, все эти годы ты жил с убийцей! Я пыталась восстановить справедливость, оградить тебя и детей от этого кошмара! Нельзя жить с убийцей! Она больна, Женя, она опасна!

Рязанцев никак не отреагировал. Дрожащими руками схватил пачку сигарет, но тут же отбросил и тихо, жалобно застонал:

— Ты звонила мне в эфир! Ты опозорила меня на всю страну!

— У меня не было другого выхода, иначе ты бы меня не выслушал, я много раз пыталась тебе сказать правду, но мне не давали, ты все время так занят, до тебя не докричишься...

Послышался топот. На веранду влетел взмыленный начальник охраны.

— Что здесь происходит?

Рязанцев указал трясущейся рукой на Лисову и медленно произнес:

— Егорыч, убери ее отсюда, и чтобы больше я ее никогда не видел, никогда, ты понял? Это она звонила мне в прямой эфир.

— Я так и думал, — кивнул Егорыч, — я вас предупреждал.

— Женя! Опомнись! Ты остаешься совсем один, тебе не на кого будет опереться, опомнись, Женя! — повторяла Лисова, пока Егорыч выволакивал ее на улицу. — Пустите меня, я должна собрать вещи!

Арсеньев и Маша молча наблюдали, как Егорыч и охранник, ожидавший у крыльца, потащили Светлану Анатольевну к воротам. Рязанцеву, наконец, удалось закурить, он сидел, отвернувшись к стене, и над его головой поднимался слоистый дым. На диване, в углу, осталась валяться книга Шарлотты Бронте «Джен Эйр» в мягкой обложке, заложенная посередине пробитым троллейбусным талончиком.

— Евгений Николаевич, вам надо забрать жену из больницы, — сказала Маша, когда затихли крики Лисовой, — она поправится дома, не скоро, но поправится. Ее нельзя колоть психотропными препаратами, они ее искалечат, ей нужны только покой и любовь.

— Пожалуйста, оставьте меня, — не поворачиваясь к ним лицом, Рязанцев помотал головой, — я хочу побыть один.

— А вы не хотите узнать, что на самом деле происходило в вашей семье, с вашей женой все эти годы? — спросил Арсеньев.

— Потом. А сейчас уйдите... нет, стойте. Маша, вы должны подумать, как лучше организовать прессу. Надо дать несколько жестких материалов о происках моих тайных недоброжелателей и завистников, чтобы обязательно был упомянут этот идиотский звонок. Список журналистов возьмите у Феликса. Все, спасибо. Я позвоню вам.

— Феликс Нечаев задержан по подозрению в убийстве Виктории Кравцовой, Томаса Бриттена и еще одного человека, — сказал Арсеньев.

Рязанцев наконец соизволил повернуться к ним лицом:

— Феликс? Это ничтожество? Погодите, вы сказали, он убил еще одного человека. Кого же?

— Проститутку с подмосковной трассы.

Рязанцев закрыл глаза, погладил свои небритые серые щеки, словно хотел проверить, на месте ли харизма, и спросил растерянно:

— А зачем он убил проститутку?

———————

ЭПИЛОГ

В семь вечера Маша все-таки ужинала в ресторане, но не со Стивеном Ловудом, а с Саней Арсеньевым.

— Где же он раздобыл пистолет? — спросила она, когда они уселись за столик.

— Нашел в багажнике «Фольксвагена-гольф», под запаской. И счел это особым знаком, поскольку машина была от Вики, решил, что она ему как бы вручила это оружие.

— Он только в трех убийствах признался?

— Пока да. А что?

— Так. Ничего. Каким же образом к нему попала машина Кравцовой?

— Она ее купила за восемь тысяч, а потом увидела шубу тоже за восемь тысяч, о которой мечтала всю жизнь, и решила быстро продать машину.

— Это вам кто рассказал?

— Сам Нечаев. Они вместе зашли в меховой магазин в Столешниковом переулке.

— И что дальше?

— Он давно хотел именно такую машину, у него были эти восемь тысяч.

— Откуда?

— Во время последней пиар-кампании Рязанцева они все хорошо заработали, он в том числе. Он купил ей шубу, опустошив свою кредитку, она оформила ему доверенность на машину, прямо там, в Столешниковом, в ближайшей нотариальной конторе. И в тот же день он обнаружил в багажнике под покрышкой пистолет.

— А дубликат ключа от ее квартиры он сделал заранее?

— Нет. Ему не нужен был ключ. Она сама открыла ему дверь. Дело в том, что на всех их вечеринках он выполнял роль оператора, снимал любительской видеокамерой. В тот вечер Кравцова позвонила ему очень поздно, часов в двенадцать, и попросила привезти срочно кассету, отснятую на дне ее рождения в закрытом клубе, неделей раньше. Он ехал и надеялся, что она позвала его не только из-за кассеты. Он очень давно ждал, когда же она его позовет. Но застал у нее Бриттена. Они посидели, выпили виски, часа в три он стал собираться домой, но тут все вспомнили, что он много выпил, Кравцова предложила ему остаться до утра. Он улегся на диван в гостиной, но не мог уснуть, сначала прислушивался к тому, что происходит в спальне, потом отправился в душ, охладиться слегка, и там, в шкафчике, нашел широкий лейкопластырь, ножницы, упаковку с ре-

345

зиновыми перчатками. Прокрался в спальню, они уже спали. Долго на них смотрел. Сначала выстрелил в Бриттена, Вика проснулась, и он еще целый час над ней издевался, прежде чем убить. Выстрелил он в нее, когда она уже не дышала.

— Погодите, а пистолет? Он что, вошел в квартиру уже с пистолетом?

— Нет. Когда было решено, что он остается ночевать, он спустился вниз, к машине, чтобы забрать из бардачка банку с травяными капсулами для похудания, которые принимал на ночь регулярно, заодно прихватил и пистолет.

— А губная помада?

— Просто взял у Кравцовой, выбрал самую яркую и водостойкую. Потом очень тщательно убрал квартиру, надел на Вику те драгоценности, которые ему больше всего нравились, накрасил ей губы и ушел. А на следующую ночь отправился искать подходящую проститутку, чтобы все повторить, но только уже без пистолета, — Саня замолчал, ожидая, пока официант расставит на столе тарелки с закусками.

Маша мелкими глотками пила минеральную воду. Ему показалось, что стакан в ее руке слегка дрожит.

— Он как-то объяснил, почему ему пришла в голову идея заклеить ей рот лейкопластырем? — спросила Маша шепотом, когда отошел официант.

— Да, он рассказал, что проделал это уже однажды, очень давно, в ноябре восемьдесят пятого. Он служил в армии, в стройбате, строил под Москвой генеральскую дачу. Рядом находился детский санаторий. Завхоз торговала самогоном, и солдаты бегали туда ночами. Там было много красивых девочек. Как-то он получил увольнительную, съездил в Москву, в гостях у какого-то приятеля посмотрел по видео классный триллер про парня, который заклеивал девочкам рты лейкопластырем, насиловал и душил их. Это произвело на него такое сильное впечатление, что он не мог ни спать, ни есть. И однажды украл в медпункте рулон широкого пластыря. Он даже рассказал, почему попал в медпункт. Ему лицо опалило во время сварочных работ. Были небольшие ожоги, сгорели брови и ресницы. Так вот, когда пришла его очередь бежать ночью за самогоном, он прихватил этот рулон, а заодно и ножницы. Попав в санаторий, долго не мог найти завхоза, поднялся на третий этаж и увидел, как воспитательница тащит за руку девочку лет двенадцати, босую, в ночной рубашке. Она была худенькая, беленькая, очень красивая, прямо как в том кино. Его никто не заметил. Он спрятался. Воспитательница завела девочку в какую-то комнату, заперла дверь и удалилась. Он подождал немного, вылез из своего укрытия, обнаружил, что ключ торчит снаружи, вокруг никого, и вошел в комнату, — Арсеньев помолчал, закурил и заметил, что Маша опять стала совершенно белая, как тогда в больнице.

— Что было дальше? — спросила она и налила себе еще воды.

— Девочка дремала, сидя на полу у батареи.

Он заклеил ей рот лейкопластырем. Она врезала ему ногой в пах и выпрыгнула в окно. Что с ней стало потом, он не знает. Он испугался, убежал, больше в санаторий никогда не заходил и потом много лет оставался вроде бы нормальным человеком, пока не обнаружил пистолет в багажнике новой машины.

— Вы не спали всю ночь, — грустно вздохнула Маша, — вы всю ночь его допрашивали.

— Ага, он разговорчивый до ужаса, — ухмыльнулся Арсеньев, — хлебом не корми, дай рассказать о себе, таком необыкновенном и сложном. Недаром же он таскался по всем этим ток-шоу. Но знаете, что самое интересное? Детский санаторий находился в деревне Язвищи, в том же здании, где мы с вами побывали сегодня утром. А фамилия девочки была Григорьева. Нянька ведь при вас рассказывала, как эта Григорьева выпрыгнула из окна третьего этажа в ноябре восемьдесят шестого. Она еще почему-то вас приняла за нее. Интересно, как ее звали, ту девочку? И что с ней стало потом?

Маша сидела, низко опустив голову, и ковыряла вилкой салат.

— Почему вы мне сразу, утром, не сказали про Феликса?

— Потому что вы и так уже все поняли.

Несколько минут они сидели молча. Подошел официант, спросил, можно ли подавать горячее.

— Нет, чуть позже, пожалуйста, — сказал Арсеньев, — у нас еще много закусок.

— Почему вы не едите? — тихо спросила Маша.

— Страдаю, — вздохнул Арсеньев, — все думаю о трех тысячах долларов, которые потерял по вашей милости. Надо было взять их у Рязанцева. Я теперь ночами не сплю и представляю, сколько всего мог бы купить на эти деньги.

— Например?

Арсеньев отправил в рот кусок утиного паштета и медленно произнес:

— Новую машину.

— На приличную не хватит, — покачала головой Маша.

— Ну тогда новый костюм. И еще я бы съездил в Грецию на остров Родос.

— Почему именно на Родос?

— Не знаю. Видел картинки в каталоге какой-то турфирмы. И еще я бы купил новый письменный стол, кожаный крутящийся стул, хороший спиннинг, маску для подводного плавания, кроссовки «Адидас», дубленку и новые зимние ботинки долларов за сто пятьдесят.

— Все, стоп, ваши деньги уже кончились, — улыбнулась Маша.

— Да, действительно, а вроде бы ничего и не купил. Что с вами было в больнице?

— Со мной? В больнице? — Маша сделала удивленные глаза.

— Вы сидели там совершенно белая, а когда эта нянька перепутала вас с какой-то Григорьевой, вы чуть в обморок не упали.

— Я? В обморок? — Маша засмеялась. — Это вы чуть не упали, когда я вам сказала про «Фольксваген-гольф».

— Еще бы мне не упасть, — хмыкнул Арсеньев и, помолчав, спросил: — Как вы думаете, Рязанцев заберет жену из больницы?

— Я об этом не собираюсь думать, — Маша нахмурилась и помотала головой, — я просто найду способ связаться с ее детьми и отправлю им подробное послание по обычной почте или по электронной.

Замяукал телефон, Маша долго рылась в сумке, наконец отыскала.

— Где ты? Почему не звонишь? — спросил Григорьев.

— Привет. Со мной все в порядке. Я ужинаю в ресторане, — ответила она по-английски.

— С кем?

— С майором милиции.

— Очень интересно. Скажи, тебе картинки пригодились?

— Конечно! Я же говорила, что я гениальный психолог.

— Машка, не морочь мне голову, я знаю, что убийцу задержали, какой-то Феликс Нечаев, заместитель Кравцовой.

— Да. Он самый, который на картинках.

— Я с ума с тобой сойду, честное слово, — проворчал Андрей Евгеньевич по-русски, — скажи, ты здесь нормально питаешься?

— Я же говорю, что сижу в ресторане, в отличном ресторане, передо мной много разной еды, вкусной и полезной.

Подошел официант и поставил на стол бутылку французского вина «Божоле» 1986 года.

— Мы не заказывали, — удивился Арсеньев.

— Это вам презент вон от того столика, у окна.

— Почему ты замолчала? — спросил Андрей Евгеньевич. — Все в порядке? Ответь, пожалуйста.

— Да, все хорошо, не волнуйся, я тебе потом перезвоню, — Маша резко захлопнула крышку телефона.

За столиком у окна, совсем близко, сидел в одиночестве элегантный старик, с седым военным бобриком. Верхняя часть его лица казалась темнее нижней. Вероятно, он совсем недавно сбрил бороду. На нем был дорогой серый костюм, белоснежная рубашка, строгий галстук в косую полоску. Он смотрел на Машу, улыбался и приветливо махал рукой.

— Вы его знаете? Кто это? — шепотом спросил Арсеньев.

— Впервые вижу.

— Может, он тоже вас с кем-то перепутал?

— Скорее всего, — кивнула Маша, — надо вернуть вино.

Официант послушно понес бутылку к столику у окна, но тут же был отправлен с ней назад.

Всеволод Сергеевич Кумарин смотрел на Машу и продолжал улыбаться.

———————

Литературно-художественное издание

Полина Викторовна Дашкова

ЧУВСТВО РЕАЛЬНОСТИ

Роман
в двух книгах

Книга 2

Издано в авторской редакции

Художник *И. Сальникова*
Ответственный за выпуск *Л. Захарова*
Технический редактор *Т. Тимошина*
Корректор *И. Мокина*
Компьютерная верстка *К. Парсаданяна*

ООО «Издательство Астрель»
143900, Московская обл., г. Балашиха, пр-т Ленина, д. 81

ООО «Издательство АСТ»
368560, Республика Дагестан, Каякентский р-н,
сел. Новокаякент, ул. Новая, д. 20
Наши электронные адреса: www.ast.ru
E-mail: astpub@aha.ru

При участии ООО «Харвест». Лицензия ЛВ № 32 от
10.01.2001. РБ, 220013, Минск, ул. Кульман,
д. 1, корп. 3, эт. 4, к. 42.

Республиканское унитарное предприятие
«Полиграфический комбинат имени Я. Коласа».
220600, Минск, ул. Красная, 23.

По вопросам оптовой покупки книг
«Издательской группы АСТ» обращаться по адресу:
г. Москва, Звездный бульвар, д. 21, 7-й этаж
Тел. 215-43-38, 215-01-01, 215-55-13
Книги «Издательской группы АСТ»
можно заказать по адресу:
107140, Москва, а/я 140, АСТ — «Книги по почте»